新典社選書 128

物語としての紫式部

廣田收著

新典社

目次

まえがき……7

Ⅰ 古代の人としての紫式部と藤原道長……15
はじめに 15
一 古代とは何をもって古代というのか 16
二 紫式部像を考える前に 24
三 和歌を詠む藤原道長 29
四 『紫式部日記』和歌をめぐる道長と紫式部 35
まとめにかえて 44

Ⅱ 『源氏物語』はどのように生まれたか・読まれたか……49
はじめに 49
一 何を準拠とするかという論の「罠」 52
二 『紫式部日記』における御冊子作り 55
三 『源氏物語』の成立論 60

四 『源氏物語』の読まれ方 66
五 『源氏物語』が立ち上がるとき 76
六 短編物語と長編物語とを分けるもの 87
七 光源氏という主人公 93
まとめ ―― 文学史としての『源氏物語』―― 96

III 紫式部にライバルはいたのか……103

はじめに 103
一 『枕草子』和歌に溢れた世界 105
二 「歌詠みの家」の伝統 111
三 清少納言の年譜と『枕草子』の成立 119
四 『枕草子』の寓話「翁丸」 126
五 中宮教育としての和歌 130
六 地名に対する興味 132
七 歌を詠む機会 136
八 紫式部が詠む役割としての「代作」(1) 139
九 紫式部が詠む役割としての「代作」(2) 147
一〇 紫式部の理想としたこと 149
まとめにかえて 152

Ⅳ　紫式部は歌が下手なのか……159
はじめに　159
一　代表歌としての「百人一首」　163
二『紫式部集』の面倒な問題とは何か　169
三　家集冒頭歌に見える記憶の光景　173
四　家集における旅の歌群　178
五　饗宴の歌としての旅の歌　188
六『紫式部集』の「身」と「心」　199
七『源氏物語』の歌の儀礼性　211
まとめにかえて　217

Ⅴ『源氏物語』女性たちはどう生きたか……219
はじめに　219
一　桐壺更衣の詠んだ「挨拶」としての和歌　224
二　藤壺の「政治的」出家　232
三『源氏物語』における「曲がり角」とは何か　237
四　光源氏をめぐる仏教的理解　246
五　出家の許されない紫上の最期　251

六　宇治大君を苦しめた「宿世」　255
七　大君と浮舟と——造型の「裏返し」——　265
まとめにかえて——「聖」を理想とした紫式部——　273

Ⅵ　まとめ　女房文芸としての『源氏物語』と神話……279

はじめに　279
一　物語における女房という「語り手」　283
二　紫式部が『竹取物語』と『伊勢物語』に共鳴したこと　286
三　『宇津保物語』と『源氏物語』の皇統譜　300
四　『源氏物語』世界の重層性　304
五　神話のウケヒと物語の難題　306
六　『竹取物語』と『源氏物語』の難題求婚　320
七　ウケヒとしての祈願　328
まとめにかえて　331

注……339
あとがき……371

まえがき

いまだ若かりし時、その魅力的な書名に引かれて松田修『複眼の視座』（一九八一年）[1]を読みました。その後も、繰り返し繙《ひもと》いては、その度ごとに考え込んで来ました。著者の松田氏は思い出話として、大学入学直後に有名な玉上琢彌《たくや》氏の講義を受けたとき、いきなり試験があり『源氏物語』の作者は誰か」という題が出て、ショックを受けたと記しています。松田氏は「書名と作者名というレッテルのコンベンショナルなあり方の虚構性を、一瞬で、体感した」とあります。コンベンショナルとは、通常のとか、月並みの、といった意味でしょうか。そしてこの問いに対する答えを、松田氏はあれこれと探りながら、『源氏物語』の作者は紫式部である。その根拠は、私がそう信じているからだ」という「居直りの答」が「真実であるかもしれない」と結んでいます。

そのころの私は、答えの出ないこの問いの重さを、ズシリと感じた記憶があります。現代なら「作者」を問うことなく、テキストだけで論じることができるという立場もあり得るでしょう。あるいは、山括弧で括《くく》って〈紫式部〉というふうに、私的な概念を置くという立場もあり得るでしょう。

ともかく、そんな高い次元のやりとりに、自分のことを引き合いに出して誠に失礼なのですが、そのような問いに答えようとしても、やはり今もなお外部徴証をもって答えを出すことは難しい。

堂々巡りの果てに、現在の私の考えは、至極単純に考えて、出発点に立ち戻り、読んだ私の「感想」や「印象」「違和感」「内的葛藤」などといったものを打ち消すことはできない。そこから問題を立てようということです。[2] 具体的に言えば、馬齢を重ねれば重ねるほど、**紫式部の書いたとされる物語と日記と家集について、やはり概ねひとりの表現者を想定してよいのではないか**、という確信を深めて来ました。[3]

そう言うと言下に、誤れる素朴実在論だとか、古い作者・作品論だと唾棄されることでしょう。しかし、そう簡単にレッテルを貼って事足れりとせず、原則に立ち戻って『紫式部日記』と『紫式部集』とを『源氏物語』にうまく突き合わせることができれば、私の「直観」の妥当性、蓋然《がいぜん》性を高めることができると思います。

いきなり何を言っているのか分からない、と思われるかも知れませんが、私の主張は『源氏物語』と『紫式部日記』『紫式部集』との相渉《わた》る中に、きっと「紫式部は居る」に違いないということです。

さて、本書の基にした講演の原題は「紫式部の物語とその時代を考える」でした[4]が、これを見るだけでは「ふーん、そうなのか」と思われるかも知れませんが、ここには二重の意味が込められています。

つまり、「紫式部の物語」と言うと、紫式部が書いた『源氏物語』という意味はもちろんあるのですが、彼女の書いた物語にしても日記にしても家集にしても、歴史的に記録されたものだというだけではなく、それらは彼女がみずからを描いたひとつの物語だとも言えます。要するに、紫式部のイメージは、実は彼女自身が演出、創出したものだと言うことです。

年表を見るだけでは、知り得ることは限られています。**紫式部は間違いなく実在の女性だったと思いますが、紫式部像は、彼女の「作品」において創り出されたものだ、と思います。**

そもそも彼女の家集にしてからが、晩年の自撰であって同時に、ただ歌を集めただけのものではなくて、あたかも自分の「思い出」を、自分で組み立てた「一代記」として構築されている[5]と見られるからです。つまり、紫式部は彼女の描いた「作品」の中に居る、ということです。紫式部とその文芸を考える上で、和歌はポイントになると思います。

さらに、この題の「その時代を考える」というのも、彼女の生きた時代とはどのようなものかということを意味するだけではなく、紫式部は他ならぬ古代の人だった、ということです。中世や近世の人ではなく、ましてや近代の人ではない、ということです。なぜなら、紫式部の

「作品」を読むと言っても、どう読んだって構わないと言えば構わないのですが、あまり突拍子もないことを口走ってしまわないために、言わば「暴走」しないようにブレーキとしても古代ということを念頭に置いておこうと思うからです。

よく「紫式部はなぜ『源氏物語』を書いたのか」ということが問われます。その目的を問うのならば、まずは中宮のため、あるいは自分のために…、という答えが直ちに予想できます。しかし「紫式部はなぜ『源氏物語』を書けたのか」ということとは、答えを求める文脈が違います。紫式部には、あの「偉大な」物語を書く、どのような才能、資質が寄与したのか。あるいは、どのような拵《こしら》え、備えというものがあったのか。つまり、why（なぜ）だけでなくhow（どのように）を尋ねるとなると、彼女の持つ力とは、いったいどのようなものだったかということに、思いを馳せる必要があります。

さて、私は、古代日本文化や日本古代文学を考えるときに、古いものの上に新しいものが重なり堆積するばかりか、複合し融合するというイメージ[6]を持っています。ひとことで言えば「古代とは古代神話の生きていた時代だ」というふうに考えるのです。つまり、古代物語の根底には、神話があると考えているわけです。

もう少し説明を加えると、この理解については、よく「天才」だと讃えられる紫式部も例外ではない、ということです。『源氏物語』の登場人物で言えば、内面や思考は論理的であるよりも、当時の文化や制度に支配され、時には無意識にも支配されていることが多いと思いますし、物語を支える構成的な枠組みも、おおよそ論理的であるよりは無意識的な展開に委ねられていますから、突き詰めれば、私はこの「無意識」が神話的な力（エネルギー）とでも呼ぶべきものではないかと考えています。

すなわち、私は紫式部が「得意」とした和歌と、物語を構成する神話とに注目することで、御話を進めて参りたいと思います。

今話題の紫式部については、あまたの入門書については今措《お》くとしても、これまで歴史学者の発言が多く、また国文学の研究者でも歴史学の立場から発言している方がたくさんおられます。いや、ここではその是非や当否を問うつもりはありません。ただ、**紫式部を歴史の側から見るのと、文学の側から見るのとでは、重なりつつずれる点があると思います。**歴史学なら、紫式部が『源氏物語』を書いたということと、平安時代の歴史や政治とのかかわりがどうかということが中心課題になると思うのですが、少し気取って申しますと、「紫式部はどこに居るのか」と言えば、**文学の側から見れば、ポイントは、彼女の書いたテキストは、古代の人である「紫式部という物語」である。もっと極端に言うと「物語としての紫式部」を考えてはどうか、ということにあるということです。**

分かりにくいでしょうか。

言葉を弄するように思われるかも知れませんが、私たちが手応えとして存在を感じ取る紫式部は、実体としての紫式部なのではなくて、紫式部の書いた物語、日記、家集の叙述、表現そのものだということです。すなわち、紫式部とは、他ならぬ物語であり、物語としての紫式部しか存在しない、物語としての紫式部だけが存在するということなのです。

言い換えますと、歴史の側から見えないことでも、文学の側から言えることがあります。紫式部だけでなく、平安時代の女性は、生没年も生い立ちも、閲歴はよく分からないことだらけですが、私は、これまで彼女の書いた作品の中にこそ、間違いなく（彼女には隠しておきたかった、いわゆる「黒歴史」があるのか、ないのかは分かりませんが）かくあろう、かくありたいと考えた彼女がいる、という確信のもとに論じて来ました。

以下、全体にわたって、そのような視点から御話を申し上げたいと思います。

なお、この書は、二〇二四年度初夏（四月二六日～七月一二日）に神戸女子大学で一般市民向けに設けられた連続講座の内容を基にしています。これまで私の考えて来たことと重複する部分はありますが、ＩＴあるいはＡＩ全盛のこの時代に、あるいはデリダの言うテクストの脱構築などということが先鋭的な課題だと言われている時代に、なんと牧歌的なことかと嗤《わら》われるかも知れませんが、「最新」の見解をできるだけ分かりやすく御話したつもりです。ですから、市民の皆様や学生の方々にこの書を手に取って御覧いただければ幸です。もし考える手がかりがわずかでもあって、それを前に進めて行って下されば、と願うばかりです。

〔注記〕

特に断らないかぎり、『源氏物語』の本文を引用するときは、旧大系すなわち山岸徳平校注『日本古典文学大系』（岩波書店、一九五八年〜一九六三年）を用いています。また適宜、分かりやすくするために表記を整えています。以降も、他の本文の引用についても同様の処置を施しています。

Ⅰ　古代の人としての紫式部と藤原道長

はじめに

今回の大河ドラマ「光る君へ」のような、紫式部は藤原道長と幼《おさな》馴染《なじみ》であり、やがて恋人になり、生まれた子が夫宣孝の子ではなく、道長の子であったというアイデアは、この時代の身分社会では到底あり得ないことでしょうが、小気味よいほど意表を突いたものでした。

ただ、私が拙い「感想」を申し上げる前に、少し回りくどいかも知れませんが、「古代とはいったい何か」ということから考えてみましょう。いずれこの講座の第（Ⅵ）回を終えるころには、大げさとも見える私の「大風呂敷」の意味を御理解いただけると思います。

一　古代とは何をもって古代というのか

さて、歴史学で「古代」というものをどのように定義しているか考えてみますと、おそらく律令体制とか荘園制とかといった政治体制や法制度、経済構造とかといった側面から定義するでしょうが、わが国文学の（私の）立場から申しますと、**古代神話の生きていた時代**だということです。[1] 言わば、古代は何よりも宗教社会でした。

具体的に申しますと、『古事記』『日本書紀』ひいては『風土記』の記す神話が、いきいきと働いている時代だということです。例えば、『源氏物語』で申しますと、明石巻末で、須磨から戻って来た光源氏は、政敵右大臣・弘徽殿たちの擁した朱雀帝と対面して、三年間、「足立たざりし年は経にけり」と皮肉めいた歌を詠みかけています。

十五夜の月、おもしろう静かなるに、昔の事、かきつくし思し出でられて、しほたれさせ給ふ。（朱雀帝は）もの心ぼそく思さるるなるべし。（帝）「遊びなどもせず、昔聞きし物の音なども聞かで、久しうなりにけるかな」との給はするに、

（光源氏）わたつ海に沈みうらぶれ**蛭《ひる》の子の足立たざりし**年は経にけり

と聞え給へば、「いとあはれに、心恥づかしう」思されて、
（朱雀帝）宮柱巡り会ひける時しあれば別れし春の恨み残すな
いと、なまめかしき御有様なり。
（明石、第二巻九五〜六頁）

どうしてくれるんだ、あなたの御蔭でとんだ目に会った、と光源氏は嫌味を述べたわけです。ここでは、光源氏がみずからを「蛭子」に譬えています。蛭子は、『古事記』によると、イザナギ・イザナミの子生みのとき、未熟な子で流されたとされています。光源氏は、自分を正統な神々の子孫ではないと、ものすごく卑下した比喩を用いています。光源氏は、須磨・明石をさすらったみずからを自虐的に、どうせ私は蛭子なんだ、余計者、嫌われ者、捨てられた者だと譬えてみせ（ることで帝に対して訴え）たわけです。そうすると、帝は「恨み残すな」と宥《なだ》めています。

つまり、『源氏物語』を描いて行くときに、古代日本神話に見える、ストーリーというよりも枠組み、あるいはモティフなどがあちこちに、また深い・浅いところと、さまざまに用いられているわけです。

例えば六条御息所は、光源氏の正妻葵上に生霊となって命を奪う、災いをなす存在として有名です。

例えば、繁田信一氏は「王朝時代の人々が『源氏物語』に夢中になったのは」「当時の人々にとっておもしろい流行小説」であり、その「おもしろさの秘密は、リアルさにあった」という理解から、「淑やかなる貴婦人たちのリアル」の一例として「六条御息所を上回る悲運の皇太子妃」として藤原仁善子を挙げています。(2)

繁田氏は、六条御息所について生霊のことばかりが「取り沙汰され過ぎて」いることに注目され（七〇頁）「王朝時代の人々からの連想で、どのような実在の人物を思い浮かべたのだろうか」（七四頁、傍点・廣田）と問題提起されています。そして仁善子が「王朝時代の人々にとって、実在の六条御息所であったろう」（七四頁）と予想されています。特に彼女が「怨霊にすべてを奪われた元皇太子妃」であることを言われます（八二頁）。

私などは、六条御息所という人物の「リアルさ」の根拠を、実在のしかもひとりに求めるだけでよいのか、という疑念を持っています。何よりも、『源氏物語』は歴史性だけに拠って構築されているわけではないからです。繁田氏の追跡は『源氏物語』の歴史―物語の表層に属する問題です。歴史を表層とすれば、実はその深層に神話があるのです。

もちろん六条御息所という人物の設定、光源氏物語に彼女がどのように絡んで行くかを見通す上で、かの仁善子が原拠なのか、連想なのかといった可能性を私は否定しているわけではありません。問題は、六条御息所の造型が怨霊とか廃太子といった部分的な問題だけにあるのではないということなのです。六条御息所の物語の全体を見渡してみましょう。

生霊の事件の後、やがて彼女は、故前坊（亡き夫の東宮）と住んだ邸宅六条の故地を光源氏に譲り、これが光源氏六条院の基礎となったばかりか、六条御息所は故坊との間に生まれたわが娘を光源氏に差し出します。その斎宮女御は、（実は光源氏の御子である）冷泉帝の中宮（秋好中宮）となり、光源氏の栄華を根幹から支えることになります。

つまり、第（Ⅵ）回で御話したいと思いますが、六条御息所は「**祟り神から護り神へと転換する話型**《わけい》」、例えば『常陸国風土記』の「夜刀《やと》の神」神話や、『豊後国風土記』の頸《くび》峯の神話などの持つ話型を、緩やかに踏まえて描かれています。[3] ここでいう話型というのは、神話や物語のストーリーを支えている類型—枠組みのことです。私は今、物語を支える枠組みを問題にしているのです。

なぜ表現でなく、話型を問題にするかと言うと、『風土記』は地方官人によって漢文で書かれているために、古代の方言で語られたはずの在地の古老の語り口は消えていますが、かろうじて話型の次元でならば伝承の存在や機能を確認できると考えるからです。

いずれ御話したいと思いますが、『古事記』は神統譜から皇統譜を骨格として、神話を組み込んでいますが、『風土記』は記事がそのまま神話を保存している（可能性がある）という意味で、（古代天皇制の影響が希薄な）古代神話の宝庫です。

そんなふうに申しますと、「紫式部が『古事記』や『風土記』を読んだことを証明できないと、そんな仮説は信じられない」と反論されるかも知れません。確かに彼女は猛烈な読書家でしたから、これらの書を読んだ可能性も十分にありますが、別に読まなくても「耳学問」で（表現でなくとも、枠組みについて）聞き及んでいた可能性もあります。それだって構わないのです。

さて、紫式部の御話をするのに、なぜ神話のことを申し上げる必要があるのかと申しますと、平安時代の貴族文芸である『源氏物語』を、貴族社会の中の文献資料だけで突き合わせて読むのではあまりにも視野が狭すぎると考えるからです。言い換えると、文献史学だけでは見えない領域があると感じるからです。現代に残されている文献だけが実際には残っているわけですが、想像を働かせると、おそらく貴族文芸も貴族社会も口承と書承との緊張関係の中に在ったと思います。[4] **神話は、単なる知識ではありません。繰り返しますが、認識や思考、表現を支える無意識のエネルギーのようなものだと思います。**物語を動かして行く根源的な力は、神話です。

ちなみに、鎌倉初期に成書化された『宇治拾遺物語』という物語集は、全一九七話から成る、小さな物語を集めた編者不詳のテキストですが、もともとは古代末期、いわゆる院政期に（あの源高明の孫である）源隆国の書いた佚書『宇治大納言物語』という先行するテキストがあって、その増補・改訂版だと思います。それゆえ、平安時代の物語も含まれています。この源隆国は道長の息頼通と親交がありました。[5]

さて、この物語集の中には「癭取爺《こぶとり》」「腰折雀《こしおれ》」「猿神退治」「藁《わら》しべ長者」「博徒聟入《むこいり》」などといった昔話の話柄《わがら》を持つ物語群が含まれています。[6]これら五つの話柄のうち、上記の三つは古代風土記にも認められるものです。つまり、このような話柄は古代から中世に至るまで、口承・書承を問わず、また階層を問わず社会に溢れていたと考えられます。

というのは例えば、隣爺型の話型は古代風土記の幾つかの神話（『常陸国風土記』の福慈・筑波神伝承、『備後国風土記』逸文の「蘇民将来」の伝承など）に認められますが、昔話では「大歳の客」と呼ばれるものに見られる話柄だからです。話型として見ると、隣爺型と呼ぶことができます。

しかも「癭取爺」の話柄を襲う『宇治拾遺物語』第三話の表現を細かく見ますと、古代でも（『風土記』の八世紀以前からの）ずっと古くからの隣爺型という話型を用いながら、鬼の酒盛には首領の鬼の座る「横座」という平安時代の儀式語が用いられています。それだけでなく、鬼たちの舞踊りは中世の猿楽であると言うように、『宇治拾遺物語』第三話は歴史的なものが複合、重層して構成されています。[7]そういうふうに、**文芸というものは、古いものと新しいもの**

とが重なり合って、新しい物語ができています。紫式部と紫式部の書いた「作品」も古いものと新しいものの複合、重層性が予想できると思います。

言うまでもなく、『宇治拾遺物語』には、そのような物語だけでなく鎌倉時代の同時代の世間話も掲載されています。世間話は古い話柄や話型とのかかわりが薄いもので、物語というよりも噂話や逸話、スキャンダルなど話《はなし》の総称です。言わば、**『宇治拾遺物語』は「古代の古代」と「古代の近代」、そして「中世」とが混在する、古代から中世への過渡期の物語集なのです。いや、もしかすると、テキストというものは、常にそのような重層性を抱えているのかも知れません。**

もちろん、例えば、神話に関係して、目に見える形として儀礼に注目すると、古代といっても奈良時代の儀礼が、平安時代になると儀式化してくるという「変容」があります。清和朝貞観《じょうがん》年間を中心とする『日本三代実録』では、儀式が整備されただけでなく、法律を変えずに朝廷からの通達や勅命・宣旨によって法に準じる制度の施行が強化され、さらに清和朝の『貞観儀式』、村上朝の『新儀式』や源高明の『西宮記』、一条朝における藤原公任の『北山抄』など、同じ平安時代と言っても、儀式書の盛行が、奈良時代の儀礼から式次第を記録する儀式へという変化を示しています。言わば、人々の関心が神に対する祭祀儀礼から可視化される式次第として、直会《なおらい》や饗宴へと傾斜していったことが見て取れます。

やがて室町時代でも『御伽草子』には神話の影が残っていますが、例えば『義経記』などになると、読んだ瞬間に分かるのですが、古代神話の影が薄くなっています。

国語学では、室町語というのは近代語だと捉える考え方もあります。古い言葉と言っても、（少し驚かれるかも知れませんが）鎌倉以前と以後とではくっきりと違いがあります。これが古代神話の働く限界を示していると思います。

平安時代は、文学研究の世界では、中古と申します。大まかに言えば、奈良時代の『古事記』『日本書紀』から『萬葉集』までを上古、平安時代の文芸を中心に中古と区別しますが、両者を大きく併せて古代と呼ぶのが一般的です。

いずれにしても、この講座の中で、紫式部や『源氏物語』をめぐって御話するには、近代的・現代的な解釈に陥らないために、古代とは何か、古代をどう見るか、ということに留意したいと思います。

すなわち、紫式部を近代の小説家のように捉えないで済む「歯止め」が必要になると思うからです。少し考えれば、御分かりいただけると思いますが、紫式部が「机の前に座って」物語を書こうというときに、単に知識があれば書けるというわけではなく（紫式部がどれくらい意識していたかどうかは分かりませんが）最も深いところで古代の神話が働いているだろうと予想するからです。それは『源氏物語』が漢文で書かれたのではなく、ひらかなで書かれたため、女性の作者には、日本在来の考え方や感じ方がおのずと入り込んでくる可能性があったのだと思います。

そうであれば、『源氏物語』は、「古代の古代」からする神話を基礎にしつつ、「古代の近代」を苦悩しているということです。

二　紫式部像を考える前に

現代と比べて古代が大きく違う制度のひとつは、婚姻です。この時代は通い婚（招婿婚）が基本です。普通、生まれた子どもは原則として母方の家で育ちます。ところが、紫式部は（おそらく）幼いころに母と（多分死別だと思いますが）別れたために、父為時のもとで育てられる他なかったと思います。

それゆえ為時の任国へついて行かざるを得なかったのだと思います。この時代、貴族の家屋敷、邸宅は女性が伝領していました。そう言うと、財産は女性が管理していたと勘違いされるかも知れませんが、女性が固定資産を売り飛ばして金品に換えるなどという発想はありません。女性は家に所属する、家と一体となって家の中に「閉じ籠められていた」と言った方がよいかも知れません。物語の登場人物で言えば、紫上や宇治大君は自分が身体的にも精神的にも縛られている、見えない「檻《おり》」から出ることができないでいます。

想像を逞しくすると、もしやその分、紫式部は他の女性たちと比べて、比較的に「自由」だったのかも知れません。すなわち、この時代の女性たちが「閉じ籠められている」ことに早くから気付くことになったのかも知れません。

父為時は、貴族としては貧乏だったと言われていますが、花山帝の東宮時代、読書始めの儀に副侍読《じどく》を拝命した学者でした。

ですから、父との同居は間違いないと思いますが、父が兄弟の惟規にいくら漢詩・漢文の学問を教えても、一向に成果があがらないのに、横で聞いていた（幼い）紫式部は、いとも簡単に覚えてしまったという、有名な逸話が『紫式部日記』に載っています。

この式部の丞といふ人（惟規）の、わらはにて書《ふみ》読み侍りし時、聞きならひつつ、かの人は遅う読みとり、忘るるところをも、あやしきまでぞ聡《さと》く侍りしかば、書に心入れたる親は、「口惜しう、男子《をのこご》にて持たらぬこそ、さいはひなかりけれ」とぞ、常に嘆かれ侍りし。

それを、「男だに、才《ざえ》がりぬる人は、いかにぞや、はなやかならずのみ侍るめるよ」と、

やうやう人のいふも聞きとめて後、一といふ文字をだに書きわたし侍らず、いとてづつに、あさましく侍り。(8)

惟規が兄とした方が、幼い紫式部の「優秀さ」が際立つと思いますが、本当のところはよく分かりません。

「書」とは漢詩・漢文の書物のことです。「才」は漢詩・漢文の学識を言います。しかし、この男性中心の時代のことですから、女性である自分は「一」という漢字を知らないフリをしていたとあります。この記事は最近よく取り上げられますが、私の恩師　南波浩は早くから、**この条にうかがえるように、紫式部は自分が女性であることの意味や理由を考えるようになったのだと繰り返し論じておりました。**(9)

この問題は、紫式部や『源氏物語』を考えるとき、前提となる事柄です。

紫式部が若くから和歌を得意としたことが後々、『源氏物語』を書く時だけでなく、中宮付きの女房になったときに役立ったことは間違いありません。詳しくは第（Ⅲ）回を参照。

彼女が和歌に造詣《ぞうけい》の深かったわけは、父為時の兄弟である伯父さんの為頼（堤中納言）が有名な歌人でしたし、為頼の家集だけでなく父為時の家の書斎にはたくさんの歌学書・歌論書があったと考えられ、きっと読んでいたからだと思います。『源氏物語』の中にも、和歌をめぐる論評の中に「髄脳」という言葉が出ていますが、その歌学書・歌論書のことです。光源氏は、末摘花をあれだけ笑い者にしていながら、「古代の歌詠み」と評価しつつ、興味深いことはみずからもその流れにあると言います。

（光源氏）「（末摘花は）よろづの草子、歌枕よう案内知り、見尽くして、その中の言葉を取り出づるに、詠みつきたる筋こそ強く変らざるべけれ。（略）「和歌の髄脳、いと所せく病さるべき心多かりしかば、もとよりおくれたる方の、いとど中々動きすべくも見えざりしに、むつかしうて、かへしてき。（略）」（玉鬘、第二巻三七三頁）

光源氏は末摘花に返歌はしないながらも、「しか、よく（和歌の奥義を説いた書である髄脳を）案内知り給へる口つき」だと評価しています（玉鬘、第二巻三七四頁）。このとき、末摘花は紫式部の自画像のひとりだと言えます。この条には、紫式部の自負が滲《にじ》み出ています。画家が道化の自画像を絵にそっと入れることがあるように。

ところが、光源氏は「（明石）姫君の学問に、（髄脳は）いと用なからむ」と断じて「ただ、心の筋をただよはしからず、もてしづめおきて、なだらかならむのみなむ、目やすかるべかりける」と中宮になるべき姫君の詠み方を示唆して、一般の和歌のありかたとは区別しています。

周知のように、『紫式部日記』では、和泉式部や赤染衛門を和歌の才能のある人だと評価しています。

ところが、紫式部は清少納言について性格、人柄については言及していますが、和歌のことについては全く触れていませんので、一向に和歌や文筆など清少納言の文芸を評価していなかったのだと思います。それは紫式部にとって、自分の歌には学問的な裏付けがあるという自負があったからだと思います。

一方、清少納言は紫式部のことについて何も言及していません。これは無視したからだというよりも、少し時代が早かったからかも知れません。『枕草子』を読むと、清少納言は父元輔や祖父深養父の「歌詠みの家」の系譜を継ぐ誇りを持つとともに、そのことを重荷に感じていることが分かります。いつも和歌に溢れた暮らしをしていることはうかがえるのですが、清少納言は美的な感覚を詠んでいます。あるいは、自分の思いをそのまま表す抒情詩のように歌を詠んでいます。ところが、紫式部は歌を詠む場面が違います。**紫式部は人間関係の中で「挨拶」として、儀礼として詠むことを得意にしています。あるいは、そういう歌を多く家集に残しています。**『紫式部集』に残っている歌も、『源氏物語』の中の歌も、儀礼的な歌が多いのです。

（この問題は特に第（Ⅲ）回と第（Ⅳ）回で御話しましょう）

三　和歌を詠む藤原道長

北山茂夫『藤原道長』（岩波書店、一九七〇年）は名著ですが、紫式部との関係については、資料の不足を『紫式部日記』を用いることで補い、みごとに描ききっています。ただ、道長の『御堂関白記』や藤原実資の『小右記』、藤原行成の『権記』などの記す道長像と、『紫式部日記』に記された道長像には、大きな違いがあると思います。

『御堂関白記』は道長自身が毎日書き継いだ日々の記録ですから、出来事の記録としてあとからはごまかしようがありません。当時の男性日記は、儀式や政治の日記です。一方、『小右記』という日記は実資という律儀な政治家の書いたもので、道長の政治的な「暴走」を許さず酷評しています[10]。

陽明文庫の『御堂関白記』は道長自筆の国宝です。この時代の男性の日記は、「具注暦」に書き込まれた、政治や儀式に関する和製漢文の記録ですが、例えば道長は儀式における誰彼の出欠にこだわったり、誰かに何を貰ったとか、誰に何をあげたりしたかまで記しています。これに対して、藤原実資の『小右記』は、放縦にして気ままに生きた道長に対して、法や慣例を重んじて常に批判的立場を取っていますので、両方を読み合わせますと、道長という人物は立体的に見えてきます。

これらに比べると、『紫式部日記』は「殿」（道長）**に仕える女房**（紫式部）**の書いたものですから、「和歌を詠む道長」が登場します。どちらかと言うと、私人としての側面が強く出ています。現存するこの日記の中で、道長と紫式部は四度、歌を交わしています。**もちろん『小右記』は、饗宴が開かれたとは記すことがあっても、和歌などはほとんど記しておりませんから、男性日記にとって和歌は重要なものでなかったと思います。

それでは、『紫式部日記』の中に見える、次のような紫式部と道長との歌の贈答・唱和の場面のひとつを見ましょう。

次は、中宮の御産を控えたころ、道長は土御門殿の庭に咲いている女郎花《おみなえし》を題にして、道長は「歌を詠め」と紫式部に難題を出す条です。にもかかわらず、紫式部はすぐに道長と娘彰子の繁栄を言祝《ことほ》ぐ歌を詠んでみせます。

渡殿の戸口の局《つぼね》に見出だせば、ほのうち霧りたる朝《あした》の露もまだ落ちぬに、殿ありかせ給ひて、御随身《ずゐじん》召して遣水《やりみづ》払はせ給ふ。橋の南なる女郎花のいみじう盛りなるを、一枝折らせ給ひて、几帳のかみよりさしのぞかせ給へり。御さまのいとはづかしげなるに、わが朝顔の思ひ知らるれば、「これおそくてはわろからむ」とのたまはするにことつけて、硯のもとに寄りぬ。

女郎花盛りの色を見るからに露の分きける身こそ知らるれ

「あな疾《と》」とほほゑみて、硯召し出づ。

白露は分きても置かじ　女郎花心からにや色の染むらむ

（四四四頁）

紫式部は夜通し中宮のそば近く仕える宿直の担当で、渡殿で仮寝をして朝を迎えたことが分かります。まだ丁水《ちょうず》も化粧も済ませていない寝起きの私のもとに、道長は几帳《きちょう》の上から、庭に咲いていた女郎花をひと枝差し出して、これで早く歌を詠めと「難題」を出したわけです。ハラスメントがまだ問われない時代です。圧倒的に「押されっぱなし」の状態です。注意しなければならないことは、紫式部が紙に歌をしたため、道長も紙に返歌を書いていますから、改まった贈答だということです。

この日記では、道長のことを「殿」と呼び、「せ＋給ふ」という（帝を待遇するときに用いる）二重敬語と言われる最高級の敬語で描いています。つまり、帝の義理の父君となる道長と、「受領《ずりょう》」と呼ばれた地方官の娘で一介の女房にすぎない紫式部との間の、身分や権勢の格差は絶対に越えられないほどに違うのです。ともかく、紫式部はそのように叙述しています。

それだけではありません。紫式部の歌は、中宮の御繁栄を見ると、つくづくと（生まれもった）わが拙き身の程が知られる、というものです。これは僻《ひが》んでいるとか、自虐的というよりも、相手を立てる形式の讃美の歌ということで、みずからを低くして相手を高めるという手法です。じゃあ、単に卑屈な姿勢を取っているのかと言うと、これは挨拶の歌なのです。

一方、道長の返歌は運命が分け隔てをすることはない、中宮とて繁栄は心の持ち方によるんだ、というものです。[11]（私の個人的な感想で恐縮ですが）**道長の歌はなかなかのもので、言わば道長という政治家が文化や芸術など、文事の担い手でもあることを証し立てているわけです。**男性の日記に和歌が記されることは珍しいことですが、紫式部が道長の歌を「創作」することは考えにくいので、『紫式部日記』の四度にわたる贈答は全くの「嘘」だったという作り事ではないでしょう。ここでは言わば、道長が紫式部の和歌の実力を試したところ、見事にそれに応えたことを紫式部は自画自讃しているわけです。

ところで、紫式部の「露の分きける身」という表現で「露」とは、文脈上、運命とか宿世《すくせ》とかといった意味になるでしょうが、あまり見かけない使い方です。和歌には、「露」が運命を表す事例があまりないように思いますので、いささか座り心地が悪く思われます。

最近、仏教学者の石井公成氏が、「白露は分け隔てはしないだろう」という表現について、「大地を潤す雨は平等であるのに、受ける草木は性質の違いによって大小さまざまに育つという譬喩」は『法華経』薬草喩品の偈《げ》に基くものであると指摘されています(12)。

私は、「なるほど」と大変驚きました。が、「露」という語はこの仏典の利用箇所には見えませんから、あえて申せば「露」という語が古代和歌の伝統に立った日本的な表現として成立している、ということを言挙げする必要があると思います。

もうひとつ、『紫式部日記』の次の場面では、紫式部が『源氏物語』の制作者であることを踏まえて、道長はあなたは「すき者」だから誰にでも靡《なび》くだろうとからかっています。

源氏の物語、御前にあるを、殿の御覧じて、例のすずろごとども出で来たるついでに、梅の枝に敷かれたる紙に書かせ給へる、

すきものと名にし立てれば見る人の折らで過ぐるはあらじとぞ思ふ

給はせたれば、

人にまだ折られぬものを誰かこのすきものぞとは口ならしけむ

めざましう」と聞こゆ。（五〇四頁）

「例のすずろごと」とありますから、いつものように戯れ言、冗談めかしたからかいです。

殿は「関係を持たないでこのまま通り過ぎることはできない（さぁ、どうする?·）」と「難題」を出したわけです。すると、私はまだひとりも男性を知りませんから、と切り返したわけです。紫式部が未亡人で娘のいることは周知のことでしょうから、この場面は、（あたかも酒宴の場で哄笑を誘うような）言葉遊びをしているわけです。本気で色めかしく口説いたのではなくて、上手い距離の取り方をした「挨拶」です。

ここでも、前の場面と同様、道長は「殿」と呼ばれ、二重敬語で待遇されていて、両場面における人間関係に変化はないと思います。この贈答については、第（Ⅱ）回で詳しく御話します。

ところが、今だに二人には肉体関係があったはずで、やはり愛人だったという説はなかなか消えません。これは近代の婚姻制度から見て「不倫」だという感覚が拭えないからです。ちなみに、この時代は肉体関係に対する倫理意識は緩《ゆる》いものだったと思います。ですから、**私の考えは、仮に二人の間に関係があったとしても、そのことにあまり意味はないと思います。**

古代社会は身分社会だということが歴然と分かるのが、儀式や行事の場面です。例えば、大臣になった祝賀の饗宴は「大臣大饗」と呼ばれています。これには四位、五位は宴席に奉仕するので、参席はできません。四位、五位は世話係の立場なのです。[13] 芥川龍之介の小説「芋粥《いもがゆ》」

は、この宴会の終わった後に開かれる宴で、主人公の「五位」が残り物の芋粥を賞味します。言うならば、三位以上が「ものの数」に入る者であり、四位以下は「ものの数」に入らないというわけです。

むしろ**物語でも女主《あるじ》と女主に仕える女房ともに、主人公が関係を持つことはよくあって、古代においては人間を類同だとみる観念**[14]**があったことが予想できます。**人がひとりひとり独立していて個性を持つというのは近代的な観念で、例えば姉妹なら「同じ」だとみるような思考です。言わば、とりまきの女房と「関係」を持つことで、女主としては、集団としての人間関係を繋《つな》ぎとめる、親愛の情が確認できるという考えがあったのだと思います。

四　『紫式部日記』和歌をめぐる道長と紫式部

藤原実資の書いた日記『小右記』において、道長は強欲な政治家として記されています。例えば、これによると羅城門は八一六年（弘仁七年）と、九八〇年（天元三年）に強風で倒壊していますが、一〇〇五年（寛弘二年）に修復はついにうやむやになってしまいます。それで『小右記』において実資は、一〇二三年（治安三年）六月一一日条で、羅城門の敷石が道長の法成寺の礎石として転用されたことを「可レ嘆可レ悲、不レ足レ言」と怒っています[15]。今なら私的流用、公私混同と咎められるでしょう。

実資は、一貫して道長の政治行動に対して批判的ですから、多少割引かないといけないのかも知れませんが、道長は溺愛《できあい》する息頼通のためにも慣例や規範を破り続けますから、その度実資は怒り心頭です。


歴史書に見える道長像に比べると、『紫式部日記』の道長像は、中宮彰子が一条帝の御子を産んだこともあって、いずれはこの皇子が帝になるわけで、道長は自分の栄華が約束されたわけで、嬉しくてたまらない。一番機嫌の良い時代です。それで、歌の得意な「酔っ払い」として描かれています。ただ、紫式部は、歌を詠みかわす「殿と女房」にすぎなかったわけです。

例えば、皇子誕生の後、土御門殿で道長主催の祝賀の宴があります。饗宴に参加した全員が順番に歌を詠んで祝うというのが儀礼です。そうすると、いずれ順番が来ると、女房たちは心の中で歌を推敲《すいこう》したり、練習したりするのです。


上達部、座を立ちて、御階《はし》の上に参り給ふ。殿をはじめ奉りて、攤《だ》打ち給ふ。かみのあらそひ、いとまさなし。

歌どもあり。「「女房さかづき」などある折、いかがは言ふべき」など、くちぐち思ひこころみる。

めづらしき光さしそふさかづきはもちながらこそ千代もめぐらめ

「四条の大納言に差し出でむほど、歌をばさるものにて、声づかひよう言ひのべじ」などささめきあらそふほどに、ことおほくて、夜いたうふけぬればにや、とりわきてもささでまかで給ふ。
(四五七～八頁)

十五夜の月が出て、饗宴の折、庭に並べた「屯食《とんじき》」という食事が振舞われます。殿の全体が皇子誕生を祝う空気になっています。寝殿の中心である母屋《もや》における御産養の祝賀の宴がやがて崩れ、上達部が当初の「座」を離れて、端近な廊下の「御階《はし》」に出て、博打の「攤」を打つ(賭け事をする)状態になります。言わば、身分の高い限られた会衆だけの厳粛な雰囲気から、場所を移して「なんでもあり」の状態になるわけです。すると、これまで視線にさらされなかった女房たちが男たちの「標的」になります。そこで、「女房さかづき」とあるように、女房たちに酒を勧めるとともに、「歌を詠め」ということになります。

さて、清少納言や和泉式部も和歌で名声を持つ女房たちですが、紫式部は公で晴の場で詠むことが得意だったようです。

紫式部のこの「めづらしき」の歌は、技巧を凝らしたものです。掛詞に注目すると、この歌

は、

めづらしき　（月の光が）差し添ふ盃は　持ちながらこそ　千代もめぐらめ
光が（手に）差し添ふ盃は
栄月は　望《もち》ながらこそ

という複線的な構成になっています。光が盃に差すことと、盃に手を差し添えることが掛けられ、望月ながらと手に持ちながらとが掛けられています。「さかづき」に「栄」と「月」、「持ち」に「望」、さらに、あるいは「珍しき」には「愛づ」さえ掛けられているかもしれません。日記では、急に歌を所望されたと書いていますが、もしかすると、紫式部は宴に臨む前に、予《あらかじ》め賀歌を推敲し考え出していたのかもしれません。

なぜかと言うと、ここでは、

めづらしきひかりさしそふさかづきはもちながらこそちよもめぐらめ

と韻まで踏んでいます。さらに、「め」で始まり「め」で終わっているのも偶然ではないでしょう。無限ループの形になっていて、まさに彫琢《ちょうたく》された歌だと言えるからです。言うまでもなく「新しい光」とは、皇子の誕生のことであり、盃が千代も巡るめでたさにあずかることの光栄を喜ぶという主旨になっています。**道長たちの前で披露する、公で晴の歌には、ただ言祝ぐだけではなく、技巧が必要だったと思います。**[16] **この場合は、掛詞と韻を踏むことです。**

言わずもがなのことを申しますと、掛詞と言うと、中学や高校の国語で、文法の授業のことがすぐ思い出されて憂鬱《ゆううつ》になる方がおられるかも知れません。しかし、縁語や序詞などとともに、このような修辞は日本語の文化遺産です。と言うのも、近代短歌や近代俳句に引き継がれなかったことは大きな損失だったと考えられるからです。

次は、皇子誕生後、「五十日《いか》」の祝賀の宴のようすです。

> 権中納言（隆家）、隅の間の柱もとに寄りて、兵部のおもと（未詳）、ひこしろひ、聞きにくきたはぶれごゑも殿のたまはす。
>
> おそろしかるべき夜の御酔ひなめりと見て、事果つるままに、宰相の君（道綱女豊子）にいひあはせて、隠れなむとするに、東おもてに殿の君達、宰相の中将（兼隆）など入りて、さわがしければ、ふたり御帳のうしろに居隠れたるを、とりはらはせ給ひて、「和歌

ひとつづつ仕うまつれ。さらば許さむ」とのたまはす。いとはしくおそろしければ聞こゆ。

いかにいかが数へやるべき　八千歳のあまり久しき君が御代をば（紫式部）

（道長）「あはれ、つかうまつれるかな」と、ふたたびばかり誦せさせ給ひて、いと疾うのたまはせたる。

あしたづのよはひしあれば君が代の千歳の数も数へとりてむ（藤原道長）

とばかり酔ひ給へる御心地にも、おぼしけることのさまなれば、いとあはれに、ことわりなり。げにかくもてはやしきこえ給ふにこそは、よろづのかざりもまさらせ給ふめれ。千代も消《あ》えましく、御行く末の、数ならぬ心地にだに、思ひ続けらる。（四七一頁）

「聞きにくきたはぶれごゑ」とは、書き記すのも憚られるようなことで、道長も人聞きのよくない大きな声を発しているということです。「おそろしかるべき夜の御酔ひ」は、乱暴狼藉に及んだことでしょう。

権中納言（道長の甥）隆家は、女房の兵部の御許を引っ張って乱行に及ばんとし、道長は酔っぱらって大声で戯《ざ》れごとを発しています。「事果つる」とありますから、祝賀の宴が終わった後のことで、「殿の公達」（宰相中将）や兼隆たちは、寝殿の「東面」で若い女房たちと派手に戯れています。[17]

ところで、私（紫式部）は同僚の女房「宰相の君」と物陰に隠れますが、道長は二人を引っ張り出して「和歌ひとつ」詠めと責めたてます。私や宰相の君は、おそらくさだ過ぎていて、若い男たちの恋の対象とはならなかったのです。それで、和歌を詠めば許してやろうというわけです。二人は、道長からひたすら祝賀の歌を詠むよう求められています。道長にとっても、二人は情愛の対象ではなく、女房の立場にすぎないのです。

そこで紫式部の詠んだ歌も、道長を喜ばせる、公で晴のみごとな性格を帯びています。

私が面白いと思うのは、『国歌大観』で調べてみましたが、「いかにいかが」などという歌い方は、他に例がなく、「紫式部の発明」だと言えます。ともかく、紫式部や宰相の君が道長の情愛の対象とはならず、この場合もひたすら和歌の唱和に関心が向けられていて、主と女房との関係は動かないことです。

五十日に　如何　数へやるべき
如何に　五十日　八千歳のあまり
あまり久しき君が御代をば

というふうに、この歌は、掛詞をもって複線的な構成を取っています。これは饗宴歌の特徴で

す。韻も、

いかにいかがかぞへやるべきやちとせのあまりひさしききみがみよをば

と丁寧に踏んでいます。これもそうかもしれません。五十日の御祝いはこれから八千年余の長命の皇子の御代を数え尽くすことはできない（皇子よ永遠なれ！）と詠みます。「いかにいかが」とはいささか大仰ですが、酔った相手に伝えようとする気分も見て取れます。

一方、道長は、紫式部の返歌を二度誦して歌のめでたさを褒《ほ》めた後、

あしたづのよはひしあればきみがよのちとせのかずもかぞへとりてむ

と返歌しています。私にもし千年の寿命があったら、若宮の年も数え尽くすことができる（長生きしたいものだ）という意味です。これもまた、音の尻取りになっていて、技巧を凝らした歌となっています。

例えば、これは私の妄想《もうそう》ですが、『萬葉集』で、天皇の行幸に従駕した柿本人麿は、予め歌

を作って持って行ったのではないかと思います。あるいは、毎年、鳥羽《とば》の城南宮で曲水の宴が行われています。盃を乗せた水鳥（の模型）を庭の川の水に浮かべ、流れ着くまでに歌を詠むというのも、即興といえばそうなのでしょうが、古代の饗宴においては、前もってあれこれと詠作の「予習」をしてきた可能性もあると思います。

要するに、**道長も歴史上の道長は権力者ですが、『紫式部日記』の描く道長は、即興で歌を詠んでいて文化人です。**私には歌を批評できるまでの力はありませんが、**この道長の歌は悪くないものです。**もちろん、紫式部は、自分の歌を自讃するとともに道長との贈答を誇りに思ってはいると思いますが、はからずも、日記の目的とも重なって、道長の歌才や教養を讃美することになっている（必要があった）と思います。

つまり、このようなことが公の晴の場で詠むべき歌の姿であり、その使い分けが紫式部は得意だったと言えます。

『紫式部日記』は、紫式部との贈答・唱和において、皇子誕生に政治的勝利に酔う権力者の姿だけでなく、雅びを体現した政治家像を記す結果になっています。これも状況証拠的ですが、道長は紫式部に中宮御産の経緯、顛末《てんまつ》を記し残すように命じたというふうに考えられますから、報告書としての『紫式部日記』を献上する相手のことを描くのに、いかばかりか忖度《そんたく》することは必要だったと思います。それが紫式部に強いられた女房の役割だったのかも知れません。

まとめにかえて

歴史学が歴史資料の中で読み解く藤原道長と、国文学の側から『紫式部日記』や『紫式部集』の中に見る道長像とは、随分と印象が違います。

まぁ、どちらかと言うと、そもそもひとりの人物が完璧で、矛盾なく統一的な人格を備えているということが、あり得ないことかも知れません。歴史の中の道長は政治権力者ですが、『紫式部日記』や『紫式部集』の中の道長は、機嫌の良い時期には歌を詠む文化人であり、雅びの体現者です。しかも、紫式部の雇い主ですから、作品での讃美も幾らか割引かざるを得ませんが、おそらく道長と紫式部との関係の基本が、「殿と女房」であることは動かないでしょう。(18)

ちなみに、よく知られている道長の有名な歌「この世をば我が世とぞ思ふ望月のかけたることもなしと思へば」は、わが世はまるで満月である、余は満足である、という内容と見えます。

さて、この歌は実は、臣下たちの並み居る饗宴の中で詠まれたものです。この歌は、よく道長の慢心した奢《おご》り、高ぶりを表していると批評されることがあります。ただ、道長の日記『御堂関白記』にはこの歌は記されておらず、藤原実資の『小右記』、一〇一八年（寛仁二年）一〇月一六日条に載っています。三女威子が中宮として立后した日に行われた饗宴の記事です。

太閤招二呼下官一云、欲レ読二和歌一、必可レ和者、答云、何不レ奉レ和乎、又云、誇たる歌になむ有る、但非宿構者、**此世乎は我世と所思望月乃虧《かけ》たる事も無と思へは**、余申云、御歌優美也、無二方酬答一、満座只可レ誦二此御歌一、元稹菊詩、（白）居易不レ和、深賞歎、終日吟詠、諸卿饗応、余言数度吟詠、太閤和解、殊不レ責レ和、夜深月明、扶酔各々退出、[19]

これによると、道長は臣下たちを呼んで、これから和歌を詠むので、これに「和」して詠めと命じています。「宿構」ではない、すなわち、予め構えて作ってきたものではない、と言っています。いつも悪口を言う実資も実に優れた歌だ、これに応じることができないと答えています。また同座の人々は皆この歌を口ずさみ、人々は「終日吟詠」したとあります。いささか大げさに感じられるかも知れませんが、饗宴が儀礼だということがよく分かります。

長女彰子から、二女研子、三女威子まで順番に入内を実現させ、道長は一条帝、三条帝、後一条帝と三人の后に仕立てることに成功します。『小右記』には、宮中で威子立后の儀の後、管絃の遊びの席上で、道長はこの歌を詠じ、満座の人々がこの歌を朗誦した。殿は御満悦だったとあります。

この歌には歴史学でも国文学でも、長きにわたる議論があります。(20)この場合、道長の三女の立后を祝う賀の宴の場ですから、一座の人々にして見れば、道長の機嫌を損《そこ》ねることや、座が白けるような歌を詠むことはできなかったと思います。普通なら、賀の歌としては、殿の世は千代に八千代に続くであろうとか、鶴が舞い亀が遊ぶなどと歌うところですが、道長の歌がみごとに完結しているので、下手に和することはできなかったのかも知れません。

私の考えを申しますと、先に見ましたように『紫式部日記』において、挨拶の歌としては道長も紫式部も、技巧を凝らした歌を詠んでいます。ところが、「この世をば」の歌には、掛詞すらありませんし、韻も踏んでもいません。したがって、これは事前に用意した歌ではなく、割合と心情を率直に表明した即興的な歌であり、会衆はこれに和することを控えるしかなかったと見てよいと思います。

ただ、従来から指摘されているように、道長の晩年はいつも疾病との闘いで、いつ絶命するか分からない、生死をさまようような毎日であったことが分かります。その中にこの歌を置いて読むと、一点の翳《かげ》りもない、満足の歌としてではなく、わが半生を思い返した感慨を込めた歌とも読めます。

光源氏が藤壺中宮の力添えとともに、秋好中宮・明石中宮という二人の中宮を后として抱えて栄華を築く『源氏物語』は、この道長の栄華の実現よりも早く成立していましたから、研究者によっては、文芸としての『源氏物語』が歴史を「引き寄せた」と批評する人もいます。

歴史学でも国文学でも、**光源氏が道長に似ているという評価はよく耳にします。光源氏は道長である、と。ところが、それは言い過ぎだと思います。と言うのは、類似する点は、光源氏が大臣から准太上天皇へと駆け上って行く政治家としての時期に限られているからです。それは部分的、限定的で、道長のイメージだけでは、若き日の光源氏や晩年の光源氏は描けません。**若き日の光源氏、藤壺との過ちなどは道長と関係はありません。むしろ多くのモデル、多くの人々の伝記・伝説を踏まえているので、光源氏像は複合的なものです(21)。言い方を変えれば、政治家光源氏を描くとき、道長をモデルとしたことはあり得るとしても、青年光源氏だけでなく、宇治十帖を描くことは、紫式部独自の深い内面を問わずしては無理でしょう。宇治十帖の内容も、道長とは関係がありません。

まして、日記でも、道長は「殿」という雇い主であり、作品を献上する相手その人ですから、壮年の光源氏を描く上で政治家としてモデルとされたとしても、そのことだけをあまりに言いつのることには、無理があると思います。

いずれにしても、都で一番の権力を体現する道長の政治家、権力者としての表と、『紫式部日記』に記されている私人としての裏と、（いや、もっと深い闇があるかもしれないのですが）紫式部はその両方を見ています。その膝元で日々、中宮女房としての役割を果たさなければならなかった紫式部のストレスは、想像を絶するものだったでしょう。中宮と道長とを言祝ぐと同時に、自分は何をしているのだろう、自分はなぜこんな境遇に在るのだろうと、紫式部もまた表と裏──光と闇とを抱えています。それゆえに、中宮彰子付き女房と、為時娘としてのみずからとのギャップは、なかなか耐え難いものだったと思います。

Ⅱ 『源氏物語』はどのように生まれたか・読まれたか

はじめに

どなたも御存知だと思いますが、滋賀県の石山寺には、紫式部が『源氏物語』を執筆したと伝える本堂横の部屋「源氏の間」と、琵琶湖に浮かぶ名月を見て、たちまち須磨の巻を構想したという有名な伝説があります[1]。

それでは、この伝説をそのまま信じてよいのかと聞かれたら、大人げないことで恐縮ですが、どうも難しいと思います。このひとつの場面くらいは書けたとしても、あの長い『源氏物語』全体を書くことは無理でしょう。**『源氏物語』を書くためには、何よりも構成力が必要です。**

よく指摘されるのは、紫式部が壮大で緊密な構成を持つ長編物語を書けたのは、例えば司馬遷の『史記』や『漢書』など、中国の歴史書、あるいは日本の六国史を読んでいたからではないかと言われるのですが、そのとおりだと思います。本講座でも後ほど触れたいと思いますが、『竹取物語』や『伊勢物語』も、『源氏物語』の制作に寄与したと考えられますが、ただそれらは帝一代の出来事を伝えるだけで、『源氏物語』には六代の帝の御代にわたる時代を描いているからです。そのような大がかりな構成には、歴史意識が必要です。

それでは、そのような遺物や口碑がなぜ石山寺に伝わったのかというと、確かなところはよく分かりません。今、『国歌大観』を用いて探しますと、『和泉式部集』（八三七番歌詞書）や『赤染衛門集』（二九〇、三〇〇、三一五番歌などの詞書）には石山寺に出掛けたことが見えますから、紫式部も石山寺に参詣した可能性は高いと思いますが、さらにただ考えられることのひとつは、（何の証拠もないのですが）後世になって誰かが石山寺に『源氏物語』を奉納したなどということがきっかけになっているかも知れません。寺社に作品を納めるということは、記録にも残っていますから。

もうひとつ可能性があるのは、「源氏供養」の儀式です。[2] 一二世紀から一三世紀になると、愛欲に満ちた、罪深い「狂言綺語《きご》」の物語を書いた紫式部は、今やきっと地獄に堕ちているだろう、だから救ってやらなければいけないという評判が広がります。源氏供養というのは、そこで行われた救抜の儀式のことです（藤原為経『今鏡』、平康頼『宝物集』、藤原信実『今物語』など）。正面に紫式部の絵像を掲げ、滅罪のため『法華経』『源氏一品経』などを読誦したとされています。それが石山寺で行われたかどうかまでは分かりません。もちろん平安時代の紫式部の絵像などは残っていませんが、石山寺には、室町時代のものと伝える古い紫式部の絵像が伝わっていて、複製が販売されていますが、それはそのとき用いられたものかも知れません(3)。ただ、これも確証はありません。

ちなみに、室町期以降の成立かとみられる物語に『源氏供養草子』があります。内容は、比叡山東塔、竹林院の里坊である安居院《あぐい》の法師聖覚のもとへ尼御前が訪ねてきて、長年愛読する『源氏物語』が念仏の障りとなり、罪深く思うので、物語の料紙を用いて『法華経』を書写した。ついては供養してほしいと言うので、聖覚は願文《がんもん》を制作した。帰って行った尼御前の後を訪ねて行くと准后の御所であったというものです。なお、天理図書館本の末尾は、尼御前の正体が紫式部の亡霊であったとあります。

このような物語草子ができたのは、中世においては、盛んに『源氏物語』が読まれる一方、極楽往生を願うために、みずからの罪障を恐れ、滅罪を説くべく物語が作られたり、読まれたりしたものでしょう(4)。

いずれにしても、『源氏物語』そのものが生まれた（出仕前に及ぶ、創作的な）経緯はよく分かりません。

一　何を準拠とするかという論の「罠」

最近、時折目にする議論ですが、定子の産んだ皇子が皇太子になれなかった一方、彰子の産んだ皇子が皇太子となったことを、桐壺巻の人物構成に見て取ることができるとする考えがあります。

定子
一条帝
彰子
皇子、皇太子となれず。
皇子、皇太子となる。

桐壺更衣
桐壺帝
弘徽殿女御
光る君
皇太子

しかも、最近はさらに、この構図とかかわるかどうか、桐壺更衣と定子との同定まで考えようとする議論も見られます。

このように上下に並べてみると、「そっくりだ。これが物語の元になっている」と思わず言ってみたくなるのかも知れません。しかし、よく考えて下さい。この二つの系図の対比では、皇子が皇太子になれるかなれないかだけがポイントになっています。ところが、歴史上知られる定子と物語に描かれる桐壺更衣とは、あまりにも隔たりがあります。例えば、かねてより説かれているような、桐壺更衣が劣り腹として設定されていることや、宮廷の掟を犯しかねないというタブーの問題などはどう関係するのでしょうか。

私は何よりも、そのような類比からは若き日に光源氏の犯した、后を過つという暴力性を見出すことは難しいと思います。

私は、単に似ているところがあるということから一点突破的に構成的な類比analogyをもって同一性を論証することはできないと思います。例えば、随分昔の考察を持ち出して恐縮ですが、藤井貞和氏が「桐壺更衣をめぐる愛と死の虚構軸に沿ってのみ、いわゆる長恨歌の影響が看られ」るとする一方、「作者の長恨歌体験とでもいうべきものの作用」を論じています[5]。つまり、単純な準拠論、影響論を批判しています。そして、『続日本後紀』承和六年（八三九年）六月己卯、三〇日条に注目しています。改めて引用しますと、

女御従四位下藤原朝臣沢子卒。沢子。故紀伊守従五位下総継之女也。天皇納レ之。誕二三皇子一皇女也。〔宗康。時康。人康。新子是也。〕寵愛之隆。独冠二後宮一。俄病而困篤。載二

之小車一。出レ自二禁中一。纔到二里第一便絶矣。天皇聞レ之哀悼。遣二中使一贈二従三位一也。（以下略）(6)

という記事です。

ここでさらに、藤井氏の指摘に留意する必要があると思います。すなわち藤井氏は「私たちが自戒しなければならないのは、このような史実から着想を得て桐壺の巻の前半が作られたというたぐいの準拠論に陥ることである」とされ、「だいたい、みぎの史実に拠るかぎりでは、藤原沢子という人物がどういうイメージの女性であったのかということはすこしも明らかでない」とされて、むしろ「あたかも先行文芸のごとく後宮に語り伝えられているか、説話化されている必要がある」（同書、一一八〜九頁）と説かれるところです。

つまり、私に言い直せば、準拠とされている記事と物語表現との間に、「長恨歌体験とでもいうべきもの」という、媒介的に作用する口承の伝承を想定すべきだと、藤井氏は主張しているのです。

確かに、藤井氏の指摘される右の記事だって、桐壺更衣の物語と「そっくり」だと言えば「そっくり」です。しかも、こちらは構成においてではなく、ストーリーにおいてもっとよく似ています。つまり、もう少し緩やかに言えば、物語の表現は、ひとつの記事やひとつの事柄に簡単には還元できない、色々な事例をひとつに確定する方向で考えるべきではなくて、『源氏物語』はさまざまな伝承も複合させていると考える方がよい、と私は思います。むしろ私は、藤井氏から物語の生成には、口承の伝承が介在しているという視点に学ぶべきことがあると思います。

私が、これらを見渡した上で、なお残されている問題があると感じる点は、藤井氏の考えにおいても、和歌「かぎりとて」そのものが論じられていない、もう少し申しますと、和歌そのものの「質」が問われていないということにあります。

これはすでに論じたことがありますから(7)、ここでは省きたいと思いますが、この問題の落としどころは、物語はさまざまな物語や出来事を踏まえながら生成しているということです。そのことを素直に認めることから考える必要があると思います。

いずれにしても、『源氏物語』そのものが生まれた（創作的な）核心の部分はよく分かりません。

二　『紫式部日記』における御冊子作り

物語制作の核心については、今は措くとして、『源氏物語』制作の経緯について、客観的に知られるのが『紫式部日記』です。

この『紫式部日記』は、主として中宮彰子の御産という出来事を記したものですが、おそらく、道長が紫式部に命じて書かせたものだと思います。紫式部は、御産の前後について、女房の立場から女房たちの臨戦態勢の動向を中心に描いています。(8)

その中に、中宮の御冊子《みそうし》作りの記事があります。次は、御産のために土御門殿に里下りしていた中宮が、内裏に還御する期日が迫ってきたころです。

入らせ給ふべきことも近うなりぬれど、人々はうちつぎつつ、心のどかならぬに、(中宮の)御前には、御冊子つくりいとなませ給ふとて、明けたてば、まづ向かひさぶらひて、色々の紙選り整へて、物語の本どもそへつつ、所々にふみ書きくばる。かつは、綴じ集めしたたむるを役にて明かし暮らす。「何の子持ちか冷きにかかるわざはせさせ給ふ」と聞こえ給ふものから、よき薄様ども、筆・墨など持てまゐり給ひつつ、御硯をさへ持てまゐり給へれば、とらせ給へるを、惜しみののしりて、もののくまにむかひさぶらひて、かかるわざし出づとさいなむなれど、書くべき墨・筆などは給はせたり。(四七二～三頁)

状況証拠的な推論になるのですが、『源氏物語』は本来、中宮教育のために制作されたものだと私は考えています。[9] その問題とは別に、ここで制作された豪華本は、一条帝に献上されたものだったという説もあります。そうであれば、『源氏物語』をまだ書いている途中だなんてことは考えにくいので、この段階で、すでに（ある程度まとまって）でき上がっていた可能性は高くなります。

さて、私が面白いと思うのは、一般に『源氏物語』の作者は紫式部だとされていますが、この日記には、「中宮が御冊子作りを営んだ」と、主語は中宮になっていて、大状況として**『源氏物語』は中宮の事蹟だとされていることです。**なるほど、最初に大坂城を造ったのは秀吉だ、というのと同じです。実際に働いた人々と、これを計画・指示した人、費用を誰が出したのか、ということとは違うからです。しかも、中宮御産の記録を書くように命じたのが道長ですから、女房としての紫式部にしてみると、これは私が私がと前に出ることはできません。

この場合を見ると、紙選びとか、書物としての装幀《そうてい》とか、大ごとになっているのですが、道長が「どうして生まれたばかりの子を持つ中宮に重労働をさせるんだ」と言いながらも、けっこう喜んでいるみたいで、高級な筆や墨、硯などをせっせと用意しています。

著作権を重視する現代の感覚から申しますと、この記事は少し分かりにくいと思います。最近よく言われるようになったのですが、おそらく、紫式部は原作者であって、（どのくらい表現の一字一句まで責任を持っているかは分かりませんが）美麗な紙に清書する人が別にいて、周りの女房たちとともに仕上げていったとみられます。言わば工房的な集団を想定できるかも知れません。原作者・原作と、これを仕上げる、言うならばスタジオ・ジブリ説です。(10)

紫式部は、歴史資料では「藤式部」と記されていますが、このような共通の意思を同じくする集団を、括弧付きの〈紫式部〉と定義することもできます。しかし、私は『源氏物語』や『紫式部日記』『紫式部集』の中に居る存在を、それぞれ想定し、検討することで、三者を生み出した表現者としての紫式部はひとりだと理解しています。

もちろん物語が本当にひとりの作者によるものだったのか、という疑問も湧かないわけではありませんが、(長きにわたって考えを重ねてきた結果) **私は主題の展開には一貫性があり、日記や家集の内容との整合性、同質性から考えて、紫式部をひとりと想定してよいと思います。**

余計なことかもしれませんが、かつて、村上征勝氏は、語彙の数量を計測して『源氏物語』の前半と後半では、作者が違うと主張しました。(11)

古くは与謝野晶子が、物語の後半は紫式部とは別筆だという説を表明しています。(12) 与謝野氏の論点として注目すべきは、(1) 帚木巻総序説であり、(2) 若菜上巻以降は、紫式部の娘大弐三位の作だということです。その後も多くの批評家や研究者が同様の意見を述べています。しかしながら、語彙の偏りだけで作者の違いまで言及できるでしょうか。(13) 主題が変われば、語彙が偏るなんて当たり前でしょうから。

主題（何を描こうとしたかではなく、何が描かれているか）から言えば、藤裏葉巻までの光源氏物語は、光源氏の恋が栄華の達成をもって完結する物語と言えます。ところが、次の若菜上巻からは、それまで敗者の憂き目を見て来た朱雀院と女三宮を登場させ、光源氏と紫上との「理想的」な関係を完膚《かんぷ》なきまでに潰《つぶ》してしまいます。

若い頃、私はなぜ第一部における「めでたし、めでたし」の大団円を、わざわざ壊す必要があるのか、全く分かりませんでした。しかしながら、よくよく考えてみると、紫式部はここから後の物語を、どうしても書きたかったのだと思います。

第二部に描かれていることは、「親と子の情愛の愚かさ」（恩愛の罪）と、光源氏の老いゆえの「男と女の情愛の愚かさ」（愛執の罪）です。やがて、紫上の最期を伝える御法巻を経て、第三部宇治十帖は大君から浮舟へと、女性の「救いの可能性があるか」という課題を描き続けます。恋や政治といった問題に終わらず、罪の問題へ、さらに救済の問題へと展開させて行くところに「紫式部」の狙い、意図が透けて見えます。あるいは、この展開—問題の絞り込みこそ、紫式部のこだわりだったのではないか、と思います。だからこそ、この物語が紫式部であり、紫式部こその物語なのです。

しかも、例えば治承・壽永の内乱を描いた『平家物語』の諸本は実に多様で、作品の全体から見ても長短があり、表現の次元はもちろん、語られる出来事だけでなく記事の前後関係にも出入りや量的な多い少ないもあるのですが、そのような『平家物語』の本文に比べますと、概ね『源氏物語』の本文異同は、形容詞が違うとか、テニヲハが違うといった程度ですから、諸本を丹念に研究している先生方からは御叱りを受けるかも知れませんが、私は、元々『源氏物語』は、ひとつの本文を中心に書写、校訂されて来たのではないか、と妄想しています。

三 『源氏物語』の成立論

結果的に言えば、戦後の『源氏物語』研究を縛り続けることによって生き延びた論考が、**和辻哲郎**「源氏物語について」[14]です。和辻氏は、「もし現在のままの源氏物語を一つの全体として鑑賞せよと言われるならば、自分はこれを傑作と呼ぶに躊躇《ちゅうちょ》する」として、1「単調である」、2「繰り返しが多い」、3「場面の多くが、描写において不十分である」、4「描写の視点の混乱がある」、5「源氏は一つの人格として描かれていない」などの根拠を挙げています。

しかしながら、これらを「難点」として取り上げることを是とする文学観は、近代小説を基準とするものだと思います。むしろ、これらの特徴は、裏返せば古代物語の特性だったと言うべきでしょう。事実、同時代の『宇津保物語』などは、まさにこれらの特性を備えているからです。

ところで、古代文芸を「類型」と「個性」という概念を用いて、文学史を構想した風巻景次郎氏は、なぜか私には理解が及ばないのですが、この和辻氏の辿った轍《わだち》に嵌《はま》り、鎌倉時代の藤原定家の段階で、それより以前に「輝く日の宮」という巻が存在したらしいが、その消滅と交替する形で帚木三帖（帚木巻、空蟬巻、夕顔巻）が登場した、という仮説を出しました。(15) その根拠は、現行の『源氏物語』は、桐壺巻から読み進めて行くと、どうしても違和感が残るだけでなく、例えば藤壺と光源氏との出会いや、六条御息所と光源氏との出会いが描かれていないことが不審であるとして、かつて存在した「輝く日の宮」巻には描かれていた（はずだ）と推測するのです。残念なことですが、風巻氏もまた和辻氏のような近代小説観に囚われています。

一方、武田宗俊氏は、紫上系の巻々に登場する人物は玉鬘系の巻々には登場するが、玉鬘系の巻々に登場する人物で紫上系の巻々に登場しない人々がいる、という現象から、「紫上系の物語」が先にでき上がり、「玉鬘系の物語」が後から挿入された、という仮説を出しました。(16) 内部徴証に対する違和感を、成立という外部徴証へ展開させたわけです。

この考えは、論理的には明快と見えますが、この仮説もまた、近代合理主義的な判断に基いていると思います。武田氏の考察を最終的に裁定したのが長谷川和子氏です。長谷川氏は、問題は「成立事情」ではなく「意識的書き分け」だと論じています。(17)

私はこの長谷川氏を支持しています。

この議論をめぐって、何をどう考えればよいのかと言うと、『更級日記』の段階（この成立は、一〇五八～六四年頃ですから、紫式部から遅れること数十年）では、菅原孝標女が読んだ『源氏物語』は、定家本『更級日記』には「五十よ巻」とあります[18]。これが「五十四巻」なのか「五十余巻」なのか議論を呼ぶところですが、この時代には、概ね現行の『源氏物語』に近いものだったということは間違いないでしょう。

それでは、何が動かないのかと言えば、原理的に見れば、『源氏物語』の第一読者が中宮彰子であったということです。また『源氏物語』を書いた紫式部が女房であったことと、物語の語り手が女房として想定できることは深く関係していることでしょう。これを考察の出発点としたいと思います。

ちなみに、成立過程について、玉上琢彌氏は、紫式部が出仕前に物語の習作をしていた。そのひとつが（独立性の強い）短編の「若紫巻」である。現行の『源氏物語』は、最初の数巻は独立性が強く、当初は巻の単位で発表されていた。ところが、これらを出仕後に長編に作り直した、という説を持っています[19]。この仮説は、なかなか魅力的です。

今仮に、冒頭の巻々と登場女性との関係を、私に整理してみると、次のようです。

	（登場女性）	（巻の性格）	（出来事）
桐壺巻		冒頭的	
帚木巻	空蝉	冒頭的	
空蝉巻	空蝉	短編的	
夕顔巻	夕顔	短編的（独立性）	
若紫巻	**若紫**	**短編的（独立性）**	**垣間見（神話的枠組み）**
末摘花巻	末摘花	短編的（独立性）	
紅葉賀巻		長編的契機	皇子誕生
花宴巻	朧月夜		
葵巻		長編的契機	御代替　葵上の退場・若紫新枕
賢木巻		長編的契機	藤壺出家
花散里巻	花散里	短編的（独立性）	
須磨巻		長編的契機	（以下を略す）

右の一覧を眺めると、確かに独立してその巻だけで「鑑賞」できる巻と、藤壺と光源氏との

過ちによって生まれた皇子と、桐壺帝から朱雀帝への御代替とを軸に、長編化が仕組まれていることがぼんやりと浮かび上がって来ます。

玉上氏の考えをもっと単純に言えば、ひとつの巻にひとりの女性が登場する冒頭の巻々に対して、皇位継承といった骨格を与え、「串挿し」にして「紫のゆかり」といった女性の系譜の物語を書いたのだ、と考えられているわけです。

この仮説が魅力的であるのは、「なぜ『源氏物語』は光源氏を主人公とする物語なのか」という疑問に苦しまなくてもよいからです。それは、『源氏物語』の成立について、紫式部は夢見がちな文学少女時代に、憧れの貴公子を待つ物語をすでに書いていたということから推論を始めることができるからです。

つまり、**若き日の紫式部は、「先に発表した物語」(が流布したこと)によって、為時娘は才《さい》媛《えん》としてすでに評判になっていて、そこに道長が目をつけたというわけです。**その話題作が、おそらく玉上氏の想像したように、若紫巻(もしくはその原形)だった可能性があります。長編化して既存の(もしくは既発表の)物語を組み換えた痕跡が、(1)ある程度書かれた後に、桐壺巻を冒頭に据えたこと、(2)すき者の若人たちの雨夜の品定めから、光源氏の恋の始まりを設定したこと、などに見出すことができると思います。『源氏物語』研究者には、(明言されるかどうかは別として)必ずやこのような考えを肯定される方がいると思います。

なんとなれば、すでに中宮であった定子を押しのけるために、後から強引に入内させた中宮彰子が帝の寵愛争いに勝つようにと、歴史学者の北山茂夫氏は、後宮政策の一環として、紫式部、和泉式部、赤染衛門、伊勢大輔たちが集められたのだと主張しています。(20)おそらくそういう経緯があったと思います。

ちなみに、実践女子大学の横井孝氏は、古筆の鑑定を依頼されるほど書誌学を専門とする大家ですが、この間、古代の紙の研究を続けておられて、(21)道長が経済的なパトロンでなければ、『源氏物語』のような大作はできなかったと、早くから繰り返し発言されています。

そう言われると確かに、『枕草子』でも跋文《ばつぶん》に、中宮定子が紙を清少納言に下賜《かし》して何か書くように命じたとあります。

宮の御前に、内の大臣（伊周）の奉り給へりけるを、「これに何を書かまし。上の御前（一条帝）には史記といふ書をなん書かせ給へる」などのたまはせしを、（清少納言が）「枕にこそは侍らめ」と申ししかば、（中宮が）「さば、得てよ」とて賜はせたりしを、あやしきを、こよやなにやと、つきせず多かる紙を、書きつくさんとせしに、いともの思えぬ事ぞ多かるや。(22)

（三三一頁）

この記事もほとんど中宮定子の下賜された紙によって『枕草子』が編まれたことを伝えています。

つまり、紫式部や清少納言がポケットマネーで紙を用意することはできなかったと思います。古代では洋の東西を問わず、絵画・音楽・文芸など文化や芸術の世界は、財力を持つ貴族たちの経済的な支援なしには可能でなかったことを思い出すことができます。

ちなみに、ここに言う「枕」とは何か、諸説あるのですが、この場合私は、和歌の修辞のことで、歌枕《うたまくら》の意味ではないかという説を支持します。歌枕は古歌に詠み込まれた名所のことで、広義には名所を記した書物、あるいは歌枕などの修辞を言います。代々の「歌詠み」の家の伝統を背負う清少納言が書いたことですから、『枕草子』は和歌に溢れた暮らし、中宮サロンの雰囲気を伝えています。『枕草子』は冒頭の「春はあけぼの」からして、中宮讃美に貫かれています。詳しくは第（Ⅲ）回で御話するつもりです。

四　『源氏物語』の読まれ方

このようにして中宮御前で制作された『源氏物語』は、たちまち宮廷で評判になったようで、この日記には、Ⅰ藤原公任、Ⅱ一条帝、Ⅲ藤原道長といった人々に話題にされたと、紫式部はいささか自慢げで、誇らかに記しています。

Ⅰ 藤原公任の場合

第（Ⅰ）回に少し紹介しましたが、次は、『紫式部日記』で、皇子誕生の五十日《いか》の祝いが、皇子と道長を始めとして上達部が参集して饗宴が催されます。宴酣《たけなわ》になるころです。

　その次の間の、東の柱もとに、右大将（顕光）寄りて、衣のつま袖口かぞへ給へるけしき、人よりことなり。酔ひのまぎれをあなづりきこえ、また誰かとはなど思ひ侍りて、はかなきことも言ふに、いみじく戯《ざ》れ今めく人よりも、けにこそおはすべかめれ。しかさかづきの順《ずん》の来るを、大将はおぢ給へど、例のことならひの「千歳萬代《よろづよ》」にて過ぎぬ。左衛門の督（公任）「あなかしこ、このわたりに若紫やさぶらふ」とうかがひ給ふ。源氏にかかるべき人見え給はぬに、かの上はまいていかでものし給はむ、と聞きゐたり。

（四七〇頁）

この記事は、当時一流の文化人であった公任による、『源氏物語』理解のひとつとして注目されてきたところです。盃が回ってくると、顕光は盃が回ってきて歌を詠まなければならないことに緊張していたようですが、結局、祝宴の場では「皇子は「千歳に、萬代に」栄えるであろう」と、類型的な賀歌が繰り返されるばかりで、ここで記すほどのことではない、とあります。

私が面白いと思うのは、宴のせいで公任は酔っ払っていた、ということです。つまり、未亡人となって、宮廷に出仕してきた（年かさの高い）紫式部を、あえて年端もゆかない「若紫」と呼んで、言わばからかっているわけです。

「あなかしこ」は、会話の冒頭に用いられていますから、挨拶《あいさつ》の言葉です。身分の高い一流の文化人である公任が、一介の女房に向かって「恐縮ですが」とか「失礼ですが」とかといった挨拶をすること自体が慇懃《いんぎん》無礼なことでしょう。ただ、「若紫」という呼び名は、物語の中に出て来ませんので、「わが紫（我が紫君！）」と読むべきだという研究者もいます。それだと、公任は光源氏の立場に立っていることになります。そうであれば、**もっと馴れ馴れしい。酔っ払いのからかい**に対して、紫式部はこの面倒くさい相手を受け流し、内心では、ここには光源氏に似つかわしい人もいないし、まして紫上もいるはずがない、と思っていたということになります。

考え方ですが、読みようによっては、紫式部の言わんとするところを、「何を言っているんだ、若紫といったって所詮《しょせん》は物語の中の人物なのに、こんなところに居るわけがないじゃないか」と理解しますと、これは結構、強烈な反論です。当代においては和歌でも漢詩でも音楽でも、どんな面でも高名な文化人であった公任だって、物語をちゃんと「読めていない」のではないかと、ムキになっているとも見えます。

とは言え、並み居る女房たちの中から「私がその若紫です。どんな御用事でしょう」と、一歩前に出て、余裕をもって切り返すこともできたでしょうが、ここは（気配を消して）返答せず、公任を相手にすることなく、沈黙しています。

とすれば、そのような一流文化人の公任に声を掛けられたことを光栄と思うだけでなく、迂《う》闊《かつ》な対応をしてあまり大きな騒ぎになると、また女房たちから攻撃の標的となることを恐れたという可能性もあります。

Ⅱ　一条帝の場合

後日、一条帝の次のような批評が記されています。

（A）左衛門の内侍といふ人侍り。あやしう、すずろによからず思ひけるも、え知り侍らぬ。心憂《う》きしりうごとの、おほう聞こえ侍りし。

内の上（一条帝）の、源氏の物語、人に読ませ給ひつつ聞こしめしけるに、「この人は日本紀をこそ読み給ふべけれ。まことに才あるべし」と、のたまはせけるを、ふと推しはかりに、「いみじくなむ才ある」と、殿上人などにいひちらして、日本紀の御局とぞつけたりける、いとをかしくぞ侍る。このふるさとの女の前にてだに包み侍るものを、さる所にて才さかしいで侍らむよ。

（五〇〇頁）

（A）の記事は、女性のために書かれたはずの物語なのに、なんと帝も「享受者」のひとりだったということで、よく話題になるところです。左衛門の内侍という女房が、一条帝の批評を受けて、紫式部のことを宮中に言いふらし「日本紀の御局《みつぼね》」と名付けたことは、わざわざ「御」が付いているだけに、嫉妬や羨望もあって、茶化してはいるのでしょうが、紫式部にとって見れば「をかしく」と述べていますから、正直なところ嬉しかったのでしょう。道長や中宮のみならず、帝に認めていただいたということで、彼女の栄光、面はゆさと自負の感じられるところです。一条帝は「四書五経」（大学・中庸・論語・孟子と、易経・詩経・書経・春秋・礼記）や、『史記』『漢書』などの漢文に精通していた（と言われています）ので、紫式部にとってこの評価は、嬉しいことだったでしょう。

当初、紫式部が『源氏物語』を書いたことは、中宮教育を意図したものであったことは間違いないでしょう。それだけでなく、中宮付き女房である紫式部は、折を見て中宮に進講しています。それは、『紫式部日記』に見えています。

（B）宮の、御前にて文集（『白氏文集』）のところどころ読ませ給ひなどして、さるさまのこと知ろしめさまほしげにおぼいたりしかば、いとしのびて、人のさぶらはぬもののひまひまに、おとどしの夏ころより、楽府《がふ》といふ書二巻をぞ、しどけなくかう教へたてきこえさせて侍るも、隠し侍り。宮もしのびさせ給ひしかど、殿も内裏《うち》も気色を知らせ給ひて、御書どもをめでたう書かせ給ひてぞ、殿は奉らせ給ふ。（五〇一頁）

（B）の記事において、玉上琢彌氏は『新楽府』が「政治のための文学」であり「聞く者としては為政者、特に帝王を考える」として「紫式部は、白楽天の詩を借りて、中宮彰子を教育しようとした」のだと述べています。(23)

ところで、私が面白いと思うのは、（A）の記事で、帝が御自分で読書されたのではなく、傍点を付けた箇所です、**繰り返し「人に読ませ」た、つまり女房による読み聞かせによって享受された**、という点です。当時、物語は黙読ではなく、総じて音読されたという玉上琢彌氏の有名な学説がありますが、改めて『源氏物語』内部の用例を調べてみると、男女の区別なく子どもに女房が物語を読み聞かせたことが明らかです。帝は、おそらく物語の全体を読まれたというわけではなく、一端を聞かれた（読まれた）だけでも、旧大系の注によると「書紀に限らず六国史の総称」[24]を学んでいることが御分かりになるでしょう。ですから、「愛読書」というのは言い過ぎだと思います。

それは『源氏物語』の主題的、文学的な理解ではなく、紫式部が歴史や漢学の素養を備えた存在であるという側面を評価したということです。

ところが、面白いことに、『源氏物語』蛍巻では、光源氏が玉鬘に対して「日本紀などはただ片そばぞかし」と言い放っています。これは強烈な言葉です。光源氏のこの発言は、紫式部の言葉でもあったと思います。

つまり、この箇所と、『紫式部日記』に見える一条帝の批評との関係をどう見るかは、なかなかの難問です。

少し詳しく申しますと、玉鬘に対して光源氏は「かかる世のふることならでは、げに何をか紛るることなきつれづれを慰めまし。さても、この偽りどもの中に「げにさもあらむ」と、あはれを見せ、つきづきしく続けたる、はたはかなしごとと知りながら、いたづらに心動き、らうたげなる姫君の物思へる見るに、かた心つくかし」云々と述べて、「世のふること」という「偽りども」に「はかなしごと」と知っていながら、思わず「心動き」してしまうことがあると、文芸の効果を認めています（蛍、第二巻四三二頁）。

そのような中で、玉鬘が物語を「ただ、いとまことのことところ、思ひ給へられけれ」と述べたのに対して、光源氏が、

「こちなくも聞こえおとしてけるかな。神世より世にあることを記し置きけるななり。日本紀などはただ片そばぞかし。これら（物語）にこそ、道々しくはしきことはあらめ」とて、笑ひ給ふ。（蛍、第二巻四三二頁）

と言い放っています。これは、一条帝が『源氏物語』が評価した次元を軽々と超えた議論だと思います。つまり、この文脈の中で、文学に比べれば歴史書なんてたいしたことではない、と言うのです。すなわち、紫式部には、物語が歴史書を超えるものだという確信、自負があるということです。その根拠とは何かというと、それがやがて宇治十帖で展開される、宗教的、哲学的な課題だったのではないかと思います。

おそらく帝の批評は公任も道長も、主として光源氏物語を対象としているように私には思え

ます。『紫式部日記』に見える右の三件は、若菜下巻以下の物語が対象になっていないように思います。なぜなら、若菜上巻以降の誰も幸せにならない苦悩の世界や、他者の「すれちがい」を描く宇治十帖を読んで読み聞かせられていたとすれば、そのような「評価」は出て来ないでしょう。そのことがどう展開できるかは今は措きましょう。

とにかく公任や道長のもの言いは、物語の皮相的な理解にすぎるでしょう。

Ⅲ 藤原道長の場合

また、道長が紫式部にからんでくる場面が、次の記事です。第（Ⅰ）回で少し紹介しました。

源氏の物語、（中宮の）御前にあるを、殿（道長）の御覧じて、例のすずろごとども出で来たるついでに、梅の枝に敷かれたる紙に書かせ給へる、

すきものと名にし立てれば見る人の折らで過ぐるはあらじとぞ思ふ

給はせたれば、

人にまだ折られぬものを誰かこのすきものぞとは口ならしけむ

めざましう」と聞こゆ。

（五〇四頁）

右の記事の「殿の御覧じて」は、あるとき、道長が物語を一瞥《いちべつ》した、ちらと見たということではないと思います。少しばかり読んでみた（女房の誰かに、物語の内容について聞いたという可能性もありますが）ということかな、と思います。もちろん、物語のどこをどのように承知したのかは分かりませんが、権力を欲してやまない**政治家らしく、文芸に対する理解というよりも、『源氏物語』は所詮、光源氏の色恋事だと認識したようで、それゆえにこそ**「例のすずろごと」すなわち冗談めいた話題に寄せて、道長の歌は、あなたは（『源氏物語』を書いたことで）「すきもの」だと噂になっているのですから、**このまま何もせずに通り過ぎることはできないよ（さぁ、どうする）、という意味です。**これは、相手を女性として挑発した、いささかタチ悪くからかったものだと思います。道長の『源氏物語』に対する理解は、「色恋事」という程度にとどまっています。

するとと紫式部は、「私はまだ誰も人のものになったことがないのに」と撥《は》ね返しています。道長からすると、「あはは、（すでに子どもがいるのに）そりゃないだろう」と、笑いを誘うような歌ですから、紫式部は言葉遊びにして、ことを回避したもので、このようなやりとりから、二人の関係について、まともに男女関係を云々するのは野暮と言ったものでしょう。

五　『源氏物語』が立ち上がるとき

以下は私の想像（妄想）ですが、道長から中宮教育（のために物語を書くこと）を依頼（下命）されたと思います。それじゃすぐ物語を書き始められるのかというと、そこからおもむろに設定や構想などを考え始めるといったものではないでしょう。それまでに紫式部の中には、幼い**ころから蓄積された膨大な知識や断片的な伝承の記憶が凝集していたことでしょう。としても、**（道長に命じられること（外在的契機）とは別に）**物語創作の本当のきっかけ**（内在的契機）**は、夫の急死にあったと思います。**中宮教育という目的のための物語ではあるのですが、「自分のために書く」文学としての動機のことです。

夫を失って、悲しみに暮れていた寡婦時代の紫式部の動静は不明ですが、推測できる手がかりは、『紫式部集』（陽明文庫本）の三番歌です。

「箏の琴しばし」と言ひたりける人、「参りて御手《みて》より得む」とある返り事

露しげき蓬が中の虫の音をおぼろけにてや人の尋ねむ

詳細は略しますが、この歌に見える「露」「蓬」「虫の音」という歌語が組み合わされると、邸宅の荒廃の中で泣いている私、ということになりますから、これが哀傷の歌であるということが分かります。私はこの歌が寡婦時代に詠まれたものだと考えています[25]。

これによると、友人から重ねて私に手紙を差し出してくれたのに、私は返事をしなかった。というより、できなかった。それでも友人は懲《こ》りずに手紙を寄こしてくれて、「直接御目にかかって箏を貸してほしい（もしくは、教えてほしい）」という趣旨の内容が書かれていた。紫式部は、それが私を元気づける口実だということは分かった。そこで、友人の厚情に感謝して御礼の歌「露しげき」を贈ったということを伝えています。つまり、宣孝の急逝後、紫式部はずっと何もせず、沈み込んでいたのでしょう。

宣孝の年齢は正確には分かりませんが、おそらく父為時に近い年配だったと考えられます。母親を早く亡くした（であろう）紫式部にとって、父為時は宣孝と仕事上も繋がりがあったのでしょうから、父親 complex が強く、年上の夫が適っていたという説もあります。親を亡くすと婿の後見、世話ができないために、婚姻が解消したという事例（『伊勢物語』第二三段、『今昔物語集』巻第三〇第三〇、など）がありますから、この時代の慣習の中で紫式部が婚期を逸してしまったということも考えられます。

ただ、**宣孝は為時と違って、逸話の多い人物で、どちらかと言うと豪放磊落《らいらく》な性格だったようです。**

すでによく知られているように、宣孝は、賀茂祭の舞人や、神楽の舞人の代表者である人《にん》長《じょう》を務めたり、右衛門佐（従五位下）としてさまざまな公事に奉仕しています。ただ、賀茂臨時祭で馬を牽《ひ》く役目をうっかり忘れたり（『小右記』永観二年（九八四年）一一月二七日条）(26)、正暦元年（九九〇年）春のこととされますが、御嶽《みたけ》の蔵王《ざおう》権現には派手な装束で参詣して噂になったことなども、よく知られた逸話です（『枕草子』第一一九段）。

『枕草子』には次のように記されています。

あはれなるもの。孝ある人の子。よき男のわかきが御嶽精進《さうじ》したる。たてへだてゐて、うち行なひたる暁の額《ぬか》など、いみじうあはれなり。むつまじき人などの、目さまして聞くらん思ひやる。詣づる程のありさまいかならんなど、慎みおぢたるに、たひらかに詣《まう》で着きたるこそ、いとめでたけれ。烏帽子《ゑぼし》のさまなどぞ、すこし人わろき。なほ、いみじき人と聞ゆれど、こよなくやつれてのみこそ詣づと知りたれ。

左衛門の佐《すけ》宣孝と言ひける人は、「あぢなきことなり。ただきよき衣を着て詣でんに、なでふことかあらん。かならず、よも、あやしうて詣でよと、御嶽さらにのたまはじ」とて、三月、紫のいと濃き指貫《さしぬき》、白き襖《あを》、山吹のいみじうおどろおどろしきなど着て、隆光が主殿《とのもり》の助には青色の襖、紅の衣《きぬ》、摺《す》りもどろかしたる水干《すいかん》といふ袴を着せて、うち続き詣でたりけるを、帰る人も今詣づるも、めづらしうあやしきことに、すべて昔より。この山にかかる姿の人見えざりつと、あさましがりしを、四月ついたちに帰りて、六月十日の程に、筑前の守の死せしになりたりしこそ、げに言ひけるにたがはずもと聞えしか。これは、あはれなることにはあらねど、御嶽のついでなり。（一七一〜二頁）

ただ、『紫式部集』三一番歌から三五番歌を見ると、結婚期にはなかなか気の利いた贈答・仲睦まじい唱和があり、宣孝の性格はおそらく対照的ながら、紫式部には幸せな時代だったとみられます。陽明文庫本で示すと次のようです。

文《ふみ》の上に朱といふものをつぶつぶとそそぎて、「涙の色を」と書きたる人の返り事

くれなゐの涙ぞいとどうとまるる　移る心の色に見ゆれば　（三一）

もとより人の娘を得たる人なりけり。

文散らしけりと聞きて、「ありしふみども、とり集めておこせずは返り事書かじ」と、

言葉にてのみ言ひやりたれば、「皆おこす」とて、いみじく怨《ゑん》じたりければ、正月十日ばかりのことなりけり

閉ぢたりし上のうすらひとけながらさは絶えねとや山の下水　（三二）

すかされて、いと暗うなりたるにおこせたる

こち風にとくるばかりを底見ゆる石間の水は絶えば絶えなん　（三三）

「今はものも聞こえじ」と腹立ちければ、笑ひて返し

言ひ絶えばさこそは絶えめ　何かそのみはらの池をつつみしもせん　（三四）

夜中ばかりに又

たけからぬ人数なみはわきかへりみはらの池に立てどかひなし　（三五）

この応答を、歌の主旨をかいつまんで、簡単に辿ってみましょう。

（あるとき）紙の上に朱の粉をパラパラと振りかけて、「これは私の涙の色だ」（あなたを思って流す涙が枯れて、その果てに血の涙を流している）と、（少しふざけて）書いてよこした男に対して、（面白い趣向だなと思って）「どうせ紅の涙は、色褪せてしまうでしょう（信用できない）」と歌を返した。なお、「涙の色を」は、七音ですから、これを何句目かに含む和歌が書いてあっ

たのかも知れません。

左注に「すでに他所の（それなりの）人の娘と結婚した男だった」（生真面目な若い男ではなくて、余裕のある感じだった）と紹介しています。

（その後）私の出した手紙を、男が他の男たちに見せたり、渡したりしていると聞いたので、「（私の）手紙を全部集めて返さなければ、今後返事は書かない」と怒って（今回は手紙を書かずに、ただ使者を通じて）言葉だけで伝えると、（さすがに、マズイと思ったらしく）男は「全部返す（分かった。許してくれ）」と、ひどく恨んだようすだったので、私が「少し氷も溶け始めているのに（と言っても、このまま終わりだというのは気が早すぎる）」と返すと、少し機嫌を直したのか、男は（このままではだめだと思ったのだろう、翌日にはせず当日の夜遅く）「（関係が）絶えるというのなら、それでも結構だ」と詠んで「もう何も言わない」と強気で出て来たので、私は「笑って」「（これからは）遠慮せずに言うわ」と返したところ、すぐ「夜中」に「（あなたには）怒っても甲斐がないな」と折れてきた、というようなやりとりです。

この歌群は、紫式部にとって新婚時代の「かけがえのない」思い出の記憶だったのだと思います。全体にわたって暗い色調の『紫式部集』の中で、この歌群はひときわ明るい印象があります。知識とか理屈に勝った紫式部に対して、宣孝はおそらく年齢も父娘ほどに離れており、性格も紫式部とは真逆であったために、かえって相性が良かったのでしょう。その夫をわずか二年半で失ったことが、『源氏物語』が身代わりを主題とする人物の系譜を骨格とする物語から、人は他の存在と置き換えられないという、後半の主題に展開して行くことと深く関係していると思います。

さて、当時、疫病は何度も平安京を襲います。そのありさまは、例えば『本朝世紀』によると、正暦五年（九九四年）四月二四日条に、

廿四日乙巳。天晴。（略）京中路頭構㆓借屋㆒、覆㆓莚薦㆒。出㆓置病人㆒。或乗㆓空車㆒。或令㆓人運送薬王寺㆒云々。然而死亡者多満㆓路頭㆒。往還過客掩㆑鼻過㆑之。烏犬飽㆑食。骸骨塞㆑巷。(27)

とあります。すなわち、病人が出ると、都の中では路頭に仮屋を建て莚薦《むしろこも》で覆って、病人を置いたり、薬王寺に運んだりした。死亡者は路頭に満ち、通り過ぎる人は鼻をつまんで通り過ぎた。（死体は）烏や犬が食い飽きるほどで、骸骨は巷《ちまた》を塞ぐほどだったと言います。

とりわけ長徳年間（九九五～九九年）には、公卿から下人、僧侶に至るまで、多くの犠牲者

を出しています。この間、疫病の流行だけでなく、天変地異が続いたため、政府は調庸を免じたり、諸司諸社に救済の指示を出したりするとともに、御霊会《ごりょうえ》や読経、大祓などを行っています。同時に流言飛語が盛んでした。

特に、長保三年（一〇〇一年）は、疫病の流行のひどい年でした。この時に宣孝は命を落としたと考えられます。例えば、『日本紀略』長保三年の末尾の記事には、

始レ自二去冬一。至二于今年七月一。天下疫死大盛。道路死骸不レ知二其数一。況於〔乎カ〕歛葬之輩。不レ知二幾萬人一。[28]

とあるほどです。

『紫式部集』では、宣孝の逝去後の歌には、夫の死の影の感じられる歌が多く、愛する夫の記憶としては断片的とみえます。なぜかと言うと、彼女が正妻でなかったことや、『春日権現験記絵』第二段（第二話）の絵を参照すると、先の『本朝世紀』と同様の事態が描かれているからです。

その絵には、人家の板屋根の上に、裸で褌《ふんどし》姿の鬼がさかさまになって家の中をのぞいています。これが疫病神です。中では男が吐瀉《としゃ》しているのを、女たちが介護している画が描かれて

います。同時に、家の外には片懸けの屋根の下、男が寝ています。この男の前を僧形の老人（これは陰陽師かもしれません）が歩み去ろうとしていますが、道には祈禱《きとう》を修した痕跡が残されています。これは、病を得て隔離された重篤の男のために祈禱したものと見られます。

おそらく宣孝の最期も例外ではなかったと思います。疫病による隔離を経て落命したことが想像されて、急死の前後に紫式部が立ち会うことができなかった、という事情があったことが想像できます。(29)

二〇二〇年春から数年にわたり、新型コロナウィルスの世界的な蔓延によって、私どもは大変窮屈な生活を強いられるとともに、底知れない恐怖と不安のドン底に陥れられました。そうすると、古記録に、賀茂川や堀河に疫病で命を落とした亡骸が山のように捨てられていたと書かれてあったことが思い出されます。想像するに、私たちの経験よりももっと酷《むご》い状況が、古代日本の都市平安京を覆っていたと考えられます。ですから、平安貴族は、花鳥風月にうつつをぬかし、毎日美味しい物を食べ、美味しい酒を飲んでいたというのは、おそらくは全くの「誤解」で、繰り返し都を襲う疫癘《れい》（しかも、またいつ襲われるかも知れないゆえ）に、不安と諦念に囚われていたでしょうから、むしろそのような意識を持って花鳥風月を眺めていたとすれば、彼等の詠んだ歌の意味はもっと違って見えてくるでしょう。ただ、この問題はまた機会を改めて御話したいと思います。

近江の守の娘懸想《けさう》ずと聞く人の、「ふた心なし」と常に言ひわたりければ、うるさがりて

湖に友呼ぶ千鳥ことならば八十《やそ》の湊に声絶えなせそ　（二九）

亡くなりし人の娘の、親の手書きつけたりける物を見て言ひたりし

夕霧にみしま隠れし鴛《をし》の子のあとを見る見るまどはるるかな　（四二）

右の『紫式部集』二九番歌によると、宣孝には別に通い所があったようですし、先の三一番歌の左注「人の娘」と四二番歌の詞書とを合わせると、宣孝には異腹の「娘」のいたことが分かります。歌の内容から推測するに、この継娘と紫式部との仲は悪くはなかったようです。すでに知られているところでは、宣孝の正妻は中納言朝成女で、すでに子には隆佐、明懐などがいました。ですから、紫式部は当時のいわゆる妾のひとりだったと言えます。

とは言え、このような『紫式部集』からうかがえる夫の死の記憶の広がりから想像すると、紫式部にとって宣孝は、やはり大切な人だったのだと思います。そうでなければ、喪失感が深すぎるのです。恋人を喪った和泉式部の歌に見えるような慟哭《どうこく》では癒《いや》されることがなかったのだと思います。その深い苦しみや悲しみが、『源氏物語』を生み出すエネルギーになったと思

います。

『源氏物語』が「いつ書かれたのか」ということについては、依然として明らかになっていません。ただ、夫の死以前に、現在のような奥行きのある物語がすでに書かれていたとは思えません。悲しみの暗黒の時期にこそ、執筆の動機は求められるべきでしょう。

かくて、現実に「いつ物語が清書されたか」ということとは別に、執筆に向けた内的動機は、寡居期の中にあるでしょう。物語を書くことが悲しみを克服するという仕組みは、よく耳にするところです。

仄聞《そくぶん》するところによると、世に知られる名作は、油絵にしても、日本画にしても、建築にしても、まずは下絵を描き、模型を作っています。ややもすれば、今なら机の前に座るや否や、いきなり原稿用紙の枡目を埋めて行く、あるいは一発で完成させてしまう、といったイメージを持たれるかも知れませんが、古代物語を考えるには、このような思い込みをまず払拭《ふっしょく》する必要があるでしょう。人物設定や年立《としだて》のメモ、下書きなどの前段階を予想することは決して無謀なことではありません。

『紫式部日記』にも繰り返し書いていますが、おそらく夫の死をきっかけに、「なぜ私はこんなに不幸なんだろう」という悩みが始まって、夫の死に加えて（これは、どこにも記されているわけではありませんが）母の死とともに、家集に記されている姉の死や友人の死などが重ね合わされて、みずからの運命というものに思いを致すことになったのだと思います。これを起点として、これまでバラバラだった膨大な知識や記憶が、渦を巻いてひとつの物語に形をなして行ったのだと考えられます。

六　短編物語と長編物語とを分けるもの

参考までに、平安時代の「物語」の生態がうかがえる資料を幾つか、思い付くままに挙げてみましょう。

1　『枕草子』「物語は」（第二一二段）

物語は、住吉。宇津保。殿移り、国譲りは憎し。埋れ木。月待つ女。梅壺の大将。道心すすむる。松が枝。狛野の物語は、古蝙蝠《かはほり》探し出でて持ていきしが、をかしきなり。ものうらやみの中将、宰相に子生ませ、形見の衣など乞ひたるぞ憎き。交野《かたの》の少将。[30]

（二四九頁）

『住吉物語』や『宇津保物語』などは現存する物語です。特に『宇津保物語』は長編ですが、他のほとんどは短編で、今や伝わらない「散逸」した物語ばかりです。

2　**『赤染衛門集』**一三六番歌

殿の御前、物語作らせ給ひて、五月五日あやめ草を手まさぐりにして、「け近う見る女郎花を」とて

我が宿のつまとは見れどあやめ草ねもみぬほどにけふはきにけり(31)

3　**『堤中納言物語』**

『堤中納言物語』は、「花桜折る少将」「このついで」「虫めづる姫君」「ほどほどの懸想」「逢坂越えぬ権中納言」「貝あはせ」「思はぬ方にとまりする少将」「はなだの女御」「はいずみ」「よしなしごと」など、一〇編の物語が載せられています。

4　**『類聚歌合』**巻八

「六条院禖子内親王家物語合」（後朱雀帝代に、皇女禖子内親王が賀茂斎院内で開催された「物語合」の歌合）で、第一五番歌に「逢坂越えぬ権中納言　小式部」とあり、和歌が記されています。(32)

5　『後拾遺和歌集』雑一、八七五番歌

五月五日、六条前斎院に物語合はせし侍りけるに、小弁おそく出だすとて、かたの人々、こめて次の物語を出だし侍りければ、宇治の前太政大臣かの弁が物語は見どころなどやあらむとて、こと物語をとどめて待ち侍りければ、いはかきぬまといふ物語を出だすとて詠みはべりける　　小弁

ひきすつるいはかきぬまのあやめ草　思ひしらずもけふにあふかな(33)

これらを概観すると、『源氏物語』はいかに特異であるかが明らかになるでしょう。まずは、古代に「創作」されながら、『源氏物語』はとてつもなく長い物語であるということと、同時に、現存しない物語が沢山あったということが分かります。

それでは、短編と長編とは、根本的に何が違うのでしょうか。ポイントは、短編物語はひとつのアイデアや、ひとつのモティフ、ひとつの話型で構成できるものです。あるいは、すでに指摘されていることを踏まえて言えば、「そしてそれから」and で積み上げて行く語り方をします。(34)とりわけ、紫式部と群小作者との決定的な違いは、天才に対して凡庸とか陳腐《ちんぷ》とかという以前に、大きな文芸を作り出す構成力を持つ知識や教養がどれくらいあるかないか、にあり

ます。

おそらくこの時代、世間では口癖のように、日常的には何かにつけて「宿世《すくせ》」ということが話題になっていたと思います。特に、悲惨な現実に直面している人なら「なぜ私だけがこんな目に会うのか」と宿世を恨むわけで、すぐに仏教の教えというものに行き着くでしょう。それは、『源氏物語』の中で、光源氏が身をもって体験する教義ですが、仏教本来の迷える衆生《しゅじょう》を救う手だてであるというよりも、とりわけ紫上、宇治大君などの女君たちを苦しめた教義だったと思います。第（I）回でも紹介しましたが、道長との贈答で、紫式部が「露の分きける身」と詠んだように、運命的な不幸に支配されているみずからを取り上げたのに比べて、道長のような「勝ち組」の人間はそんなことを考えない、あるいは自分は「選ばれた」宿世を生まれながら持っていると考えたに違いありません。

このとき、**仏教の教える根本思想である因果律によって刺激された論理的思考（why）が、物語の長編化のポイントです。**桐壺巻から若紫巻の間に起こる、光源氏の藤壺への犯し（因）が、時を隔てて、若菜巻から横笛巻においてその結果として光源氏の言葉としては「報い」として薫を抱く（果）ことになるという、壮大な構想は、仏教の因果観に支えられていると言うことができます。(35)

すでに指摘されていることですが、『竹取物語』などは、事柄と事柄とを、出来事と出来事とを and で繋いでいます。なぜかぐや姫は翁のもとに来たのか、なぜかぐや姫は月の都に帰るのか、といった疑問 why については「いささかなる犯しありて」地上に訪れて来たと言う以上には、ほとんど説明していません。

ともかく「書け」と命じられた時点（外在的契機）と、物語の構想が立ち上がるプロセス（内在的契機）と、筆を取って物語を具体的に描き始める時点までとの間が、どのように繋がるのか、私にはまだよく分かりません。

すなわち、夫の亡くなるのが一〇〇一年（長保三年）、紫式部が出仕するのが一〇〇五年（寛弘二年）ごろですから、数年間のブランクがあります。この時期、紫式部は相当ふさぎ込んでいたと思うのですが、すでに若書きの物語があったものか、分かりませんが、もしくはどこからか物語を書くことが、癒しや慰め、生きる励みに転じた可能性があります。そのことと道長に物語を書くよう命じられたこととどういう関係になるか、よく考える必要があると思います。

昔、よく言われたのですが、「女性の書いた文学を男性の研究者が本当に理解できるのか」ということを囁《ささや》かれました。確かに、平安文学については、他の領域に比べて女性の研究者が多いことは間違いありませんが、私のような男性があまり意識しないまま、光源氏の側に身を置いて読んでしまうことがあると思うのですが、その質問はいつも意識しています。先にも申しましたが、もともと『源氏物語』の第一読者は中宮だったと思います。もしかすると、誰に同化して読む（聞く）のか、ということが問題になるかもしれません。姫君たちは女性の登場人物に身を置いて読んだ可能性があります。ひらかなで書かれたこの物語は、女性が読むための敷居《しきい》が低かったでしょう。

私の考えるところでは、紫式部が本当に書きたかった物語は、（現在の第二部・第三部にあたる『源氏物語』後半において）女性の生き方を主題とするものだったと思いますが、もし、それを論理的な文章として書けば「AはBである」「AはBでない」（親は子から離れられない、男は女を理解できない、ついに人は救われない、など）というふうに、遥かに短いもので済ませることができたに違いありません（彼女の苦悩の核心を、和歌で示したものが、『紫式部集』五五・五六番歌の「身と心」の独詠歌だったと思います。この問題は第（Ⅳ）回で御話します）。しかし、その二首はあまりにも抽象的すぎて、誰も理解できなかったでしょう。物語の具体的な状況の中で表現することで、人の心を揺り動かすことはできなかったと思います。あるいは、ひらかなを基本とする表現媒体では、論理的な文章を書くことは難しかったのかも知れません。

いずれにしても、男君の言動に対して女君がどう考えるかという形を取らないでは、物語を書くことができなかったのだと思います。ただ、中宮のために書く物語としての始まりは、女君に働きかける光源氏という主人公が必要であったと思います。

七　光源氏という主人公

　繰り返しますが、歴史学の研究者は、よく光源氏像に藤原道長のイメージがあるという指摘をしていますが、それは政治家の時代のことに限られることだと思います。須磨から帰京し、六条院を建造し地上に最高の栄華を実現して行くところに、政治家道長の印象があるとしても、出仕した紫式部が身近に接した道長の印象が光源氏に滲んできたからであろうと考えられることは当然なことだと思います。六条院に歴代の中宮を抱え込むことによって、帝の祖父となる企みは、道長のよくするところでもあり、そのような物語は道長にも受け入れやすかったからでしょう。

　しかし、それだけでは桐壺巻から若紫巻に至る、初発の「危険な」光源氏を説明することができません。物語を生み出すとき、光源氏像はどのようにして立ち上がるかは大きな疑問です。しかも「光る君」と「輝く日の宮」とが併せて登場するというのは、イザナギ・イザナミのごとき神々の顕現する世界の初まりなのかも知れません。物語が立ち上がってくることを、すべて作者の意識的な面だけでは説明できません、無意識の働き、それが神話の働きです。あるいは、若菜上巻以下の光源氏の老醜と苦悩は、説明できないでしょう。

これを表にすると、次のようになると思います。

←表層						深層→
伝説・物語					仏教	神話
政治的勝利	政治的敗北	后への犯し	皇位継承	后への犯し 皇位継承	権者 生老病死	スサノヲ おのが母犯せる罪・母と子と犯せる罪
藤原道長	源高明 菅原道真	在原業平	源融	秦始皇帝		

『源氏物語』の軸となる光源氏は、光り輝く性格と同時に、深い闇を持つ性格とが併存しています。そのことを忘れることができません。

一方、光源氏造型について、古い神話に始原を求めるとすれば、**光源氏像の核となるのに、イザナギやオオホナムチなどの神々も思い浮かぶでしょうが、私の考えでは重要な神格としてスサノヲ像があると思います。**さらに、中国に求めると密通によって生まれ皇帝となったという伝承を持つ秦始皇帝の物語や、日本では『伊勢物語』の昔男の物語などがヒントを与えたと想像することができます。[36]

右の表のように整理すると、『源氏物語』の最も表層をなすのは、栄華を誇った藤原道長に関する見聞や、政治的な謀略によって失脚した源高明や菅原道真の伝説や噂話、さらに二条后や伊勢斎宮を過つ在原業平や「すき者」の交野少将の物語（『伊勢物語』や『交野少将』の物語）、光源氏六条院の準拠となった河原院の主で、臣下に落とされながら帝位をあきらめきれなかった源融の逸話（『大鏡』基経伝）、そしてより深層をなすのが帝の后を過った密通から生まれた子が帝になるという秦始皇帝の故事（『史記』「呂不韋列伝」）などが層をなして重ねられています。さらに、その深層には仏教でいう、仏菩薩が仮に姿を現した権者《ごんじゃ》という思想と、若菜上巻以降に展開される四諦《しだい》、苦の思想が予想されます。

もう少し付け加えますと、権者については、例えば光源氏は、北山僧都や北山聖たちによって仏の出現と讃えられ、末摘花巻では兄弟の禅師君が話題にしたように、困窮する末摘花を救う光源氏が仏の出現と讃えられています。同時に、若菜上巻から後の光源氏は、苦諦その中でも特に四苦や八苦と呼ばれる仏教思想が読み取れるでしょう。

そして物語の最も深層に神話のスサノヲが予想できるでしょう。天照大神に反抗して高天原の天つ罪を犯すスサノヲの像だけでなく、「六月晦大祓祝詞」にいう国つ罪「おのが母犯せる罪」「母と子と犯せる罪」などが与えられていると思います。(37)

祝詞の罪については、前者は、光源氏と藤壺との関係の深層に、また後者は光源氏と夕顔・

玉鬘、あるいは光源氏と六条御息所・斎宮女御との関係の深層に働いていています。

これらの事例では、人物が層をなしていると言うよりも、それらの人物を中心とする物語が層をなして積み上げられ、融合している、と捉えた方がよいでしょう。

また、平安時代の初期『伊勢物語』は現行の第六九段にあたる狩使章段を冒頭に据えていた（狩使本、小式部内侍本）とされ、二条后への犯しと伊勢斎宮への犯しを主題としていました。それが、後に初冠章段を冒頭に据える物語（初冠本）へと、伝本に大きな「交替」があったとされています。(38) その変化をもたらした理由のひとつとして、初冠章段は、他者の発見が新たな主題となっていることが関係すると思います。(39)

まとめ ―― 文学史としての『源氏物語』――

皆さんは「文学史」と言うと、どういうものを想像されるでしょうか。何年にどんな作品ができたかとか、どの作品がどの作品に影響を与えたかとかというような、年代誌のイメージを持っておられるかも知れません。

しかし、先の人物像の表を御覧いただきますと、光源氏像（物語）には、神話のスサノヲの暴行を最も古い伝承として基礎に据え、歴史的には秦始皇帝の伝説をその上に重ね、さらに『伊勢物語』昔男をその上に重ねることによって、光源氏（物語）はさまざまな人物や伝承を幾重にも重ね合わせていると考えることができます。(40)

実際に『源氏物語』を読むと、何度も「あれっ、これはどこかで読んだことがあるぞ」という印象を持たれることがあると思います。既視感（デジャ・ヴュ）というやつです。それで、その正体を考えると、類似の設定があるとか、主題が繰り返されるとか、語り方が同じだとかということもあるでしょうが、（そのことがこのテキストの重層性を示しているのですが）**小説とは違って、物語はそもそも類型から成り立っているということ**が御分かりいただけるでしょう。例えば、ここに『竹取物語』や『伊勢物語』の一部分があるな、と気付くこともあると思います。またもっと深層に折口信夫氏の「貴種流離譚」という枠組みが、光源氏の物語だけでなく、玉鬘の物語にもあるんじゃないか、などと気付かれるでしょう。

今仮に、昔話の話柄で物語の構成を突き合わせますと、

蛇婿　…　夕顔巻(41)（全体）
竹姫　…　若紫巻（部分）『竹取物語』冒頭部分。
隣爺型　…　花散里巻（全体）『伊勢物語』第六〇段、六二段など。(42)

などの対応が指摘できるでしょう。

もう少し抽象的な次元でみると、例えば、生霊となって葵上の命を奪うように、恐ろしく祟《たた》りをなす六条御息所が、やがて故前坊以来の故地を光源氏六条院の一部（秋の町）として差し出したり、娘斎宮女御を光源氏の手許《てもと》に置くことで、冷泉帝の中宮となったりすることで、光源氏の栄華を支えることになります。ここに第（Ⅰ）回で紹介したような「祟り神が護り神へと転換する話型」が働いています。[43] これは、古くは『常陸国風土記』の夜刀の神の神話や、『豊後国風土記』の頸《くび》峯の鹿の神話などにも見出せますし、『宇治拾遺物語』の「猿神退治」にも見出すことができます。つまり、日本の文芸に広く働く枠組みだったということです。

もちろん奈良時代の『風土記』の神話も、鎌倉時代初期の『宇治拾遺物語』の「猿神退治」の物語も、災いをなす鹿や猿を追い詰めて殺そうとすると、許してくれたら必ず豊穣は約束する、といったウケヒの原理は[44]「生か死か」を問うところに、神話の根源性があります。ただ、『源氏物語』の舞台は貴族社会ですから、貴族社会の生活規範や社会環境に即したものとして俗化、馴化した形になっていると思います。

さて、くどくどと申してきましたが、結局何が言いたいのかと申しますと、**紫式部があれほど長い物語を書くには、さまざまな物語を組み合わせ、繋ぎ合わせて用いている、**ということです。それが意図的に選び取られたものか、無意識のうちに選び取られたものかは分かりません。あるいは、話型のような大きなものだけでなく、プロットやモティフなど部分的に、さらにもっと細かな表現や語句なども「継ぎはぎ」にして、深層から表層に至るまで幾重にも重ね合わせることで、物語が成り立っているということです。

しかも、光源氏物語で言えば、大きな枠組み—話型として光源氏を中心に貴種流離譚という枠組みが支えていると言うこともできますし、須磨・明石巻などは「浦島太郎」型だともみえますし、視点を変えて藤壺を中心にみると、「天人女房」型と言うこともできるわけです。

そう考えてくると、そのような型に対して与えられる物語の舞台（平安京、須磨、宇治など）とで、物語の大枠が定まることに気付きます。

もちろん、紫式部がそんな名称や分類などを承知しているわけではないので、感覚的に（無意識的に）これが適切だと選び取った類型的なものを用いていると言った方がよいでしょう。そのようにあまり意識せずに働いている力が神話的なものだと思います。さらに、第一部では、光源氏が姫君や女君にどう働きかけたかを描くわけですが、同じ話型として用いるとしても、第二部になると、姫君や女君の方から光源氏を見るといったふうに、物語には大きな視点の転換があると言えます。

ところで、これと全く違うことを言っているように見えるかも知れませんが、物語が小説と大きく違う点のひとつは、単純化すると場面の独立性が強いということです。清水好子氏の説くように、場面は男君と女君、そして和歌によって構成されています。(45)にもかかわらず、主題がすでに決まっているとすると、紫式部は、いわば近場（場面）と遠い到達理念（主題）とを、両睨みで書いているという印象なのです。「それじゃ場面と場面とはどう繋がっているのか」というと、私は類聚性と対照性とが基本だと思います。(46)

場面を描いて行くとき、同類の内容を繋いで行く（類聚性）か、全く違う内容を隣に置くことで、御互いを際立たせる（対照性）か、といった方法で、ストーリーからすると行きつ戻りつしながら、しかしゆっくりと進行して行くというのが、物語の特性です。

それでは、影響とか受容という（時間的な前後）関係を問わずに棚上げして、物語成立のプロセス（過程）から、時間軸を外してみましょう。そうすると、『源氏物語』は、

表層	歴史
中間層	物語群
深層	（話柄／話型）昔話／神話

という層をなしていることが見えてきます。

古層の神話を基層に置き、『竹取物語』や『伊勢物語』のような、先行する物語群を中間層として重ねながら、時代の習俗や社会慣習などの歴史性を、表層に重ねて組み立てて見ますと、まとめて一言で言うなら、光源氏（物語）が、あるいは『源氏物語』は重層的に構築された文学史そのものだと言うことができます。

Ⅲ　紫式部にライバルはいたのか

はじめに

昔から、紫式部は清少納言とよく比較されて来ました。

何が問題だったかというと、人柄としてみると、清少納言はいつも人の前に出て、評価されたい、称賛を得よう、目立ちたいとする、いわゆる承認欲求が強いのに対して、紫式部はいつも控え目で、「鷹は爪を隠している」と批評されることが多かったように思います。それは、どちらかと言うと、清少納言の研究者の数より紫式部を研究している研究者の数の方が圧倒的に多い（ために何となく身贔屓《ひいき》してしまう）ことがあったかも知れません。ただ実際には、清少納言と紫式部とは出仕時期がずれていて、当の二人が直接出会った可能性はなかったと言う研究者もいます。

私は、清少納言が父を清原元輔、祖父を深養父とする「歌詠みの家」に育ったことが彼女に大きな負荷をかけていたと思います。

一方、紫式部は母方の曽祖父文範が、京都北山の大雲寺の建造にかかわったとされ[1]、「文章生」から「文官畑を歩いた有能な行政官、政治家」であり、父為時も学者だったということもあって学問の家柄が彼女に大きな負荷をかけていたと思います。

そういう意味では、**清少納言も紫式部も、生まれながらにして文芸で名を残すべきブランドの家柄だったと言うことができます。**ただ、二人の資質の違いもさることながら、それぞれが出仕した中宮の御前の雰囲気が違っていたこともあるかと思います。定子の御前は、中宮の華やかな人柄ゆえに、サロンを形成しているように見えますが、彰子の御前は女房に上臈が多く、落ち着いた雰囲気で、御前の空気が少し違うように見えます。あるいは、もしかするとこれは、『枕草子』の描こうとした世界と、『紫式部日記』の描こうとした世界との違いからくる印象が関係しているかも知れません。

これらの問題を念頭に置きながら、**二人の和歌に対する考え方の違い、さらには女房としての役割の違いについて考えてみましょう。**

一　『枕草子』和歌に溢れた世界

冒頭章段

春はあけぼの。やうやう白くなり行く、山際少しあかりて、紫だちたる雲の細くたなびきたる。

夏は夜。月のころはさらなり。闇もなほ、蛍の多く飛びちがひたる。また、ただひとつふたつなど、ほのかにうち光りて行くもをかし。雨など降るもをかし。

秋は夕暮。夕日のさして山の端いとちかうなりたるに、烏《からす》の寝どころへ行くとて、三つ四つ、二つ三つなど飛び急ぐさへあはれなり。まいて雁などの連ねたるが、いとちひさく見ゆるはいとをかし。日入り果てて、風の音虫の音《ね》など、はたいふべきにあらず。

冬はつとめて。雪の降りたるはいふべきにもあらず、霜のいとしろきも、またさらでもいと寒きに、火など急ぎおこして、炭もてわたるもいとつきづきし。昼になりて、ぬるくゆるびもてゆけば、火桶の火も白き灰がちになりてわろし。(2)

ここでは、四つの季節が対等に並んでいます。これは奈良時代の『萬葉集』の時代にはなく、平安時代の『古今和歌集』が初めて示した新しい美意識です。つまり、『萬葉集』では額田王の長歌（巻第一、一六番歌）「冬ごもり春さり来れば」を持ち出すまでもなく、未だ、春・秋の対立が基本でした。

天皇の内大臣藤原朝臣に詔して、春山万花の艶《うるはし》きと、秋山千葉の彩れるとを競ひ憐《あはれ》ましめたまひし時に、額田王の、歌を以てこれを判《さだ》めし歌

冬ごもり春さりくれば　鳴かざりし鳥も来鳴きぬ　咲かざりし花も咲けれど　山をしみ入りても取らず　草深み　取りても見ず　秋山の木の葉を見ては　黄葉をば　取りとそしのふ　青きをば　置きてそ嘆く　そこし恨めし／秋山そ我は

（『萬葉集』巻第一、一六番歌）(3)

「春と秋とどちらが良いか」と論《あげつら》いながら、最後にさしたる根拠もなく、「秋山」が良いと決してしまうのは、「書かれた歌」ではなく、つまり理屈の是非ではなく、どっちに転ぶか分からないまま、タメておいて一挙に決着を付けるということで、まさに天皇の御前で催された「饗宴の歌」だったと考えられています。(4)

これに対して、四つの季節を対等に並立させた功績は、平安京の都市理念とかかわると言う

方もいます[5]が、作品で言えば、『枕草子』から百年前の『古今和歌集』の功績です。言わば清少納言『枕草子』の季節観は、『古今和歌集』に立脚しています。

『枕草子』の冒頭文について、田中重太郎氏はこのような「体言止め」は「清少納言の創始した文体」だと述べています。[6]確かに、古代和歌は呼びかけが基本ですが、鎌倉時代にできた『新古今和歌集』の特に季節詠にあっては、一首の和歌のめざしたものが、詩的宇宙というか、美的世界というか、体言止めの歌が増えています。『枕草子』の冒頭章段が、その先駆けをなしているかどうかは分かりませんが、強い断定表現によって、まさに「春はあけぼの！」とでも表せる光景として成立しています。映像的で、ひとつの独立した光景として呈示されています。古代ではこれほどはっきり、「何といっても春はあけぼのが最高だ」とまで言い切った人は、清少納言が初めてでしょう。

　この章段は、早くから日本の風景を代表していると紹介されて来ました。ところが、ここには人がいません。つまり、人のいない光景を描いた最初でしょう。しかも**これは「ある日の出来事」ではなく、頭の中に描いた理念的、観念的に構成されたもの**だということです。清少納言は中宮に仕える女房の身でしたから、一晩中宿直《とのい》して、中宮の御そば近く仕え、そのままシラシラと朝を迎える経験が何度もあって、いつもそうだった、いつもそうあってほしいと、このような光景を描くことになったと考えられます。[7]**これこそ、清少納言が讃美すべき、中宮御**

前の「理想的」な光景なのです。

ちょっと面白いのは、『枕草子』では、春夏秋冬とそれぞれ理想的な光景を示していますが、冬だけは昼になって火桶の炭火が緩《ゆる》むのは「わろし」と、オチをつけていることです。

ところが、紫式部は『紫式部集』でも『源氏物語』でも、冬には特別の思い入れがあって、賞美の対象としてではなく、荒涼とした世界に意味を見出すところが対照的です。例えば、『源氏物語』では朝顔巻において、雪の降り積もった夕暮に、光源氏は、

雪のいたう降り積りたる上に、いまも散りつつ松と竹のけぢめ、をかしう見ゆる夕暮に、人の御かたちも光まさりて見ゆ。

（光源氏）「時々につけて、人の心を映すめる花・紅葉の盛りよりも、冬の夜の澄める月に、雪の光りあひたる空こそ、あやしう色なきものの身に染みて、この世のほかの事まで思ひ流され、面白さもあはれさも、残らぬ折なれ。すさまじきためしに言ひ置きけむ人の心浅さよ」とて、御簾まきあげさせ給ふ。（朝顔、第二巻二六六頁）

と述べています。代表的な季節である春秋を示す「花・紅葉の盛り」よりも、興醒めであるは

ずの冬を評価するところに、紫式部独自の価値観があります。

地上の美的世界を超えつつ、「この世のほかの事まで思ひ流され」ると言うのです。それゆえ他界を思いめぐらす心情は、（ここには詳しく記されていませんが）運命的なものに思いを致すということで、季節として冬がふさわしいとするのです。つまり、紫式部はおよそ百年前の『古今和歌集』に始まる伝統的な季節観から逸脱した、独自の季節観を示していることが分かります。

このような季節観は、第（Ⅳ）回で御紹介しますが、家集『紫式部集』の冒頭を飾る離別歌が、季節を超えた冬のものとして意味付けられていることと関係していると思います。

ところで、松田豊子氏は「春という季節と曙という時刻との結合」は、「清少納言の発見した美であった」としてその事例は「白楽天の作品に限定される」と言われ、次のような詩句を挙げています。(8)

望海楼明照㆓曙霞㆒。護江隄白蹋㆓晴沙㆒。濤声夜入㆓伍員廟㆒。柳色春蔵㆓蘇小家㆒。（以下略）

（巻二〇、一三六四「杭州春望」(9)）

前二句の訳は、すでに「城東の望海楼が朝焼け雲に照らされて明るく輝くころ、私は護岸の堤防のすがすがしい白沙を踏んで散歩に出た。伍子胥の廟はまだ夜のように暗くて波の音が訪れるだけであり、蘇小小の家は春の柳の緑がこんもりと蔽っている」（『新釈漢文大系』三九八頁）として「曙霞」を「朝焼け雲」と解釈されています（同頁）[10]。また、伍員は、春秋時代の楚の国の伍子胥のことだとされています（三九八頁）。

ちなみに、矢作武氏は、この漢詩が『枕草子』冒頭章段の「出典」だとしています[11]。

もうひとつ、松田氏の挙げた漢詩は、

呉苑四時風景好。就中偏好是春天。霞光曙後殷二于火一。水色晴来嫩似レ煙。（以下略）

（巻六四、三二〇九「早春憶二蘇州一寄二夢得一」）[12]

というものです。この詩は、「昔は呉の国だった蘇州は四季を通じていつも風景の美しい所ですが、その中でも一番美しいのは春の季節です。夜明け後の霞の光は火よりも赤く、晴れた日の水の色は煙のようにやわらかでしょう」と訳され、「霞光曙」は「霞光は曙《あ》けて」と訳出して、「曙」を述語として捉えられています（同書、二三〇頁）。

改めて調べ直しますと、中国古典の『白氏文集』や『文選』、日本最初の漢詩集『懐風藻』にも「曙」という語は沢山見えるのですが、漢詩ではいつも春とは一定しているわけではないのです。つまり「曙」という景物を「春」という季節と結び付け、「春は曙」と他の季節を排して言挙げしたところに、『枕草子』の新しさがあります。

それだけではありません。「曙」は松田氏の言うような「時刻」ではありません。(13) 一日のうちの時間性を帯びる語の中で、夜明け前の「あけぐれ」、明け方の「あかつき」、ぼんやりとした「あさぼらけ」、空が明るく染まる「しののめ」、早朝の「つとめて」、昼・夕・夜などに対立する「あした（朝）」など、様々な語があります。これらの語の性格―語性は一様ではなく、時間・時刻を示す語もあれば、光景を表す語、それらには歌語として登録されている語もあります。漢語の「曙」と和語の「あけぼの」とが同質かという問題は残りますが、清少納言はこれらの中から「曙」を選び取ったのです。そこに彼女の嗜好《しこう》、彼女の美意識があります。

二　「歌詠みの家」の伝統

次に御紹介する第九九段は少し長いので、要約しておきます（『枕草子』の章段は、伝本によって異なりますので、御注意下さい）。

五月に、「時鳥《ほととぎす》の声、尋ねに行かばや（行きたい）」と言うことになって（清少納言は友人たち（女房たち）と一緒に、賀茂の奥に出掛けます。途中、従兄妹の明順朝臣の家に立ち寄ります。そこでは、やかましいくらいに時鳥が鳴いていました。また、碾《ひき》臼と作業唄を見物します。すると、そのうち時鳥の歌を詠むことを忘れてしまいます。さらに、侍従の公信の家を尋ね、これから帰ると伝えると、公信は取るものも取り合えず、あわてて牛車を追いかけて来ます。帰京して中宮の御前に参上すると、中宮から（時鳥を聞くために）出掛けたことを尋ねられます。

二日経って、下句「下蕨こそ恋しかりけれ」を示され、「上句を付けよ」と言われたので、とりあえず「時鳥尋ねて聞きし声よりも」と返すとき、清少納言は、「もう歌を詠まないことにしようと考えておりました」と。「歌詠むといはれし末々」である我々子孫は、さすがに祖先の末だと言われれば嬉しいが、たいした歌でもないのに人に先んじて詠むなんて、「亡き人（父元輔）のためにもいとほしう侍る」ものだと述べています。

夜になって、中宮が御前の女房たちに「題」を出して、「歌よませ給ふ」ことがありました。そのときにも、中宮から（欠席した）清少納言に、重ねて歌を所望され、手紙に、

元輔が後《のち》と言はるる君しもや　今宵の歌にはづれてはをる

とあったので、清少納言は、

その人の後といはれぬ身なりせば今宵の歌をまづぞ詠までまし

と答えて、「遠慮しなくてよいのなら、千首でも詠みます」と奏上したとあります。

（一四八〜五五頁）

初夏を告げるとされる時鳥については、平安時代、どうも「初鳴き」を聞きたいという願いが誰にも強かったらしく、賀茂祭は四月の中の卯日と決まっていましたから、この時期になると、人々は都を出て、競って北山にこの鳥を訪ねて鳴き声を聞き、歌を詠もうとするのが習いでした。

このとき、外出そのものに「はしゃいで」しまった清少納言は、時鳥の鳴き声を聞いても、歌はあとで詠もう、あとで詠もうと考え、先延ばしにしているうちに、結局は何も詠めずに帰京します。すると、中宮から土産話として歌を詠めと求められるのですが、何も応えることができず、ついに中宮から「元輔の子なのに詠めないのか」と詠みかけられて、「父の名前がなかったら、いくらでも詠めます（が、後世に残るような名歌は、今は詠めません）」と返歌したという逸話です。

この第九九段などは、いかにも清少納言らしい内容です。というのは、彼女は自分のことばかり言っているからです。しかも、自分が歌を詠めないのは、父のせいだというわけですから、自分の甘えを中宮が「許して」いる、それが誇りだと言わんばかりです。『紫式部日記』で清少納言を酷評したのは、そういう「甘え」た態度が、おそらく紫式部には気に入らなかったのだと思います。紫式部が清少納言と直接出会ったことがあってもなくても、書物で清少納言を知り、もしくは彼女の名声を耳にしたのであれば、なんとも不愉快だったのでしょう。つまり、清少納言は「他者」が見えていない、本当の孤独ということが分かっていない、父祖の栄光を担いつつ責務を果たしていない、と感じたのだと思います。

同じ「時代の空気」を呼吸しながらも、二人は、出仕とともにドロドロの皇位継承争いにかかわる、政治的な対立のただ中に（意識するとせざるとにかかわらず）投げ込まれてしまったということです。紫式部と清少納言とは、一条天皇の中宮彰子と中宮定子というふうに、仕えた主が違っていましたから、そのことが、二人の運命を大きく分けたとも言えます。対照的な性格の二人ですが、ともに言葉というものの持つ不思議な力に、尽きない興味を抱いていたように思われます。とりわけ清少納言の『枕草子』に描かれた幾つもの断片的な光景は、中宮の御前の「もはや帰らない時代の理想」が畳み込まれているように感じられます。

国文学では、多くの方々が『枕草子』を読んだことがあると思うのですが、これは、当時の生活がどのようなものであったかを知る「貴族社会の生活資料」としては、実に有益ですが、いざ『枕草子』を「文学」として読もうとすると、さて、**この作品にどんな価値があるのか、どう読めばよいのか、よく分からない**、というのが正直なところです。

例えば、**第二九九段**は、皆様もよく御承知の章段かと存じますが、雪の降った日に中宮が、寒いのにわざわざ窓の格子を女房に上げさせ、「少納言よ、香鑪峰《かうろほう》の雪はいかならむ」と御尋ねがあったので、清少納言が、黙って御簾を掲げると、中宮は「笑はせ給ふ」た、という逸話があります。

これは、平安時代の貴族には常識とされている故事、すなわち中国の『白氏文集』の漢詩、「遺愛寺の鐘は、枕をそばだてて聞き、香鑪峰の雪は、簾《すだれ》をかかげて見る」という有名な漢詩を下敷きにしたものです。ですから、中宮が黙って格子を上げさせたとき、さてこれはどんな意味があるのか、といった中宮の「謎かけ」を、清少納言が溢れる教養をもって、中国の故事と見抜き、見事に難題に応えた、というものですから、「なんだ結局、自慢話か」というので、『枕草子』という作品は、「知識のひけらかし」と申しますか、清少納言という人は驕《おご》り高ぶる嫌な女性だ、というふうに非常に評判が悪いのです。

以前、清水義範という文筆家・作家の書かれた『身もフタもない日本文学史』[14]を読みました。『枕草子』『徒然草』を始めとして、結局のところ「エッセイは自慢話だ」と書いています。

さて、「百人一首」では、清少納言の歌は、これもよく御承知のとおりです。

夜を籠めて鳥の空音《そらね》ははかるとも　よに逢坂の関は許さじ

というものです。これも『枕草子』の第一三六段に載っています。

あるとき、藤原行成が中宮の御前に手紙をよこし、「昨日、中宮の御前で、物忌のため夜通し御邪魔したが、鶏が鳴き、朝が来てしまったので、仕方なく帰りました。もっと御話をしたかったことが、心残りです」という、言わば挨拶の手紙が来ます。中宮のような立場の方はあまり簡単に手紙を書いたりはしません。**こういうときが、清少納言の出番で、中宮に成り代わって、返事をすることが女房としての仕事です。**

それで、清少納言は『史記』という中国の歴史書に載っている孟嘗君の故事を踏まえ、この「夜を籠めて」の歌を詠んだとあります（この故事は、秦の始皇帝の国に、孟嘗君という人が遣わされたのですが、捕らえられて処刑されそうになり、函谷関《かんこくかん》という関所で、鶏の鳴き声をまねて朝を知らせ、まんまと門番に門を開けさせて逃げのびた、という故事です）。

ですから、清少納言の歌「夜を籠めて」の意味は、逢瀬というのは男女が出会う機会、情を交わすことを言うけれど、私とあなたの逢瀬は、下手な鶏の鳴き真似くらいでは叶えられませんよ、というわけです。言い直しますと、私と会うために関所を、鶏の鳴きまねで開けてもらおうとしても、あなたでは無理です。**要するに、私と会うなんてあつかましい、という断りの挨拶なのです。**

（一八九～九一頁）

この歌には、逢瀬とありますが、それでは行成と清少納言とが恋人として付き合っていたのかというと、もちろんそうではなく、これは紫式部と藤原道長との贈答と同じく、**言葉のやりとりを楽しむ、遊戯的な挨拶の歌**なのです。

藤原行成は、大変字の上手な人で、今でも書道の御手本にもされていて、平安時代には小野道風・藤原佐理・藤原行成が「三蹟」と呼ばれる能書家でした。古くは「三筆」と申しますと、嵯峨天皇・橘逸勢・空海と並べ称された能書家がいます。

一方、定子中宮について申し添えますと、兄伊周《これちか》は漢学の才《ざえ》の誉れ高かった人であり、祖父の高階成忠という人も、漢学者であるとともに、物語を写したり研究した人ですから、定子自身も学識の豊かな人だったのだ、と思います。要するに、これも清少納言が、「私は溢れるほどの教養を持っておりました」という自慢話なのです。

さて、清少納言の父清原元輔は周防守や肥後守など、いわゆる地方官を歴任しています。受領は上達部とは違い、任官すると地方まで赴任しなければなりません。気の毒なことに、元輔は年老いてからも、今の大分県まで赴任しています。

元輔は、『萬葉集』の研究者であるだけでなく、『古今和歌集』に継ぐ、二番目の勅撰集『後撰和歌集』の撰者でした。元輔は、一流歌人であるとともに、歌を選ぶ側の、選考委員だったわけです。日本で最初の勅撰集である『古今和歌集』は、醍醐天皇が、西暦九〇五年に、撰進の勅命を出されたものですが、『後撰和歌集』は、それから約五〇年後、西暦九五一年に、村上天皇の勅命によって、撰進されています。

当時「歌人」といえば、少なくとも、このような勅撰集に歌を掲載された人のことです。

ざっと数えますと、祖父深養父は『古今和歌集』に一七首採用されており、父元輔は、『拾遺和歌集』以下に一〇六首も採用されています。

ところで、元輔という人は伝説的な人で、平安時代の終わりごろにできた説話集『今昔物語集』には、専門歌人として円融天皇の大原野の行幸に従駕し、宴において和歌を詠んだ、という記事もあります。一方では、神事や儀式のあとに行われる饗宴において、滑稽な所作をして場をなごませる、いわゆる猿楽《さるごう》[15]と呼ばれ、烏滸《おこ》者として有名な人でした。

つまり、元輔は身分の低い歌人であるとともに、貴紳を笑わせる芸を持ったことでも知られておりました。

そのようなわけで、おそらく、**清少納言は「歌詠み」の家の伝統と、人を笑わせる猿楽者という、父の気質とを両方引き継いでいる**と考えられます。

三　清少納言の年譜と『枕草子』の成立

九六六年頃　　清少納言誕生か。
九七〇年代　　紫式部誕生か。
九八一年頃　　清少納言、橘則光と結婚か。翌年、則長を産むか。
九九〇年　　定子、一条天皇に入内、中宮となる。清原元輔、死去。
九九一年頃　　清少納言、藤原棟世と結婚か。翌年、小馬命婦を産むか。
九九三年　四月　道隆、関白となる。中関白家と呼ばれる。
この頃　　清少納言、定子中宮に初出仕か。

九九四年　八月　伊周、内大臣となる。
★この頃　『枕草子』第一次成立か。（九九五年正月～九九六年七月）
九九五年　三月　伊周、内覧となる。関白道隆出家、薨去。道兼薨去。
道長、内覧となり、右大臣となる。
九九六年　一月　伊周、隆家と共謀して花山院に矢を射たとされる。
紫式部、父為時に従い越前に下向。
四月　伊周を大宰府帥に左遷、隆家を出雲守に左遷。
五月　定子出家。
一〇月　伊周ひそかに帰京、再び大宰府に送還。定子、脩子内親王を出産。
九九七年　四月　伊周・隆家を召還の宣旨。
九九八年頃　紫式部、藤原宣孝と結婚か。
九九九年　一一月　彰子、入内して女御となる。
一説、清少納言、藤原棟世と結婚か。翌年、小馬命婦を産むか。
一〇〇〇年　二月　彰子、中宮となり、定子は皇后となる。
一二月　定子、媄子内親王を出産、崩御。一説、この後、清少納言退出か。
★この頃　『枕草子』増補、第二次成立か。（一〇〇〇年五月～一〇〇一年八月）

一〇〇一年　四月　藤原宣孝死去。
一〇〇五年一二月　紫式部、出仕して彰子付女房となるか。
一〇〇八年　五月　媄子内親王、薨去。
　　　　　九月　彰子、敦成親王を出産。
一〇〇九年　一月　彰子を呪詛する厭符が発見され、伊周謹慎処分となる。
　　　　一一月　彰子、敦良親王を出産。
一〇一〇年　一月　伊周薨去。
★この頃『枕草子』増補、第三次成立か。（一〇一二年ごろまで）
一〇一一年　六月　一条天皇譲位、崩御。三条天皇即位。
一〇一二年　二月　彰子、皇太后となる。
一〇一九年頃　一説、紫式部死去か。
一〇二五年頃　清少納言死去か。
一〇二七年　道長薨去。

ここでは、増田繁夫氏に拠って、『枕草子』執筆の三段階説(16)に従い、清少納言の年表に書き入れてみました。内部徴証による年代推定には幅がありますから、歴史上の出来事との前後関係が動く可能性があります。つまり、事件を契機とする成立の動機は推定しにくいのですが、ひとつの目安として御覧いただければ幸です。

ちなみに、ちょっと面倒な話になりますが、『枕草子』には、三巻本・前田本・能因本・堺本と大きく四つの系統があります。このような諸本の発生は、何次かにわたる成立の事情と関係していると想像できます。今回は、一般的に知られている三巻本を用いています。

さて、清少納言が誕生したのは、西暦で九六六年ごろだとされています。紫式部と同様、女性に関する記録は残念ながらほとんど残っておりません。

それで、九八一年ごろに、清少納言は、まず橘則光と結婚します。この人は、歌を詠むのが苦手だったと『枕草子』に書かれています。さらに、九九一年ごろに、清少納言は、藤原棟世と再婚します。この人は、随分と年上だったようです。そして清少納言は、九九三年の四月に、道隆を頂点とする中関白家、道隆の娘定子中宮に、宮仕えしたと考えられます。一応、これが通説、定説になっています。これを基準にしますと、定子は清少納言よりも一〇歳くらい年下だったことになります。

さて、特にこの年譜の中で重要なことは、『源氏物語』の成立と違って、清少納言は『枕草子』を何度か、自分で手直ししていることです。そして、ここで一番重要な点は、九九五年ごろに『**枕草子**』**第一次成立か**と書き入れている、この前後の事件です。

これは第（Ⅰ）回でも少し触れましたが、詳しくは『大鏡』や『栄花物語』などという歴史物語の伝えるところですが、九九六年の一月に、伊周や隆家という、定子中宮の兄弟が、共謀して上皇の花山院、花山上皇に矢を放ったとされる事件が起きます。すなわち、伊周が軽率にも花山院が自分の恋人（為光の三女）の所へ通っているのではないかと誤解して、血気盛んな弟の隆家が、上皇をおどすつもりで、矢を射掛けたとされるものです。

『大鏡』や『栄花物語』など歴史物語に記されていることが本当に事実なのか、と言えば、歴史学には、文芸作品に描かれていることは信用できない、歴史的事実とは言えない、と断言される方もありますが、国文学から申しますと、これは伝承です。ここで、伝承と申しましたのは、描かれていることそのままが事実だということではなくて、そのような内容がそのころ「信じられていた、ということが事実だ」ということです。ですから、このような事件は、歴史的事実か否かということよりも、まことしやかに、どうも本当のことらしいと伝承されていたことが重要なのです。

これは「そうらしいですよ。知らんけど」というスタンスです。逸話や噂話というのは、単なる虚構とは言えず、真否は当たらずとも遠からず、案外ことがらの核心を突いたりしている

（かも知れない）というニュアンスだと思います。

ただ、讒言《ざんげん》というものもなかなか厄介なもので、「御前が犯人だ、御前がやっただろう」と言われても、やったことを証明することはできるとしても、やっていないことを証明することは大変難しいことです。あの菅原道真も、応天門の変によって失脚したあの伴大納言善男も、同じく罠に嵌《は》められたと言えます。藤原氏がいつも讒言でもって、もしくは讒言を利用して敵対する者を、次々と陥れて来たのが、平安朝の隠された歴史だったとも言えます。最初は、菅原氏や伴氏など、藤原氏に対抗する氏族が、狙いうちにされたのですが、後には藤原北家の内部で権力抗争が激しくなって行きます。

歴史的な出来事として知られているかぎりでは、ともかく**九九六年の四月に、伊周は大宰府の帥に左遷され、隆家は出雲の守に左遷されます。**家族の罪に連座するかのように、五月には、定子は家宅捜索の辱《はずかし》めを受けたとして、急いで出家してしまいます。**かくて、中関白家は、たちまち一家離散してしまいます。**のち九九七年一二月に定子は内親王を産んでおりますから、定子の出家はむしろ、生き延びて御腹の中の子どもを守るために、出家せざるを得なかったのかも知れません。

その後、一〇月に、伊周はひそかに帰京しますが、再び大宰府に送還されてしまいます。翌年九九七年の四月、伊周と隆家は都に召還されますが、そのころには、中関白家はもうかつての政治的栄光は潰《つい》えていました。

これとみごとに逆比例をなすのが、道長一家の繁栄です。九九九年一一月に、道長の娘・彰子が入内しますが、このような政治的な背景のもとで、一〇〇〇年二月、彰子は中宮となり、定子の方は皇后として棚上げされ、祭り上げられてしまいます。中国風に言うと二人の后、日本風に言うと二人の国母を並べるなどという、前代未聞の「しわざ」をなしたところに、道長の強引さがよく現れています。そして、その一二月、定子は女の子を産むとすぐに、二五歳の若さで崩御しています。このとき、清少納言は三五歳くらいだと思います。

このような中関白家の急速な没落の中でも、『枕草子』は増補・改訂され、第二次の『枕草子』が成立しています。研究者によると、この時点が『枕草子』初稿本の第一次成立段階だと考える方もいます。そうすると、『枕草子』の世界はなぜあんなに明るいのかということが、ますます疑問となってきます。

重要なことは、定子が亡くなってからも、清少納言は『枕草子』を書き継ぎ、書き続けていた、ということです。研究者の中には、『枕草子』の第一読者は、最初は定子中宮であったが、中宮亡きあとは、定子の産んだ媄子内親王の教育のために、書き続けられたという説もあります。不幸にも、その媄子内親王も一〇〇八年に、若くして亡くなってしまいます。

そして、同じ一〇〇八年九月に、道長の娘・彰子は、待望の敦成《あつひら》親王、後の後一条天皇を出産します。一方、一〇〇九年一月には、彰子を呪詛する陰陽道の呪《まじな》いの札が発見されたとして、ふたたび伊周は謹慎処分になっています。

四 『枕草子』の寓話「翁丸」

中関白家が繁栄を極めた絶頂期なら、『枕草子』の冒頭章段のような美しい風景は、定子中宮と、中宮に象徴される中関白家に対する讃美だと考えられます。ところが、伊周の没落や定子の出家を経てもなお、この章段が『枕草子』の冒頭に置かれていることについて、中宮讃美の意味は変わらないというだけでよいでしょうか。

年齢を数えてみると、定子が出家し崩御してしまったことで、取り残された清少納言は、数え年でおよそ三五歳、この時代ではもはや盛りの年を過ぎつつありました。平安時代、翁と呼ばれる御祝は四〇歳ですから、定子を失った三五歳の清少納言の失望というものは、想像して余りあります。

非常に面白い事例があります。それが次の**第九段**です。

天皇の御住まいである清涼殿に、大切にされている猫がいました。これは野良猫ではなくて、座敷猫です。今とは違い、当時内裏の中で愛玩されていた猫は、中国からの「唐猫」と呼ばれる、高級な輸入物でした。滑稽なことですが、この猫には官位が与えられ、「命婦のおとど」というふうに、女官の名前が付けられていました。「おとど」と申しましても、これは命婦殿というくらいの使い方で、大臣という意味ではありません。猫に対する寵愛ぶりが分かるというものです（ちなみに、女官にも身分があり、清少納言も同じ五位の命婦だったであろうと言われています）。

ある時、猫があまりにも言うことを聞かないので、世話係であった馬命婦という女房が、これもまた、内裏で飼われていた犬の翁丸《おきなまろ》を呼び、「あの猫を食べておしまい」と、つい口走ってしまいます。

馬鹿なことに、言われたとおり犬の翁丸は、天皇の猫に襲いかかります。猫はおびえて御簾の中に飛び込んだために、驚いた帝は猫を懐に入れ、忠隆に怒りに震えて「翁丸を叩いて、犬島へ追放せよ。今すぐに」と仰せになったので、警備の者たちは、翁丸を散々に叩いたのち、追放してしまいます。

清少納言たちは、その後、犬はどうしているだろうと、犬の噂をしていると、翁丸が戻って来ます。見ると、見るも無残なようすの犬が震えながら歩いています。「翁丸か」と呼びますが、犬は返事をしません。清少納言が「いかに侘びしき心地しけん」と申しますと、犬は涙を流します。また、清少納言が「翁丸か」と尋ねますと、犬は鳴いて答えます。やはり翁丸だったわけです。

中宮は、犬が無事だったと喜ばれ、帝も中宮の元にわざわざ御出ましになって、「犬などもかかる心あるものなりけり」と笑われたと言うのです。

清少納言が犬の手当てをしようとすると、犬に仕置きをしたあの忠隆が聞きつけて来て、「翁丸が見つかったのか」というので、清少納言は「いいえ、そんなものはいません」と、シラを切りますと、忠隆は「また見つけてやる、隠しだてするな」と捨て台詞を残して立ち去ります。

その後、許されて翁丸は元の位をいただきました。清少納言が同情して言った言葉に感激して、翁丸が震え泣きしたことは、なんとも心を打たれた。人なら人から優しい言葉をかけられて泣くことはあるけれども、というわけです。（五二〜五頁）

内容から考えて、清少納言が、最初からこの「歴史的」な事件を風刺するために、この章段を書いたと考えるよりも、翁丸の物語を書いたあとで、あの伊周・隆家の事件が起こった、というふうに理解すればよいと思います。

それで、この犬の物語は、清少納言が、わが中関白家の運命を考え直す機会となったのだ、というふうに考えた方がよいと思います。

清少納言は、罰を受け追放された犬の心情を思いやり、犬も人と同じように心を持っているのだ、と批評していますが、そのような思いは、わが主・定子中宮と中関白家の繁栄の最中《さなか》に居るときには分からない、気が付かないことで、一族の没落を経験したあとになって、初めて人の心を思いやることができた、というふうに読むと、自慢話に満ちている『枕草子』も、味わいが出てきます。

そうであってこそ、清少納言は若き日に書いた『枕草子』を、一族の没落に「絶望」して捨ててしまうのではなく、むしろ新たな意味を見出して読み直し、書き続けたのだと思います(17)。

私は、絶頂期の清少納言とは友達にはなりたくありませんが、晩年の清少納言となら友達になってもよいと思います。私が興味深いと思うことは、『源氏物語』の後半、宇治十帖になると、紫式部は仏教の説く宿世とは何か、自らを取り巻いて世界を動かして行く、見えない力とは何か、というふうに、運命的なものの本質を考えようとしていることです。

一方、清少納言は、そのような政治的、歴史的、運命的なものの根源をのぞき見ようとする興味は持っていないようです。ですから、清少納言の書くものは、随筆の形を取るのです。つまるところ、二人は、能力というよりも、資質が違うのです。

五　中宮教育としての和歌

第二三段

これは長い章段ですから、途中から紹介します。

古今の草子を（中宮の）御前に置かせ給ひて、歌どもの本《もと》をおほせられて、「これが末いかに」と問はせ給ふに、すべて夜昼心にかかりて思ゆるもあるが、けきよう（能因本「げによくおぼえず」）申し出でられぬは、いかなるぞ。云々　（六一頁）

と清少納言は書いています。定子中宮は、和歌の上句を示して「この下句は何か」とテストされたと言います。そんな時はかえってうまく答えられないものだと言うのです。しかし、ポイントはこれって「クイズ形式」だということです。「正しく」答えられたら、テストは「終わる」からです。

清少納言は、かつて村上帝の代の教えについて、中宮の言葉を引いています。この章段について、旧大系は「回想の記。定子中宮を中心とし、中の関白家最盛期の栄華を叙す」（五九頁）と注しています。

（中宮）「村上の御時に、宣耀殿の女御（芳子）と聞えけるは、小一条の左の大臣殿（師尹）の御女におはしけると、たれかは知り奉らざらん。まだ姫君ときこえける時、父大臣の教へきこえ給ひけることは、「ひとつには御手をならひ給へ。次には琴《きん》の御琴を、人より殊に弾きまさらんとおぼせ。さては古今の歌二十巻をみなうかべさせ給ふを、御学問にはせさせ給へ」となん聞え給ひける、ときこしめしおきて、御物忌なりける日、古今をもてわたらせ給ひて、御几帳を引きへだてさせ給ひければ、女御、例ならずあやし、と思しけるに、草子をひろげさせ給ひて、「その月、なにの折、その人のよみたる歌はいかに」と問ひ聞えさせ給ふを、かうなりけり、と心得給ふもをかしきものの、ひがおぼえをもし、わすれたる所もあらばいみじかるべきこと、とわりなう（中宮は）思しみだれぬべし。（六一～二頁）

この記事は、女御（中宮）の備えるべき「教養」が何かを、端的に示しているのですが、紫式部が中宮彰子に『白氏文集』「新楽府」を御進講申し上げ、帝王学（もしくは中宮学）の一端を教示したことに比べると、大きな違いがあります。すなわち、第（Ⅰ）回で御話し申し上げましたように、紫式部が「日本紀はただ片そば」だとして文学の効用を説いたこととは雲泥の差があるでしょう。

興味深いことは、村上帝の女御の「御学問」が、書と楽器の琴（七絃）と『古今和歌集』の暗記だったということを、清少納言が『枕草子』に記していることです。

六　地名に対する興味

『枕草子』の中には、清少納言の言葉に対する興味が、そちこちに見て取れます。第三八段の本文は「池は、何々」と記されています。一般には「物尽くし」、あるいは類聚章段というふうに呼ばれています。前の翁丸の逸話は、いわば日記的、随筆的なものですから、随想章段と呼ばれています。比べると随分書き方が違います。

池は、勝間田の池。磐余《いはれ》の池。贄野の池。初瀬に詣でしに、水鳥のひまなく居て立ち騒ぎしが、いとをかしう見えしなり。云々　（八五頁）

とあります。この中で、「磐余の池」は、壬申の乱に勝利し、古代天皇制国家を打ち立てようとした天武天皇が、人望のあった大津皇子を追い詰め、皇子の自決した場所がこの池であったと『萬葉集』は伝えています。辞世の歌は、

大津皇子の死《こう》されし時に、磐余の池の陂《つつみ》に流涕して御作りたまひし歌一首
百伝《もも》ふ磐余の池に鳴く鴨を今日のみ見てや雲隠りなむ
右は、藤原宮の朱鳥元年の冬十月なり。(18)

というものでした。言わば、伝承のまつわる地名なのだと思います。
ところが、この**第三八段**の後半には少し傾向の違う記事があります。

水無しの池こそあやしう、など て付けけるならむとて問ひしかば、云々、（八五頁）

つまり、「水がないのに、池ということは成り立たない、なぜこんな名前を付けたのだろうか」と疑問を持っていることです。もう一箇所、

御前の池、また何の心にて付けけるならむとゆかし。云々、（八五頁）

とあります。これも、名前の付けられた由来が何か、ということに興味が向けられています。私たちの身の回りでも、土地の遺跡に、伝説や神話が伝えられていることはよくあります。なぜ、ここに池があるのか、この池はなぜそんな名前がついているのか、伝説や神話には、地名そのものに対する興味が働いています。このような由来のある地名が、古代から中世に至って有名になり、名所というものにまでになると、「歌枕」と呼ばれます。実際にその土地に行かずとも、遠くの地の地名である「歌枕」をもって和歌を歌うことができます。先ほどの元輔の歌で申しますと、

契りきな　かたみに袖をしぼりつ末の松山波越さじとは

（もしあの「末の松山」を波が越すことがあっても、私は絶対に裏切らない）

（『後拾遺和歌集』恋四、七七〇番歌）[19]

と、『古今和歌集』以来の陸奥《みちのく》の名所を引き合いに出して歌っているわけですが、元輔は何も、

はるばると宮城県まで出かけて歌を詠んだのではなくて、昔から名のある、あの歌枕「末の松山」を頭の中に思い描いて、詠んでいるわけです。ですから現在、末の松山がどこにあるのか、探してもあまり意味はありません。

このような**地名に対する興味は、清少納言だけではなく紫式部や赤染衛門も持っており、それぞれが旅に出掛けたとき、この二人も、珍しい地名に寄せて歌を詠んでいます。おそらく和歌を詠む上で、歌枕とされる地名に対する興味とともに、言葉そのものに対する興味があったのだと思います。**第三八段に出ている池は、みな平安京の周りにあるものではなく、遠い彼方の地名を並べ立てているように見えます。それは清少納言が和歌の人だったからだと思います。

清少納言が中宮定子に仕えたのは、清少納言が二〇代から三〇代の、およそ七年間でしたが、それは歴史的にも政治的にも、彼女自身にとっては、激動の時代でした。『枕草子』の冒頭には「春はあけぼの」とありますが、中関白家一族の没落という、「中宮の不遇にして悲惨な時代の顛末や裏話」など、彼女の経験や見聞は他にも多くあったでしょうが、清少納言は、おそらくわざと描かなかったのだ、と思います。定子が亡くなってからでも、晩年の清少納言が『枕草子』を書き続けつつ、なお「春はあけぼの」という表現を、変えずに何度も読み返し、書き綴り続けた理由は、必ずあると見なければなりません。

つまり、『枕草子』に記されている章段は、さまざまな逸話とともに、「春はあけぼの」もまた、清少納言にとっていとおしく、忘れがたい記憶の光景です。年老いれば老いるほど、かけがえのない記憶として大切なものになって来ます。ある日の光景が、まるでそのころはいつも毎日がそうであったと思えるような、記憶の光景です。

いずれにしても、晩年の清少納言が、どのような思いで記憶をまとめ、書き綴り、書き直していたか、というふうに『枕草子』を考え直す必要があると思います。

七　歌を詠む機会

第一〇六段

二月つごもり頃に、風いたう吹きて空いみじう黒きに、雪少しうち散りたる程、黒戸に主殿司《とのも》来て、「かうてさぶらふ」といへば、寄りたるに、「これ、公任の宰相殿の」とてあるを、見れば、懐紙に、

少し春ある心地こそすれ

とあるは、「げに今日《けふ》のけしきにいとようあひたるも、これが本《もと》はいかでか付くべからん」と思ひわづらひぬ。「誰々か」と問へば、「それそれ」といふ。みないとはづかしき中に、

「宰相の御いらへを、いかでかことなしびに言ひ出でん」と、心ひとつに苦しきを、御前に御覧ぜさせんとすれど、上のおはしまして大殿籠りたり。主殿司は、「とくとく」といふ。げに遅うさへあらんは、いととりどころなければ、「さはれ」とて、

空寒み花にまがへて散る雪に

と、わななくわななく書きて取らせて、「いかに思ふらん」とわびし。これがことを聞かばやと思ふに、そしられたらば聞かじと覚ゆるを、「俊賢《としかた》の宰相など、「なほ内侍に奏してなさん」となんさだめ給ひし」とばかりぞ、左兵衛督の中将（実成カ）におはせし、語り給ひし。

（一六五〜六頁）

これも自慢話。

使者の役人がやって来て、公任から和歌の下句を預かってきた、上句はどう付けるか、ということだった。ところが、返歌をしようにも、中宮は帝の元で大殿籠られて不在であり、相談のしようもなく、使者もせかすので、自分の独断で上句を付けて渡した。さて、付けた句は良かったみたいで、俊賢は清少納言を内侍に就かせたいと言ったということだった。

こういう季節詠などは清少納言の得意とするところだったと見えます。

第二二八段

九月廿日あまりのほど、長谷に詣でて、いとはかなき家に泊まりたりしに、いと苦しくて、ただ寝に寝入りぬ。

夜ふけて、月の窓より洩りたりしに、人の臥したりしどもが衣の上に、白うてうつりなどしたりしこそ、いみじうあはれとおぼえしか。さやうなる折ぞ、人歌詠むかし。

（二五七〜八頁）

この章段が興味深いのは、前の第一〇六段と同様で、「いみじうあはれ」と感じた、感興を催した「折」こそ、歌を詠む機会だと清少納言が考えていたということです。紫式部と違うのは、清少納言が実感に裏付けられた感慨がなければ歌は詠めないと考えていることです。

しかし、紫式部は常に、宮廷では儀礼的に歌を詠む必要に迫られていました。置かれた立場が違います。あるいは、季節詠などは、『紫式部日記』や『紫式部集』にはあえて記し残していないように見えます。その点が決定的に違うのです。

八 紫式部が詠む役割としての「代作」（1）

おそらく清少納言と全く違うのは、代作の仕事の中身です。紫式部が歌を詠む場面で、次のような事例は、**中宮の代わりに歌を詠むという、女房としては責任の重い役割を果たしています。単なる個人的な抒情ではなく、和歌をもって歴史に名を残すところに紫式部の独自性があります。**

例えば、『紫式部集』陽明文庫本、九八番歌に、

卯月に八重咲ける桜の花を内裏《うち》わたりにて見
ここのへに匂ふを見れば桜がり重ねてきたる春の盛りか(20)

簡単に現代語に訳しますと、

四月に八重桜の咲いているのを内裏で見て、
九重に匂うようすを見ると、桜花は重ね着をしたような春の盛りである。

ということです。

「えっ、これのどこが代作ですか」と疑問に思われるかもしれません。実は、これだけですと、紫式部みずからの歌とも見えるのですが、後に御覧いただくように、同僚の伊勢大輔の家集を見ると、中宮の代作歌であったことが明らかになります。

さて、御気付きになりましたか。和泉式部の歌は一人称で「私は」が隠れています。あるいは、紫式部でも独詠歌なら「私は」を前提としているのですが、中宮の歌には「私は」という人称が介在しません。中宮には后として、もしくは国母として中宮らしい詠み方があるのです。

ところで、『伊勢大輔集』という自撰の家集があります。伊勢大輔は「百人一首」では「古の奈良の都の八重桜けふここのへに匂ひぬるかな」でよく知られています。彼女の大中臣家は、神道の家柄ですが、藤原清輔の歌学書『袋草紙』には「六代相伝之歌人」と評されていて、累代の歌詠みのエリートの家柄です。生没年は未詳で、勅撰集に五一首も採られた有名な歌人です。

さて、紫式部の「九重に」の歌は、内裏において、例えば庭に植えられた桜や、折られた桜の枝の美しさに、たまたま接したとき、感慨を記したものと見えなくもありません。ただ、も

しそうであれば、詞書は、

卯月に・内裏わたりにて・八重咲ける桜の花を・見

というような語順になると思います。つまり、先程の詞書には「桜の花」がわざわざ「内裏わたり」まで持って来られたものだということを予想させます。

冷静に考えてみますと、一介の女房がとりたてて何事もなく、なんと言うこともない歌を詠じ、その歌を家集に選び記すということは考えにくいのです。特別に詠む機会があるからこそ、歌が残るのだと考えられます。しかも、この歌は、第（Ⅰ）回で紹介しましたように、技巧を凝らした歌になっています。すなわち、

ここのへににほふをみればさくらがりかさねてきたるはるのさかりか

と、同音の反復が見られます。「桜狩り」と「春の盛り」は意味でも音韻でも反復があり、この歌の骨格をなしています。掛詞ということから見ますと、

ここの辺に（このあたりに）
九重に（幾重にも）
九重に（宮中に）

というふうに意味の系をなしています。まさに、技巧をもって彫琢された歌です。つまりこれは褻《け》の歌ではなく、周到に準備された晴《はれ》の歌だということです(21)。

日常生活の中で歌が交わされる場合や、ひとりで歌を呟く場合には、あまり技巧が必要ないのです。ところが、公の場や晴の場で披露されるときには、どうだこれでもか、これでもかと技巧を凝らします。

ただこの歌は、『伊勢大輔集』を併せ読むと事情が分かります。

それでは『伊勢大輔集』を見ましょう。読みやすくするために、表記を整えています。

宮内庁書陵部本甲本

院の中宮（彰子）と申て、内裏におはしまししとき、奈良より扶公僧都といふ人の、八重桜を参らせたりしに、これは年ごとにさぶらふ人々、ただには過ごさぬを、「今年は返り事せよ」とおほせごとありしかば、

いにしへの奈良の都の八重桜けふ九重に匂ひぬるかな　（伊勢大輔）

院の御返し

九重に匂ふを見れば桜狩り重ねてきたる春かとぞ見る　（中宮彰子）

宮内庁書陵部本乙本

女院、中宮と申しし時、八重なる桜を参らせたるに、「歌詠め」と入道殿おほせられしかば、

いにしへの奈良の都の八重桜けふ九重に匂ひぬるかな　（伊勢大輔）

彰考館本

女院の中宮と申ける時、内におはしまいしに、奈良から僧都の八重桜を参らせたるに、「今年の取り入れ人は今参りぞ」とて、紫式部の譲りしに、入道殿（道長）聞かせ給ひて、「ただには取り入れぬものを」とおほせられしかば、

いにしへの奈良の都の八重桜けふ九重に匂ひぬるかな　（伊勢大輔）

殿の御前（道長）、殿上に取り出ださせ給ひて、上達部・君達引き連れて、喜びにおはしたりしに、**院の御返し**

九重に匂ふを見れば桜狩り重ねてきたる春かとぞ思ふ　（中宮彰子）

ややこしくて申しわけないのですが、歌の詠まれた事情が、伝本によって少しずつ違います。宮内庁書陵部本乙本は、やりとりよりも、伊勢大輔の歌だけに注目しています。(22)

ここで重要なことは、『伊勢大輔集』においては、**中宮の詠歌だとされる、この「九重に」の歌が、『紫式部集』には自分（紫式部）の歌として載っていることです。**つまり、紫式部の個人歌集には、（個人歌集だからこそ）これは実は、私が詠んだ歌なのだと記すことが許されるわけです。

ともかく、両家集の伝本を眺め、比べてみますと、中宮と奈良の僧都との恒例のやりとりについて、ポイントは誰が挨拶としての歌を詠むのかということにあって、伊勢大輔が歌を詠み次に中宮が返すところ、中宮に代わって紫式部が詠んでいるということです。

何度口ずさんでも、この伊勢大輔の歌は実に美しく心地良い調べを持っています。「百人一首」の取り札として人気があったことも頷《うなず》けます。意味よりも映像的な美しさや、韻律、調べの心地良さは、さすがに六代の歌詠みの家の歌人です。理屈でなく、響きの心地良さが前面に出ていて、内容は古都奈良の八重桜が、今平安の都で咲き匂っているというだけですが、

　いにしへのならのみやこのやへさくらけふここのへににほひぬるかな

と、これも韻が意識されています。そうすると、紫式部からすると、中宮の立場でこの伊勢大輔の歌に劣らぬ歌を詠むことが求められているわけです。

　つまり、紫式部の「九重に」の歌は、春がここと、内裏とに一年に二度も訪れる。その喜びと言祝ぎを表現しています。桜を中宮が身にまとう、内裏・宮廷の繁栄を讃える歌が求められたわけです。すなわち、**紫式部が畏れおおくも（身分の隔たりを越えて）中宮のペルソナ（位格）に同一化する（なりきる）ところに、「代作」の難しさがあります。**

　それができてこそ、『源氏物語』の藤壺を描くことができるわけです。今Aという人物を描いているかと思うと、Bという人物の立場に立つことができるのは、こういう仕事を常としているからです。

　このペルソナの転換というのは、誰かになりきる、また元に戻るという点で、宗教的に言う憑依と重なるところがあります。六条御息所の物怪の場面は、憑いている自分と我に返った自分とをうまく描き分けています。

　同時に、公式的に「九重に」の歌は中宮のものであり、わずかに個人歌集である私家集においては、これは他ならぬ私個人の作った歌だと、こっそり（もしかすると、堂々と）主張することが許されるのでしょう。

後に勅撰集『続後拾遺和歌集』夏、一五七番歌として、

一条院、位におましましける時、内裏にて卯月の比《ころ》、桜の咲きて侍りけるを見て詠める

紫式部

九重に匂ふを見れば遅桜重ねてきたる春かとぞ思ふ(23)

とあります。ここには内裏も中宮も殿も出てきません。歌の詠まれた事情について、個人の署名のもとに記録されようとするところに、中世以降の、和歌に関する認識があります。すなわち、美的な小宇宙として一首の歌を苦吟する中世では、誰の歌かということに関心が向けられていて、歌を「盗む・盗まない」といったことが意識されるようになり、古代における歌の場、公と私、晴と褻の区別の意識は薄れてしまっています。さらに言えば、後醍醐帝の命じられた『続後拾遺和歌集』では「一条院」を中心とする御代の出来事として記すところに、勅撰集のありかたがよく出ています（二条為藤撰、一三二六年に成立）。

おそらくそのような社会的、歴史的な緊張関係の中で、中宮の立場に立つことにおいて歌を詠ずることの責任の重さというものは、和泉式部も赤染衛門も、ましてや清少納言はあまり経

験することがなかった、と想像されます。

九　紫式部が詠む役割としての「代作」（2）

『紫式部集』陽明文庫本、九九番歌は次のようなものです。

卯月の祭の日まで散り残りたる、使ひの少将のかざしに賜はすとて、葉にかく、

神世にはありもやしけむ山桜けふのかざしに折れるためしは

「たまはす」とありますから、中宮より少将に挿頭《かざし》が下賜《かし》されたわけです。そのことに伴って、歌が必要になったわけです。賜わす挿頭に寄せて詠まれたこの歌は、中宮の歌ではあるのですが、「葉にかく」とあって、敬語がありませんから[24]、『紫式部集』では私の詠んだ歌として記され、もともとは中宮付き女房としての役割において詠んだものなんだなということが分かります。繰り返しますが、代作ということは、中宮の位格において（中宮になりきって）歌を詠むということです。とりわけ、いまだ成熟には至っていない若い中宮になり代わり、歌を中宮としての品格をもって詠む、それが宮廷における彼女の「仕事」だったと言えます。

この歌は、勅撰集『新古今和歌集』雑上、一四八五番歌では、次のように記されています。

四月祭の日まで、花散り残りて侍りける年、その花を使の少将のかざしに賜ふ葉に書きつけ侍りける　　紫式部

神代にはありもやしけむ山桜今日のかざしに折れるためしは[25]

一般的に「祭」という場合は、賀茂祭を言います。「使」とは窪田空穂の『評釈』によると、「天皇の代拝の使」のことです。[26]

『紫式部集』に戻して申しますと、中宮が賀茂祭における帝の代使に桜をもって挿頭に賜ることは、歴史上の新しい「例」を加えることなのです。「神代」にはなかった「例」を加えるところに、中宮の歴史への参与があります。すなわち、**伝統的な祭儀に新しい例を加えることに、平安時代における栄光があるのです。そこに中宮の存在の重さがあり、それを他ならぬ「私」が詠じたことこそ、女房としての役割であり、栄光であった**ということです。[27]

定子中宮と違い、政治的求心力を持つ道長という政治家の膝元にいることで、彰子中宮の立場は重かったわけでしょう。それゆえに、紫式部の代作は常に注目の的になっていたと思います。

そのような重責を果たせるがゆえ、晩年（一〇一九年（寛仁三年）～一〇二七年（萬壽四年）ごろの間）『小右記』において実資が中宮彰子のもとに参じたとき、取り次ぎに出た女房は、これまで繰り返し指摘されて来たように、（特に一〇一九年（寛仁三年正月五日）の記事では）間違いなく紫式部だったろうと思います。

一〇　紫式部の理想としたこと

『紫式部日記』の後半に、周りの女房たちを順番に紹介した記事があります。女房を次々と批評するもので、これまで「消息文」と呼ばれて来た部分です。これは、最近「女房のカタログ」だと評されること[28]もありますが、そうだとすると『紫式部日記』が中宮御産をめぐって女房の態勢を記述していることと対応して、中宮や道長に向けて書かれた報告書だということがより明らかになるでしょう。これを中宮や道長が読むとすると、この指摘は実に明確な印象を与えるものだと思います。その中で、紫式部が清少納言を批評した条は、次のようなものです。

> 清少納言こそ、したり顔にいみじう侍りける人。さばかりさかしだち、真字《まな》書きちらして侍るほども、よく見れば、まだいとたへぬことおほかり。かく、人に異《こと》ならむと思ひ好

めるは、かならず見劣りし、行く末うたてのみ侍れば、艶《ゑむ》になりぬる人は、いとすごうすずろなる折も、もののあはれにすすみ、をかしきことも見すぐさぬほどに、おのづから、さるまじくあだなるさまにもなるに侍るべし。そのあだになりぬる人のはて、いかでかはよく侍らむ。（四九六頁）

これは相当の「悪口」です。曰く、清少納言は「したり顔」すなわち得意顔で、「さかしらだち」すなわち自分は賢いと思い込み、当時女性は漢字を用いることは抑えられていたことから見れば、漢字を「書き散らして」いる、と言うのです。学者為時の娘である紫式部からすれば、一番カチンとくるところです。清少納言なんて、清少納言の評判なんて、「よく見れば見かけ倒しだ、というわけです。偉そうに「私は人とは違う」と考える人は、結局「見劣り」することになって、これから先は碌《ろく》なことがないと思う云々、とボロクソです。珍しく憎しみのこもった、感情的な表現だと言えます。

この記事と次のような、他の人から聞いた紫式部の評価と併せて読めば、紫式部がどうあろうとしたかが、もっと良く分かるに違いありません。

面白いのは、別の箇所では和泉式部や赤染衛門についてては、彼女たちの歌を褒《ほ》めているのですが、清少納言については、和歌に関する批評がひとこともありません。清少納言から言うと

（おそらく、もし自分が本気で歌ったら、すごい歌の出来栄えになるはずだと、歌に対する自信と、一方では父や祖父の名を汚してはいけないという劣等感とに板挟みとなった葛藤ゆえに）自撰家集を残さなかったのではないかと考えられます。（先ほどのエピソードを考えても）おそらく根本的に和歌に対する考え方が違うのでしょう。

紫式部は自身の評価について、

しかしかさへもどかれじと、恥づかしきにはあらねど、むつかしく思ひて、ほけられたる人にいとどなりはてて侍れば、「かうは推しはからざりき。いと艶に恥づかしく、人に見えにくげに、そばそばしきさまして、物語好みよしめき、歌がちに、人を人とも思はず、ねたげに、見おとさむものとなむ、みな人々言ひ思ひつつ憎みしを、見るには、あやしきまでおいらかに、異人《こと》かとなむおぼゆる」とぞ、みな言ひ侍るに、恥づかしく、人にかうおいらけものと見おとされにけるとは思ひ侍れど、ただこれぞわが心とならひもてなし侍るありさま、（以下略）（四九八頁）

と記しています。

ここで紫式部が言うには、（もちろん紫式部の謙辞でしょうが）自分はもう「惚《ほ》けられたる人」

になっていたのに、他人から「こんな人だと思わなかった」、きっと根っからの「物語好き」で「歌がち」で、「人を人とも思はず」上からものを言う、人を見下げる人だと、皆自分を憎んでいたと思っていたが、直接会ってみると「驚くほど穏やか」で、別人ではないかという感想を持ったというのです。紫式部としては、計算通りで満足だったでしょう。とは言え「おいらけもの」と見られるのは悔しいけれど、これもこれまで（無能を演じる）心掛けてきた結果だと思うと仕方がない…云々と言うのが、正直なところでしょう。

とは言うものの、他人の批評の中で言われた「物語好み」や「歌がち」ということは、紫式部の自負そのものでもあったと言えます。

まとめにかえて

ここまで検討してきたことから申しますと、紫式部と清少納言とを何において比較するか、ということが問題だと思います。ただ人柄の好き嫌いはどうにも扱いようがありません。人によって評価は異なるでしょうから。

「私は、ネクラの紫式部が嫌いだ」とか、あるいは「私は、軽薄な清少納言が好きじゃない」とか。しかし、**比較にならないと思います。文芸の質が違いすぎます。**

後天的には教育環境とか努力といった面もあるでしょうが、先天的には気質といった面もあるでしょう。ただ、中宮女房といった役割においては、およそ共通しているように見えて、生み出された文芸として『源氏物語』『紫式部日記』『紫式部集』といった作品群に対して、『枕草子』と（後人の手になる）個人家集といった作品との間には、質的に大きな違いがあります。

そこで、二人の間の本質的な違いを、人柄の次元ではなく、「何を書いたか」で考えてみましょう。『枕草子』は大きく分けて、章段をキィワードで示すと、

1　物尽くし章段　…「物語は」「池は」など。
2　随想章段　…「時鳥」「翁丸」など。

に分けられます。1は、事柄の羅列と見えて言葉の分類です。言葉の序列化です。2は、逸話（エピソード）をエッセイの形式で書く方法です。言わば、人や出来事を逸話の形で示す方法です。

第二八段

にくきもの。

急ぐ事あるをりに来て、長言《ながごと》する客人《まらうど》。あなづりやすき人ならば、「後に」とてもやりつべけれど、さすがに心恥づかしき人、いと憎くむつかし。

硯に髪の入りて擦《す》られたる。また、墨の中に、石のきしきしときしみ鳴りたる。（略）

物うらやみし、身のうへ嘆き、人のうへ言ひ、つゆちりのこともゆかしがり、聞かまほしうして、言ひ知らせぬをば怨《えん》じ謗《そし》り、またわづかに聞き得たることをば、我もとより知りたることのやうに、異人にも語りしらぶるもいと憎し。

物聞かむと思ふほどに泣くちご。

烏の集まりて飛びちがひ、さめき鳴きたる。（以下略）　（六八～七〇頁）

題（問い）に対して、どう答えるか（答え）、これもQ＆Aです。いかに気の利いた答えが思い当たるか、意外にも納得するかがポイントになるでしょう。

これに対して物語は、もっと回りくどい方法です。ここで、新聞記事を書くとき、よく用いられる「5W1H」という要素を用いて考えてみましょう。

物語は、登場人物（誰が who）とその舞台（いつ when、どこで where）を設定し、彼の言動を通して主題（何を what）を伝えようとするわけです。

そのような違いが生まれたのは、**おそらく本を読むとき、最初から二人は読み方が違っていたからだと思います。清少納言は知識中心です。**興味の持ち方は、テレビのクイズ番組のような、Q＆Aのタイプです。**そこでは「答えが出る問い」を必要とします。**香鑪峰の雪と言うと簾を掲げる（**第二九九段**）などは、それも学力と言えば学力かも知れませんが、学力の基礎にすぎないのであって、思索を欠いています。エッセイは描けますが、構想力が不足しているので、長い物語は書けません。

ところが、**紫式部は「私はなぜ不幸なのか」なんて、どこまで行っても「答えの出ない問い」を問うています。その答えを、紫式部は父の書斎の膨大な書物の中に探したのだと思います。**（おそらくどこにも答は書かれていなかったでしょう）**紫式部は、まさに文学を書いたと言えます。物語は知識だけでなく、どのように（how）とか、なぜ（why）という問いがなければ構成的な叙述ができません。**そのような性向が清少納言にはない。

例えば、『竹取物語』は「なぜ」が希薄です。例えば、かぐや姫が竹取翁のもとに訪れた理由は、充分に「説明」されていません。「なぜ」という要件が弱いですから、あれ以上長い物語、深い物語は描けないのです。

紫式部は、日・中いずれの書物であるかを問わず、歴史書であっても物語として読んだ、すなわち、歴史記述の中に物語を見出していたと思います。

そのとき、これは第（Ⅵ）回、第四節で物語を支える叙述の枠組みについて作った表にも書き込んでおきましたが、**歴史書は長いスパンでもって、出来事と出来事との間に、原因と結果、伏線と回収、事件と波及、連鎖や反復などといった構成がありますから、歴史書を物語として読むことで、紫式部は「長い物語を創り出す読み方」を学んだのだと思います。**それが長編物語を構成する、また、誰の立場に立って読むのかという選択が求められたと思います。

さらに、言い方を変えれば、幼い時からの習い性だったと思いますが、事柄に対して「とは何か」「とはなぜか」というふうに、問いを仕掛けられるかどうかで、文芸の質は根本的に異なってきます。

そう考えて来ると、清少納言の文芸は「底が浅い」と気付かれるでしょう。繰り返しますが、**紫式部は寡婦期から宮仕期に至ると、もっと深刻に「なぜ私はこんなふうに不幸なのか」という「答えのない問い」をみずからの内側に向かって問い続けていたのだと思います。**もしかすると、それは幼いころ母のいなかったことに対する孤独感とも繋がっていたのかも知れません。

以下は、第（Ⅴ）回で詳しく御話したいと思いますが、先に**結論だけを申しますと、『源氏物語』は、第二部で**（親子・男女といった人間の愛憎の執着を描き）、**「人は何に囚われているのか」**

という問いから、第三部で（大君の自死から浮舟の入水、出家を描くことで）、「人は救われるのか」という問いへと展開しています。そこに、紫式部の苦悩があり、思考の深まりが見られます。

人がいかに愚かであるかを、朱雀院と女三宮、光源氏、そして薫まで、炙《あぶ》り出しています。晩年の紫式部は、仏菩薩を思うことによって、この世のありとあらゆるものが「愚かなこと」と、いかに見えてしまったのだと思います。

それには「道長の政治の世界なんか、どうでもいい」（私には興味がない、私には関係がない）といった考えも含まれていると思います。立場ということで言えば、紫式部から見ると、道長は向こう側の存在でした。道長や中宮彰子に仕えることに違和感を持ち続けた紫式部からすると、定子中宮を讃仰し奉仕するために働く清少納言は、まさしく道化としての烏滸《おこ》者を演じた父元輔の娘だと見えたことでしょう。紫式部は、幼い中宮彰子を引き立てながらも、中宮は中宮たるべくあるべきだと導く立場にあって、世界は権力闘争の政治だけではない、和歌と物語の文芸こそ肝要であるという立場を貫いたと言えます。

世の中には文学を必要とする人と、そんなものがなくとも生きて行ける人がいます。政治だけが生きがいの人、経済だけしか興味のない人は、紫式部にとって「全く関係のない人」「永久に出会うことのない人」、すなわち他者にすぎなかったのだと思います。紫式部は猛烈な読書と深い思索の果てに、みずから文芸を生み出す側へと転換したひとりだったと思います。

Ⅳ　紫式部は歌が下手なのか

はじめに

平安時代の貴族と言うと何となく、月や花を眺めて物思いにふけり、フウと溜息をつきながら歌を短冊にサラサラと認《したた》める、といった印象を御持ちではありませんか。

しかしながら、そのような事例はむしろ少数だったと思います。

いったい歌が残るとはどういうことでしょうか。これから御話することは、**古代和歌は基本的に儀礼的な場にあり、儀礼性を帯びているということです。**その意味で、紫式部は抜群に歌が上手です。儀礼性を帯びた場で詠まれた歌だからこそ、後世に残ったのだと思います。

そこで、平安時代にあって、歌が記録される機会について、『古今和歌集』の分類、いわゆる部立《ぶだて》を目安に、考えられる限りで思いつくまま想像をめぐらすと、次のようなことでしょう。

（1）**恋の歌**は、当人同士が残す書き付けや消息が原資料でしょう。

原則として当事者の記憶することでしょうから、そのような贈答を改めて記すのが、個人歌集である私家集です。しかも、勅撰集がいつ編纂されてもよいように、（あるいは貴人たちの求めに、すぐ応じられるように）歌人たちは絶えず自らの歌集の草稿を「更新」し続けていたと考えられます。[1]……（和泉式部が得意）

（2）**季節の歌**は、年中行事が基本です。……（清少納言が得意）

そのような折節には饗宴が催され、順番に歌が披露され（記録され）たと考えられます。例えば、行く春を惜しむ歌は、三月晦日に漢詩を誦する酒宴が催されていたことが知られていますから、漢詩とともに和歌が披露された[2]ことが推測されます。

（3）**賀・離別・羇旅・哀傷**といった部立の歌は、儀礼・儀式に伴って饗宴が催され、順番に歌が披露され（記録され）たと考えられます。……（**紫式部が得意！**）

（4）その他、**歌合や屛風歌**などは和歌が記録される機会だと思います。

勅撰集の部立をもとに、なぜこんな分類をしたかと言うと、いささか乱暴ですが、（1）の領域で活躍したのが和泉式部、（2）では清少納言、（3）で活躍したのが紫式部だったということは歴然としています。

そうであれば、紫式部の歌は、残された家集が小品であることとも関係するかもしれませんが、ひとり詠んだ恋の歌は少なく、また恋の贈答も少なく、むしろほとんど人間関係の中で詠んだ、右の（3）の事例や、その他、部立で言えば「雑」部に属するような歌が多いため、心情を素直に表明するのが和歌だと思い込んでいると、紫式部の歌は分からない、と思います。私も、紫式部の家集を初めて読んだとき、味のない料理を口にしたような気がしました。

例えば、あまり馴染みのない方がおられるかも知れませんが、「百人一首」に載っている和歌を見ると、撰者藤原定家にどのような基準があったかは分かりませんが、平安時代の女性たちの性格の違いが、案外はっきりと出ているのではないかと思います。

御承知のように、「百人一首」は（一般的には）和歌だけが並んでいますが、もともと歌集には多く詞書《ことばがき》というものが付いていて、歌題や歌の成立した経緯、事情が記されています。つまり「百人一首」は、（原則として）家集における詞書を外して歌だけで編纂された鎌倉時代のアンソロジー（詞華集）で、『萬葉集』以下の秀歌を集めています。[3] そこで、何人かの女房歌人の歌を取り上げると、平安時代におけるそれぞれの個人歌集である私家集と、これらから秀歌を選び出して編纂された勅撰集との間には時に大きな相違がありますので、それを手がかりに紫式部歌の特質について考えてみましょう。

よく話題にするのですが、私は個人的には、和泉式部の和歌に「御気に入り」のものがあります。おそらく皆さんも和歌らしいと感じられるのは、和泉式部のような歌でしょう。例えば、『新編国歌大観』を用いて、個人歌集である『和泉式部集』の自撰部分から拾うと、私なら、

○寝《ぬ》る人を起こすともなき埋み火を見つつはかなく明かす夜な夜な　（冬、六九）
○黒髪の乱れも知らずうち伏せばまづかきやりし人ぞ恋しき　（恋、八六）

を挙げます。季節の歌に分類されてもいますが、恋の歌はどれも技巧にこだわらず、奔放に詠み放っています。何より調べがいい。しかも、歌の内容が独立して理解でき、まとまりを持っています。(4) 感情の溢《あふ》れるままに、喜びには喜びの歌を、悲しみには悲しみの歌を、いくらでも詠むことができるように見えます。

ところが、第（Ⅲ）回でも触れましたが、今に残されている**紫式部の歌は**、言わば**人間関係**

の中で儀礼的に詠まれた、人事の歌が多いように思います。儀礼的な場で、推敲を重ね修辞に力を入れて凝りに凝った歌を詠むとすれば、和泉式部のように多作することはできないでしょう。紫式部は、ありきたりで類型的な歌ならばいくらでも詠めたでしょうから、一首を残す重みが違ったと思います。

ですから、奔放な恋の歌と人事の歌とを同じ基準で「良し悪し」を言うことはできません。（あまり恋歌を詠まなかったのか、詠んだけれど捨てたのかは分からないのですが）しかも、**紫式部の歌のポイントは詞書がないと歌の内容がよく分からない、詞書に凭《もた》れかからないと歌の詠まれる状況が分からない場合が多いのです。**

一　代表歌としての「百人一首」

それではまず、当時を代表するとされる女房たちの歌を「百人一首」から取り出して並べてみましょう。

1　**和泉式部**

あらざらむこの世のほかの思ひ出に今ひとたびの逢ふこともがな

（現代語訳）

私は、この世からいなくなってしまう（かもしれません、もしそうだ）とすると、**あの世での思い出に、今いちどあなたに会いたい。**

これは、次の勅撰集の詞書では、全く文脈が違い病の重いとき男性に送ったものと理解されているようです。初句の「あらざらむ」の「む」の意味・用法は仮定です。ここにはやはり何の技巧もなく、下句に主旨が示されており、率直な歌い方（正述心緒）で、彼女の特徴がよく出ていると思います。

『後拾遺和歌集』恋三、七六三（藤原通俊撰、一〇八六年成立）

ここち例ならず侍りけるころ、人のもとにつかはしける

和泉式部

あらざらむこの世のほかの思ひ出に今ひとたびの逢ふこともがな

（以下、勅撰集は『新編国歌大観』（勅撰集、一九八三年）を用いることにします。なお適宜表記を整えています）

2

赤染衛門
やすらはで寝なましものをさ夜ふけてかたぶくまでの月を見しかな
（現代語訳）
（あなたが来ないのなら、最初から）ためらわないで（さっさと）寝ていればよかったものを、（いつ来るか、いつ来るかと待ち続けて、気がついたら）夜がふけて傾くまで月をじっと見ていました（約束しておきながら、すっぽかすなんてひどい、どうしてくれるの）。

これも男に送った恋の歌で、恨みがましい内容になっていますが、和泉式部のように「会いたい」と直接歌うのではなく、「ずっと待っていました」と歌うところに赤染衛門の歌い方があります。つまり、言外に含むところの多い、言わば余韻のある歌い方になっています。ただ、次のような勅撰集の詞書を見ると、この歌は姉妹のために代作したことになっています。第（Ⅲ）回でも申しましたが、家集では代作といっても、紫式部と違って恋の歌の代作が多く残っていることが注目されます。（なお『馬内侍集』にもこの歌が見えますが、検討の詳細は省きます）

『後拾遺和歌集』恋二、六八〇

中関白少将に侍りけるとき、はらからなる人に、ものいひわたり侍りけり。たのめてまうで来ざりけるつとめて、をむなにかはりてよめる

赤染衛門

やすらはで寝なましものをさ夜ふけてかたぶくまでの月を見しかな

3 清少納言

夜をこめて鳥の空音ははかるともよに逢坂の関はゆるさじ

（現代語訳）

夜も明けないのに、鶏の鳴きまねをしても、関所の門は開けてくれませんよ。（函谷関の故事ならいざ知らず）逢坂の関は許してはくれませんよ。（私は、あなたには逢うつもりはない）

3については、第（Ⅲ）回でも、『枕草子』の逸話として少し触れましたので、簡単に申しますと、一読しただけでは何を言っているのか分からないのは、故事を引いているからです。そもそも中国の故事を使って和歌を詠むというのが、清少納言らしいと思います。

勅撰集の詞書によると、藤原行成から恋人めかして言いかけられた言葉に対して、清少納言

は、これを恋歌めかして返すにあたり、この故事を引用しています。恋歌としても、そうでなくても、おそらく紫式部なら、こんな歌い方で知識をひけらかすのは嫌いだ、と批評したと思います。

『後拾遺和歌集』雑二、九三九

大納言行成、物語などし侍りけるに、内裏の御物忌《ものいみ》に籠《こも》ればとて、急ぎ帰りてつとめて、鳥の声にもよほされてと、と言ひおこせて侍ければ、よぶかかりける鳥の声は函谷関のことにやと、言ひにつかはしたりけるを、たちかへりこれは逢坂の関に侍りとあれば、詠み侍りける　　清少納言

夜をこめて鳥の空音ははかるともよに逢坂の関はゆるさじ

④

紫式部

めぐりあひて見しやそれともわかぬまに雲隠れにし夜半の月かな(5)

(現代語訳)

(久しぶりに、しかも偶然)めぐり合うことができたのに、(物越しに対面して)あなたかどうかも分からないまま(もどかしい思いのまま)に、あなたはまるで月が隠れるのと競争す

るかのように、（あわただしく）隠れて（帰って）しまった夜半の月のようです。

この歌も、この歌だけでは意味が分かりません。それが紫式部歌の特徴です。この場合も、詞書に「支え」られて初めて、理解できるものです。

私は幼いころ、この歌は月の隠れるようすを詠んだ、単純な「叙景歌」だと思い込んでいました。ところが、家集や勅撰集の詞書を読むと、幼馴染の友人との離別が主題だと分かります。紫式部は、恋歌が少なく、むしろ離別歌をたくさん残しています。

『新古今和歌集』雑歌上、一四九八（後鳥羽院・定家他撰、一二一〇年成立）

はやくより、わらはともだちに侍りける人の、年ごろ経て行き合ひたる、ほのかにて、七月十日のころ、月に競《きほ》ひて帰り侍りければ

紫式部

めぐりあひて見しやそれともわかぬまに雲隠れにし夜半の月影

二　『紫式部集』の面倒な問題とは何か

紫式部の場合、『紫式部集』と、藤原定家撰の「百人一首」や『新古今和歌集』（撰者は、源通具・藤原有家・定家・家隆・雅経・寂蓮など）との間には、およそ二〇〇年の隔たりがありますから、古代和歌と中世和歌との間には、和歌の世界観の大きな違いが横たわっています。それが詞書と和歌の異同に表れています。

しかも、「面倒」な問題は、『紫式部集』の代表的な伝本の間に大きな対立があることです。そこで、『紫式部集』の代表的な伝本を見ますと、次の陽明文庫本は「百人一首」に近く、実践女子大学本は『新古今和歌集』に近いことが分かります。これは何を意味するのでしょうか。なお、分かりやすくするために、表記を整えています。

陽明文庫本（古本系最善本）

はやうより童友達なりし人に、年ごろ経て行き合ひたるがほのかにて、十月十日のほどに、月に競ひて帰りにければ

めぐりあひて見しやそれともわかぬまに雲隠れにし夜半の月かな

実践女子大学本（定家本系最善本）

はやうより童友達なりし人に、年ごろ経て行き合ひたるがほのかにて、十月十日のほど、月に競ひて帰りにければ

めぐりあひて見しやそれともわかぬまに雲隠れにし夜半の月影

平安時代、紫式部の歌は勅撰集の『拾遺和歌集』には採られることがなく、（赤染衛門や和泉式部は『拾遺和歌集』に採られています）歌人としてあまり高い評価を受けていなかったのかな、と感じられます。ひとつの根拠は、彼女の家集は長和年間（一〇一二～七年）ごろにできたとされていますが、他の私家集や勅撰集（の詞書）で見るかぎり、貸し借りの形跡がなく、あまり話題にならなかったこともあって、世間に流通していなかったと見られます。[6] つまり、この家集は、外部に向かって公表されたものでないらしく、（例えば、娘大弐三位賢子のために制作されたというふうに）どうも内向けに制作された可能性があります。

そのような事情はひとまず措くとして、『新古今和歌集』一四九九番歌に採られていることから、紫式部歌の扱い方として、すぐ目に付く大きな相違点は、

1　第五句末が、「月かな」（『百人一首』と陽明本）と「月影」（実践本）という違いがある。

2　詞書に「十月十日」（陽明本・実践本）と「七月十日」（新古今和歌集）という違いがある。

の二つです。

1「月かな」は、文法的にはよく「詠嘆」などと言われていますが、歌が本来持っている、古代的な呼び掛けの表現です。私は、この歌がもともと贈答・唱和として友達の歌と対《つい》をなしていたものの片方、紫式部の歌だけが置かれている、と考えています。この歌「めぐりあひて」に対して、童友達の返歌の存在したことが予想されるのですが、家集を編むにあたって省略した、もう少し言えばこの一首をもって、まるで自らの人生を象徴する歌として特立させた可能性があります。家集編纂にあたって、**紫式部は家集の冒頭にこの歌を置くことで、この歌を彼女の人生そのものを象徴するものとして位置付け直したと考えられます。**

一方、「月影」は映像的で、「月影！」とでもいうべきニュアンスを持っていて、新古今的な美意識に基く映像的表現です。この場合、贈答の片方などというよりも、最初から独詠歌的に捉えられているように見えます。**なぜこんな違いがあるのかというと、実践本は二〇〇年後の藤原定家（たち）によって、紫式部歌が独詠歌に仕立て上げられた可能性があるからです。**

『百人一首』の中には、例えば持統天皇の「白妙の衣ほしたり」が「衣ほすてふ」と直され、

『萬葉集』の歌が部分的に語句が変えられて入集していることはすぐに気付かれると思います。つまり、著作権の問われない時代ですから、二〇〇年も前の古歌が鎌倉時代の好みに従って表現が変えられることはあり得ます。つまり、推測ですが、藤原定家（たち）は詞書の十月冬の暦日を、名月を愛でる秋の暦日に直すとともに、「夜半の月かな」を「夜半の月影」と手直しすることにおいて『新古今和歌集』が採用したのだと思います。

2『紫式部集』において、暦日については、童友達との事実上の別れが、本当に十月だったのかどうかは分かりませんが、詞書にまさに「十月十日」と明記したことがポイントです。古代でいう秋が過ぎ、冬に入って十余日が過ぎたころ、まさに荒涼とした冬の離別だという強調があるのです。

おそらく（藤原定家たちの）『新古今和歌集』の場合は、この歌を月を愛でる秋のものとして「七月」に詞書を作り変えたものでしょうが、**紫式部はみずから家集では、あえて荒涼とした冬のものとして強調したものだと思います。**(7)

なぜなら、（結果的なのかどうか）**冬という季節を離別にふさわしいものとして構成したこと**は、第（Ⅲ）回でも触れましたが、喜びの春、悲しみの秋といった「常識」を壊すかのように、**『源氏物語』の持つ、独特の冬を効果的に用いる季節観と共通しているからです。**その意味で、

冬といった季節に対する扱いは、『枕草子』と随分違います。(8)

三　家集冒頭歌に見える記憶の光景

この歌「めぐりあひて」には、すでに『伊勢物語』第一一段の「忘るなよほどは雲居になりぬとも空行く月のめぐり逢ふまで」を本歌取りしたものだという指摘があります。確かに似てはいますが、そもそも本歌取りは中世和歌の特質ですから、この場合は「類歌」でよいと思います。なぜなら、もしこの古歌を意識していたとしても、**紫式部歌の場合、「忘るなよ」の歌にはない「雲隠れ」という表現が鍵になっていて、「忘るなよ」の歌には言忌みの緊張感が介在していないからです。**

この「めぐりあひて」の歌は、詞書だけで見ると、離別した友人を思う離別歌です。ところが、後になってこの友達は、他界してしまったことが、家集の中で記されています（三九番歌詞書「とほき所へゆきし人のなくなりにけるを」）ので、紫式部は、若き日に童友達に離別歌を詠んだ、あのときは深く考えないで、つい「言忌《ことい》み」の禁忌を破ってしまい、「雲隠れ」という不吉な言葉を使って詠んでしまったのだが、そのとおり不幸な出来事が起こってしまったという後味の悪い苦々しさ、後悔があるのだと思います。これが言霊《ことだま》の思想なのでしょう。「言忌み」とは、不吉な言葉を憚《はばか》る、慎むといった意味があります。「言忌み」は「事忌み」です。つまり、言葉を忌むとともに事柄を忌むわけです。

ところで、興味深いことですが、『源氏物語』では「言忌み」は常に和歌と関係しています。つまり、儀礼性に反することにおいて、和歌を詠んでいるわけです。

例えば、光源氏は蟄居《ちっきょ》した須磨から明石の地へ、あたかも呼ばれるように赴き、住吉神の加護を得て明石君に逢い、後に中宮となる姫君を得ることができます。まさに、中宮を手に入れるべく須磨・明石へ向かって離京したとさえ言えます。やがて、明石姫君は光源氏六条院に迎えられます。それは、紫上に子がなかったために、（いや、それも物語の優先事項、先験的な命題かも知れないのですが）紫上の「養女」として迎えられることになります。いや、紫上は明石君の娘姫君をみずからの子とし（て奪い取るので）なければ、光源氏の妻の立場を失う「危機」を脱することができなかったのです。

そこで、姫君が母明石君とともに、いよいよ上京する際、明石の地に残る入道と尼君と離別するのが、次の場面です。

秋の頃ほひなれば、物のあはれとり重ねたる心地して、「その日」とあるあかつきに、秋風涼しく虫の音もとりあへぬに、海のかたを見出して居たるに、入道、例の、後夜より深う起きて、鼻すすりうちして行《おこな》ひいましたり。いみじう事忌みすれど、たれもたれもいと忍びがたし。若君はいともいとも美しげに「夜光りけむ玉」の心地して、袖よりほかに放ち聞えざりつるを、見馴れてまつはしたまへる心ざまなど、ゆゆしきまで、かく人に違へる身を、いまいましく思ひながら、片時見たてまつらではいかでか過ぐさむとすらむ」とつつみあへず。

（入道）「行く先をはるかに祈る別れ路に堪へぬは老いの涙なりけり

いともゆゆしや」とて、（涙を）おし拭ひ隠す。尼君、

（尼君）もろともに都は出でき　このたびや一人野中の道にまどはむ

とて泣き給ふさま、いとことわりなり。ここら契りかはして積りぬる年月のほどを思へば、かう浮きたることを頼みて、捨てし世にかへるも、思へばはかなしや。御かた、

（明石君）「いきてまたあひ見むことをいつとてか限りも知らぬ世をば頼まむ

送りにだに」とせちにのたまへど、「かたがたにつけて、え去るまじきよし」をいひつつ、さすがに道の程もいと後ろめたき気色なり。

（松風、第二巻一九六～七頁）

姫君にとっては、光源氏の元に引き取られるという、めでたき出達の時なのに、親子として

は離別歌を詠み、別れを惜しむべき場です。本来、涙を流してもいけないし、「涙」という言葉を使ってもいけないのに、入道は涙を流さずにはおられず、またつい歌に忌むべき言葉を使ってしまいます。言祝ぎの言葉でもって、集団的な意思を表明すべき場なのに、個人的には悲しみの別離であるという矛盾が露呈するところに、紫式部の得意とする和歌の使い方があります。(9)『源氏物語』の和歌は、『古今和歌集』の規範に拠りながら、規範に違反して行くところに特徴があります。

ただ、ここで尼君は、もともとは夫と二人で道を行くべきなのに私はひとり道に惑う、と離別歌の伝統的で典型的な形式に則《のっと》って詠んでいますし、明石君もいつ再会できるか分からないと、離別歌の形式に即して詠んでいます。この二人は儀礼的に詠んでいますから、入道だけが禁忌を犯していることが際立っています。

さらに、紫式部は、夫の急死をきっかけに、母の死、姉の死、その他多くの知人との死別の記憶を重ねるかのように歌「めぐりあひて」を家集の冒頭に配置していますので、歌「めぐりあひて」はあたかも彼女の人生を象徴する歌として置かれたと考えられます。(10)

ところで、『源氏物語』には、

（逝去する人物）		（残された人物）
桐壺更衣	／	桐壺帝
藤壺	／	光源氏
紫上	／	光源氏
大君	／	薫
浮舟	／	薫

というふうに、『源氏物語』の第一部から第三部に至るまで、主要人物が何度も同じ構図を持って繰り返し語り進められています。これは第（Ⅴ）回で御話するつもりですが、家集の冒頭に置かれた離別の構図は、物語の主題としても共有されているということです。[11] つまり、『紫式部集』の主題と『源氏物語』の主題とは重なり合い、響き合っているということです。

　その意味でも、私はこれらのテキストが、表現者紫式部ひとりによるものと考えてよい、と思います。

四　家集における旅の歌群

今度は旅の歌で比較してみましょう。

赤染衛門も、紫式部と同様、受領層に属しており、一説に『栄華物語』（正編）の作者だと言われています。夫大江匡衡が尾張守に任ぜられ、任国に赴任したのは、紫式部の夫宣孝が疫癘によって急逝した、あの一〇〇一年（長保三年）の正月のことです。[12] その下向の折の歌群は『赤染衛門集』（流布本系）を見ると、次のようです。ただし、一部表記を整えています。

尾張へくだりしに、七月ついたちごろにて、わりなう暑かりしかば、逢坂の関にて水のもとに涼むとて

○越えはてば都も遠くなりぬべし　関の夕風しばし涼まむ　（一六九）

大津に泊まりたるに、「網引かせてみせむ」とて、まだ暗きよりおりたちたる男どものあはれに見えしに

○朝朗《ぼらけ》おろせる網の綱見ればくるしげにひくわざにありける　（一七〇）

それより舟に乗りぬ。ふくろかけと言ふところにて

△いにしへに思ひ入りけむたよりなき山のふくろのあはれなるかな　（一七一）

七日、ゐちがはと言ふところに行き着きぬ。岸に仮屋をつくりておりたるに、ようさり月いとあかう波音たかうてをかしきに、人は寝たるにひとりめざめて

△彦星は天の河原に舟出しぬ　旅の空にはたれを待たまし　（一七二）

又の日、あさふ（ママ）といふところに泊まる。その夜風いたう吹き、雨いみじう降りて、もらぬ所なし。頼光が所なりけり。壁に書きつけし

△草枕露をだにこそ思ひしか　たがふるやどぞ雨もとまらぬ　（一七三）

水まさりて、そこに二三日あるに、ひを（氷魚）を得て来たる人あり。此ころはいかであるぞと問ふめれば、水まさりてはかくなん侍るといへば

○網代《あじろ》かとみゆる入江の水深み氷魚《ひを》ふる旅の道にもあるかな　（一七四）

それよりくひぜ川といふところに泊まりて、夜鵜かふをみて

○夕やみの鵜舟にともす篝火《かがりび》を水なる月の影かとぞみる　（一七五）

又、むまづといふ所にとまる夜仮屋にしばし下りて涼むに、小舟にをのこふたりばかり乗りて漕ぎわたるを、何するぞと問へば、ひやかなるおもひ（ママ）汲みに沖へまかるとぞ云ふ

○奥中の水はいとどや温《ぬる》からむ　ことはまなゆ（真湯）を人の汲めかし　（一七六）

京出でて九日にこそなりにけれといひて、守《かみ》、

都出てでけふここぬかになりにけり　（一七七）

とありしかば

とうかの国に至りにしかなくにて、はる、熱田の宮といふ所に詣でて、道に鶯のいたう鳴く。ものを問はすれば、「なかのもりとなむまうす」と言ふに

鶯の声するほどはいそがれず　まだみちなかのものと言へども　（一七八）

詣で着きて見れば、いと神さびおもしろき所のさまなり、あそびしてたてまつるに、

風にたぐひて物の音《ね》どもいとどをかし

笛の音に神の心やたよるらん　もりのこ風も吹きまさるなり　（一七九）[13]

今仮に、『赤染衛門集』を旅の記録資料と捉えて、彼女の事蹟を辿ると、都から逢坂関を越えて大津で舟に乗り「袋掛」「愛知川《えち》」「朝津」「杭瀬川」「馬津」という経路をとったことになり、歌の配列が時間進行に従っていることが分かります。また、赤染衛門はいずれの地でも歌を詠んでいますが、主題を見ると、

	(契機)	(主題)
○一六九	地名	望郷
○一七〇	(観光)	所感
△一七一	地名	秀句
△一七二	景物	望郷
△一七三	(名所)	旅愁
○一七四	景物	旅愁
○一七五	(観光)	見立て
○一七六	(観光)	秀句

と、(これも後に述べますが)『紫式部集』と際立って違うことは、詠歌の動機と主題とが必ずしも一律でないことが分かります。なお、『赤染衛門集』一七三番歌は、知人の邸宅を訪れたときの「落書」とされるものです。また、一七六番歌は、「おもひ」は「みもひ(御水)」と校訂できるのであれば[14]、冷たい水を沖に汲みに行くという、土地の珍しい習俗に対して好奇の目を向けたもので、沖の水は温《ぬる》いだろう、それなら白湯を汲めばよいといった趣旨で、掛詞を用いた技巧、秀句《しゅうく》の歌です[15]。

○印は、（検討の詳細については略しますが）おそらく御覧のとおり、多くが**饗宴において詠じられたもの**と考えられます。例えば、一六九番歌で「逢坂の関」で「涼む」というのは、単なる休憩のことではなく、関を越すにあたって小宴を催し、歌を詠む機会だったと思います。事実、下向の折には「境迎え」の儀が行われたことはよく知られています。

そうであれば、一七六番歌で、宿泊する「仮屋」で「涼む」というのも、また饗宴なしでは考えにくいと思います。

参考までに、「涼む」ことについては、常夏巻で「いと暑き日」に光源氏は「釣殿」に出て「涼み給ふ」のですが、「西河（桂川）」から献じられた「鮎」や賀茂川の鰍《かじか》を調理して食し、当然のように「大御酒まゐり、氷水召して水飯など」を口にしています（常夏、第三巻一一頁）。「涼む」は饗宴そのものです。ただ、残念ながら、この場では詠歌に及んだとは語られていません。

地引網を詠む一七〇番歌は、（後にも触れますように）『紫式部集』にも同様の経緯を持つ歌があって、いずれも饗宴の歌と考えられます。個別に紫式部歌と比べてみると、例えば、一七〇番歌は見物した地引網の感興よりも、（当時の身分社会の中で）下賤の者に対して興味を持ったまなざしが強く感じられます。

一七四番歌は、献上された「氷魚」を食する機会、一七五番歌は宿泊のとき「鵜飼」を見物していますから、双方とも饗宴の歌と見られます。
また、△印は、（詞書から見るかぎり）おそらく饗宴の歌ではないと考えられます（和歌そのものの分析から、饗宴の歌かどうかを今判定できるかについては、ここでは留保しておきます）。

ここで興味深いことは、『赤染衛門集』一七〇番歌「朝朗」は、『紫式部集』の歌と比較することができることです。すなわち、①地引網と言うことと、②下賤の男に対するまなざしという二点に注目します。そうすると、①『紫式部集』二〇番歌と、②『紫式部集』二三番歌と共通することと、相違することとが認められます。

それでは、まず『赤染衛門集』一七〇番歌「朝朗」と、次に示す『紫式部集』二三番歌「知りぬらむ」との比較から始めましょう。

塩津山といふ道のいとしげきを、賤《しづ》の男《を》のあやしきさまどもして、「なほ辛き道なりや」といふを聞きて

知りぬらむ　行き来に慣らす塩津山世に経る道は辛《から》きものぞと

（現代語訳）

塩津山という山道がひどく険しいことを、下賤の男がみすぼらしい姿ながら、「やは

り辛い道だ」とこぼすのを聞いて、

思い知ったことだろう。平素から往来に慣れているはずの塩津山でも、この世に生きて行くことは辛いものであると。

この歌は、紫式部が父為時に伴って越前に下向する折に詠まれたものです。

かつて、紫式部が階級、階層を超えた「まなざし」を持つと評価されたこともありましたが、輿《こし》を担ぐ者に対する「憐憫」もしくは「共感」の目はあるものの、紫式部はむしろ秀句を詠むことに収束しています。その点が赤染衛門と最も違う点です。

ところで、『紫式部集』の旅の歌群は、諸本の中で比較的古態を残すと考えられる陽明文庫本では、おおよそ次のような構成を持っています。

冒頭歌群
少女期
離別歌群
旅中歌群 A群
結婚期

寡居期
宮仕期
（旅中歌群）B群
晩年期

B群が本文の混乱、いわゆる錯簡《さっかん》なのか、意図的な配列なのか、にわかに判断できませんが、詳しくは、別の機会に譲りたいと思います。ただ、この家集は、陽明本で歌番号を示しますと、編年的と見えて緩やかに、

成人式（一、二）／妻問い（四、五）／旅（二〇〜二七）／結婚（二八〜三五）／（宮仕え）／（晩年）

というふうに、「一代記」的に構成されていると考えられます。(16) 特に、越前への旅と越年の経験は、事実としての行旅そのものは確かに存在はしたのですが、家集として構成するときに（まさに文芸として）、物語の「流離と蘇生」という話型的な意味合いが与えられたのだと思います。そのことに、紫式部の意図、狙いというものが強く感じられます。

これこそ赤染衛門や和泉式部の家集とは構成が全く違う点です。『和泉式部集』は、自撰部

分は勅撰集の部立の配列にならっています。一方、『赤染衛門集』（流布本系）は、ほぼ年代順に配列され、異本系は類聚の部立に拠って配列されています。

ここでは、『紫式部集』陽明文庫本の旅中歌群[A群]・[B群]について一瞥しておきましょう。この中で、最初の『紫式部集』二〇番歌について、今度は地引網に対する詠歌として、先程の『赤染衛門集』一七〇番歌と比較してみましょう。なお、適宜表記を整えています。

[A群]

淡海《あふみ》の海にて、三尾が崎といふところに網引くを見て
三尾の海に網引くたみのてまもなく立居《たちゐ》につけて都恋しも　（二〇）（望郷）

又磯の浜に鶴の声々にを
磯隠れ同じ心に田鶴ぞ鳴く　何思ひ出づる人や誰ぞも　（二一）（望郷）

夕立しぬべしとて、空の曇りてひらめくに
かき曇り夕立つ波の荒ければ浮きたる舟ぞ静心《しづこころ》なし　（二二）（所感）

塩津山といふ道のいとしげきを、賤の男のあやしきさまどもして、なほ辛き道なりや
と言ふを聞きて

知りぬらむ　行き来に慣らす塩津山　世に経る道は辛きものぞと　（二三）（秀句）

水うみに老津島といふ洲崎に向ひて、わらはべの浦といふ海のをかしきを口づさみに

老津島島守る神や諫《いさ》むらん　波もさはがぬわらはべの浦　（二四）（秀句）

B群

都のかたへとて、かへる山越えけるに、呼び坂といふなるところの、わりなき懸けみちに輿《こし》もかきわづらふを、おそろしと思ふに、猿の木の葉の中よりいと多く出で来たれば

ましも猶をちかた人の声かはせ　われこしわぶる谷の呼び坂　（七一）（望郷）

水海にて伊吹の山の雪いと白く見ゆるを

名に高き越の白山ゆきなれて伊吹の岳を何とこそみね　（七二）（望郷）

卒塔婆の年経たる、まろびたうれつつ人に踏まるるを

心あてにあなかたじけな　苔むせる仏の御顔そとは見えねど　（七三）（秀句）

赤染衛門が旅の途中で歌を詠むときは、きっかけも主題もバラバラですが、紫式部は主に地名に反応しています。と同時に、主題は「望郷」と「秀句」とのいずれかに集中しています。ここに、旅の紫式部歌の特徴があります。

なお、二二二番歌の（所感）は、（後に少し触れますが）広くとれば、饗宴における「座興」と見ることができ、秀句と同じ場の詠歌と見られます。

五　饗宴の歌としての旅の歌

旅の歌がどのような機会に詠まれ、どのような歌が詠まれたかを考えるために、参考に平安時代の事例として、『伊勢物語』における「饗宴と歌の関係」について見ておきましょう。

饗宴の概念については、（1）祭祀・儀礼の後に催される酒宴という位置付けを重視する民俗学的な定義と、（2）酒を飲むことそのものを目的とする、一般的な定義があります。

前者では、祭祀における儀礼的な直会としての饗宴で、早く小林茂美氏が「古代の祭祀」を「正儀・直会《なおらい》・肆宴《しえん》の三段階」と捉える折口信夫の考えを敷衍《ふえん》されています。[17] また饗宴そのものの研究としては倉林正次氏の『饗宴の研究』（全四冊、桜楓社、一九六五年）があります。倉林氏の説く要点は「祭りには神まつり―直会―饗宴という三つの部分がある」という理解です。[18]

後者については、例えば『萬葉集』に関して、杉山康彦氏が「人々が多数参集した酒宴の席」と規定しています。[19]

このように研究史を概観した上で、ここでは、饗宴を（1）祭祀における儀礼的な意義と、（2）酒を伴う食事や友人同士の酒盛といった世俗的な機会の双方を含むものとして用いることにします。

なぜ（1）（2）を混ぜ合わせて理解するかと言うと、和歌の読解に向けて、[1]主・客の座の形式の相違、[2]場の公・私、晴・褻、[3]は①・②に伴う和歌の性格を際立たせることに役立つと思うからです。

特に、『萬葉集』の題詞には、饗宴を歌の場として明記することが多いのですが、勅撰集・私家集を問わず、平安時代の歌集の詞書には、詠歌の機会を明記しない事例が多い、という事実があります。とは言え、平安時代になって歌の場が消えたわけではないでしょう。むしろ、詞書に歌の場をわざわざ明記しなくなったと見るべきでしょう。つまり、見えにくくなっている平安時代の歌の生態を、どのような場において詠まれたかを考えることで捉え直す必要があると思います。

そこで、代表的な伝本である定家本系統の天福本[20]で見ると、例えば、次の『伊勢物語』第九段は、物語内部に記された（実にささやかな）饗宴です。ただ、おそらく旅先の食事は幔幕を張ったとは思いますが、このような場を考えると、『紫式部集』二一番歌を羇旅歌として解釈する上で参考となるでしょう。また、会衆の身分の上下関係の希薄な事例を考える上でも参考となると思います。

むかし、をとこありけり。そのをとこ、身をえうなきものに思ひなして、京にはあらじ、あづまの方に住むべき国求めにとて行きけり。もとより友とする人ひとりふたりしていきけり。（略）三河の国、八橋といふ所にいたりぬ。（略）その澤のほとりの木の蔭に下りゐて、乾飯《かれいひ》食ひけり。その澤にかきつばたいとおもしろく咲きたり。それを見て、ある人のいはく「かきつばたといふ五文字を句の上にすゑて、旅の心をよめ」といひければ、よめる。

から衣きつゝなれにしつましあればはる〴〵きぬるたびをしぞおもふ

とよめりければ、皆人、乾飯のうへに涙おとしてほとびにけり。(21)

饗宴には二つの形態があります。

右の『伊勢物語』の場合、饗宴の参加者は身分差が大きくないと考えられますから、座は「車座・円座」と呼ばれる形態を取ったでしょう。(22) 一方、主と客、あるいは参加者の間に階層の差がある場合には、横座と呼ばれる形態を取る、と考えられます。奈良時代の饗宴の座というものについて、私は寡聞にして不案内ですが、平安時代の儀式として、例えば大臣大饗などは、新任の大臣が親王などの臨席を賜って祝賀の饗宴を催す際、横向きの座を上座として設け、以下縦に序列に従って席を設ける形式です。

（横座）

○○○○○○
○
○
○○○○○○

（車座・円座）

　○○
○　　○
○　　○
　○○

『伊勢物語』では、昔男が「あづまの方」へ旅する途次、三河国八橋で「その澤のほとりの木の蔭に下りゐて、乾飯食ひ」したとあります。下馬した後、先に「もとより友とする人ひとりふたりして」とありますから、おそらく車座（円座）になって、ささやかな食事をする――饗宴を催したわけです。

　その折、眼前の景物としての杜若《かきつばた》を用いて、句の頭に（題）景物の名前を折り込む「折句《おりく》」で「旅の心」を詠むということが求められています。そこで、昔男は歌「から衣」を詠んだわけですが、旅の饗宴における詠歌は、個性的な表現よりも参座の人々の共感を得られるような羇旅歌が求められたと言えます。この場合、昔男は羇旅歌の典型的な形式を用いて詠んだわけですが、和歌「から衣」以下に傍点を打ったように、物の名を句の頭に一字ずつ置いて詠んだものです。その折句の機智、技巧を用いることにおいて、場を同じくする人たちの、大いなる共感を得ることになったと考えられます。

ここでのポイントは、右の『伊勢物語』の羇旅歌が単なる抒情詩ではなく、「饗宴の場の歌」だということです。つまり、会衆にウケることが、旅なら望郷とするか、場をなごませる笑いを主題とする秀句とするか、といった必要があったからです。

興味深いことは、（折句の「から衣」の歌が、もともと紙上で制作されたものかどうかは不明ですが）第九段の饗宴の歌が、秀句的な技巧と望郷の主題を同時に詠じたものだということです。つまり、旅中の秀句や望郷は、単に旅中の個人的、私的な呟きではなく、旅の饗宴における参座の人々の喝采を受け、共有する心情を確認することができたと言えます。(23)

そのことと符合するかのように、『紫式部集』の旅の歌は、望郷か秀句のいずれかに決まっているということは、実に興味深いものがあります。饗宴の歌は、望郷を歌うことで会衆一同共通の思いを確認し、涙を誘うことで精神的な連帯を深めます。一方、秀句は一同を喜ばせることで旅の辛さを慰めるものです。ちなみに、「秀句」とは近世では地口《じぐち》や洒落《しゃれ》の意で、ここでは言語遊戯的な修辞を言うものとして用いています。

それでは、改めて一例だけ、旅の歌群のうち、A群からひとつ二〇番歌を取り出して分析してみましょう。

淡海の海にて、三尾が崎といふところに網引くを見て
三尾の海に網引くたみのてまもなく立居につけて都恋しも　（二〇）（望郷）

（現代語訳）
近江の湖（琵琶湖）で、三尾が崎というところに網引くさまを見て
三尾の海に網を引く人々の手を休める暇もないように、日々何かにつけて都が恋しくてたまらない。

三尾が崎とは、大津から乗船して琵琶湖を下向するとき、（現在の滋賀県高島市にある）勝野津に碇泊した港近くの地のことと考えられます。（勝野津は、『延喜式』に見える港で、大津と塩津のちょうど真ん中あたりにあって、重要な中継地だったと見られます）その時に目にした光景が詠歌の契機になっています。

この歌のポイントは「網引くを見て」です。地引網ということで類似の場面を、他の文献に探しますと、次のようなものがあります。

1　『平中物語』第二五段

男・女の供なるものども、「夜明けぬべし」と言ひければ、立ちとどまらで、この男、浜辺の方に、人の家に入りにけり。さて、あしたに、「車にあはむ」とて、網引かせなどしけるに、知れる人、「逍遥せむ」とて、呼びければ、そちぞ、この男は去にける。(24)

2　『赤染衛門集』一七〇番歌

大津に泊まりたるに、網引かせて見せむとて、まだくらきよりおりたちたる男どものあはれに見えしに

朝ぼらけおろせる網のつなみれば苦しげに引くわざにありける

3　『和泉式部集』六六九番歌

網引かせて見るに、網引く人どもの、いと苦しげなれば

阿弥陀仏といふにも魚《いを》はすくはれぬ　こやたすくとはたとひなるらん

などがあります。これらはいずれも、地引網の作業をしているところに、偶然遭遇したのではは

なく、「網引かせ」「網引かせて」「網引かせて」とあるように、これらの「せ」は使役で、本来の作業としてではなく、地元の人々に（依頼、要請して）わざわざ網を引かせたということです。つまり、この歌も紫式部ひとりの感傷ではなく、旅の一行の饗宴の歌だろうと想像できます。そうすると、『赤染衛門集』一七〇番歌も、旅の饗宴歌かもしれません。

　つまり、そうして、**操業を歓声でもって観覧し、取られた魚が調理され、饗宴において一同がこれを食し、その場で歌を詠み、座興を楽しむことで「見物」は完結するということです。このような旅の歌は、饗宴において会衆の人々の旅の思い（望郷）と寂しさを慰める（秀句）ことが目的でした。**

　今の感覚からすると、地方官に命じられて赴任する「公務」の途中で、「見物するなんて、遊びにすぎるのではないか」と思われるかも知れませんが、『枕草子』第九五段で時鳥《ほととぎす》の声を聞くために出掛けた清少納言が、季節はずれなのに、稲籾《もみ》の作業の「歌うたはせ」たりしています（この場合も「せ」は使役です）から、この時代の遊覧ともてなしがどういうものであったかが分かります。

　ところで、先程、饗宴について小林茂美氏、倉林正次氏の定義を御覧いただきましたが、その後、佐佐木信綱氏が、『萬葉集』の饗宴を、

主人の挨拶歌（宴の主題）
主賓の返礼歌
参加者の歌（主人を讃える歌、**座を盛り上げる歌**、流行歌・古歌の披露など）
納め歌

というふうに構成、すなわち次第と和歌との関係を提示しています。[25]また後に、これと重なり合うところもありますが、上野誠氏が饗宴と歌との関係について、

始めの歌（主人側の迎え歌と勧酒歌、客人側の挨拶の歌、謝酒歌）
←
座興歌謡
←
終り歌（主人側の送り歌、客人側の立ち歌）

という構成を提出しています。[26]

ポイントは、饗宴の場といっても、さらにその中に二つの対極的な場を抱えていることです。なかでも、「座を盛り上げる」あるいは「座興」のために歌が詠まれる点です。

紙幅の都合上、『萬葉集』における饗宴歌の分析の詳細は省かざるを得ませんが、『萬葉集』で歌は、なお歌謡の性格を強く残していますが、平安時代でもなお、饗宴歌独特の問題は認められると思います。

佐佐木氏、上野氏の仮説は、いずれも土橋寛氏の「立ち歌」「送り歌（引き止め歌）[27]」の仮説を踏まえたものですが、要するに、饗宴は最初、粛々と酒盃を重ねるとき、このような場には「望郷」の歌が必要です。やがて、饗宴が酣《たけなわ》になると、笑いを誘うような「秀句」が求められるというふうに、段階的に構成されているわけです。そうすると、詳細は別の機会に譲りますが、『紫式部集』の羇旅歌は、

饗宴の前半　…　主旨　望郷　二〇番歌「みをのうみに」、二一番歌「磯隠れ」、八〇番歌「ましもなほ」、八一番歌「名にかたき」

饗宴の後半　…　座興　秀句　二三番歌「知りぬらむ」、二四番歌「老津島」、八二番歌「心あてに」

というふうに、歌の主題と歌の場とが振り分けられるでしょう。この分類が私の最新の仮説です。

ちなみに、二二番歌「かき曇り」は、従来指摘されてきたように、初めて舟に乗り、にわかに空がかき曇り波立つといった、恐怖の経験を歌っていますが、これとて同行の父為時や年長の随行者にとっては、恐がる年若い姫君の幼げなさまは、微笑ましい笑いの対象だった（であろう）という意味で、紫式部も恥かしいこととして落ち込む、微笑ましいというよりも、「とても怖かった」と詠むことで、あえて会衆をなごませる役割を演じたものかもしれず、むしろ広く「座興」に属するものでしょう。(28)

かくて、旅の紫式部歌の詠まれた場を想定すると、古代和歌は個人的な抒情ではないことが明らかです。『紫式部集』の旅の歌が、望郷か秀句に限られているのは、単純に旅先の心情を吐露したわけではありません。いずれもが、饗宴において儀礼的に詠まれたものだったと言えます。紫式部が個人的な心情を吐露したものと言うよりも、饗宴の場における役割を演じたものだったかも知れません。

六　『紫式部集』の「身」と「心」

紫式部の代表歌としては「めぐりあひて」が有名ですが、時に「紫式部らしい」名歌として次の二首を挙げる人もいます。いや、実は私もそのひとりです。

紫式部の著作には、『源氏物語』と『紫式部日記』だけでなく、あまり知られていませんが、『紫式部集』という個人家集があります（陽明本で一一四首＋「日記歌」一八首。実践本で一二六首）。紫式部の晩年、一〇一三年（長和二年）ごろに自撰されたものと考えられます。その中に、実践本で示すと、次のような歌があります。

身を思はずなりと嘆くことのやうやうなのめに、ひたぶるのさまなるを思ひける

数ならぬ心に身をばまかせねど身に従ふは心なりけり　（五四）

心だにいかなる身にかかなふらむ　思ひ知れども思ひ知られず　（五五）

（現代語訳）

「私の不幸な境遇は何ともしがたい」と嘆くことが段々ひどくなり、思い詰めた状態であることを思った歌に、

（わが身が、人並みの「ものの数」には入れてもらえないことは当然だが）**崇高な仏を思うと、愚かで拙い私の気持ち**になど、到底自分の人生を委ねることはできないが、いくら悩みに悩んでも、心は、生まれもって定まっている運命に逆らうことができない。

（もしそうなら）私の心はいったい、どんな運命だったら満足できるのか、分かっているように見えて、本当は何も分かっているわけではない。

この「身と心」の歌が置かれている位置は、家集における歌群配列から見ると、ちょうど寡居期から宮仕期への境目に置かれています。

すなわち、この二首には、夫藤原宣孝を、疫病の大流行した長保三年（一〇〇一年）四月に失った後、道長から出仕を要請されるまでの、いわゆる寡居期―未亡人時代の間、数年間の鬱々とした思いが含まれていると考えられます。あるいは、出仕して後、ますますこの二首に表象されるような思いが強くなったことかも知れません。

すなわちこの二首は、（すでに繰り返し論じてきたことですが）夫宣孝の急逝に端を発する紫式部の苦悩が、どのようなものかを示すとともに、さらに、いよいよ真剣に取り組むことになった『源氏物語』の主題のみならず、成熟した「紫式部らしさ」が端的にうかがえるもので、特に『源氏物語』宇治十帖（第三部）の人物造型、あるいは宗教的で哲学的な主題と深くかかわっていると考えられます。

ここでちょっと気になる表現が、実践本の「数ならぬ心」です。平安時代では「数ならぬ身」という表現は、ものの数に入らない、私のような拙い身の程など、といった意味でよく用いられるのですが、「数ならぬ心」とは、（恋歌以外では）珍しい表現です。

というのは、陽明本では初句「かずならぬ〔ぬ―見セ消チ「で」〕」、五句「心なりけり〔心―見セ消チ「涙」〕」となっていて、（もしかするとこの処置は）陽明本が古態を残す痕跡であり、実践本が新態を示すものかもしれません。ちなみに「見セ消チ」は、写本で本を写すときに、元の字句を「読める形で消す」（ことによって残す）という手法です。今なら、文字に線を引いて横に訂正するという形式はよく見られます。古写本の傍書には色々な形がありますが、私などは、このような処置が、元の本文を新しい表現に改めてしまうには忍びないとして判断停止する、保留する態度だと思っています。写本には、読めない表現や難解な表現がよく混じっているのですが、それらは古い本文の痕跡かもしれないと感じることもあります。

ともかく、**実践本でいう「心」とは菩提《ぼだい》心とか、仏心などという意味だと思います。もしかすると、これは中世的な表現で、これは定家の手直しした可能性も捨てきれないと思っています。**[29]

ところで、この「身と心」という言葉は、もともと漢語であり、例えば中国の『白氏文集』の漢詩に基いているという指摘があります。確かに私もそうだと思うのですが、紫式部の使い方はむしろ、もっと仏教的な文脈で和語として用いられていると思います。つまり、「身と心」は「身体と精神」というような近代的なものではなく、「身」を現実と訳す向きもありますが、もっと仏教的なニュアンスが籠められていて、

「身」は、身体だけでなく、「身の程」の意で、与えられた境遇や宿命を言う。
「心」は、思惟や認識だけでなく、出家心、仏を求める志向も含まれる。

といった意味合いを持っています。現代語の意味とは随分と違った印象を持たれると思います。それは紫式部がすでに、この段階では仏教的な信仰のもとで思考していたからでしょう。もっと簡単に申しますと、先の二首の意味するところは、愚かな心がわが身をコントロールできるかというと、とてもできない。どうしても、生まれついた境遇が強くて揺るがない。私の悩む心なんて、どんな境遇なら満足できるのか云々と、ここには出口の見えない「堂々巡り」がうかがえます。

さて、私が考えていることを、もう一度整理して申しますと、この二首の内容が『源氏物語』の人物造型、描こうとする主題、物語の方法の問題を原理的に示している、ということです。

つまり、**『源氏物語』の内容を併せて見ると、心が身をなんとかしたいと苦しむのが大君でしょう。一方、身が心とは関係なく先走ってしまうというのが浮舟だと言えます。**

おそらく紫式部は、深い思索をした大君を退場させたのち、今度は逆に、悩みがあったって身が心をなきものにしてしまう浮舟を登場させたのだと思います。

すなわち、紫式部は登場人物の具体的な人間関係の次元だけで、物語を考えて書いているのではなくて、抽象的で原理的なところでも考えをめぐらし、表層と深層との往復運動のうちに物語を構想して書いているということです。

ところで、第（Ⅲ）回でも少し触れたことですが、『紫式部集』（陽明文庫本）四六番歌に、寡居期のものと思しい歌のひとつとして、次のようなものがあります。

絵に梅の花見るとて、女、妻戸《つまど》押し開けて、二、三人ゐたるに、みな人々寝たるけしき描いたるに、いとさだ過ぎたる御許《おもと》の、つらづゑついてながめたる図《かた》あるところ

春の夜の闇の惑ひに**色ならぬ心**に花の香をぞ占めつる

詞書に示されている「絵」はおそらく「物語絵」だと思いますが、これがどんな物語かを特定することはできません。ただ、紹介されている範囲では、女房と思しき女性が、梅の花を見ると言って（も、庭の暗闇には、花の姿よりも香が薫る中で）二、三人寝ているさまが描かれ、その中にひとり、いささ臺《とう》の立った女性が、頬杖《ほおづえ》をついて物思いにふけっているという構図に注目して詠まれた、というわけです。

ここに紫式部は、おそらく（物語絵の）原画の持つ恋の余韻や春愁といった気分に注目するのではなく、「闇の惑ひ」を見て取ったのであり、「色ならぬ心」は天然色（カラー）ではなくて白黒（モノクロ）という意味があるかもしれませんが、もう少し言えば、「色」は色彩の意味ではなく、「色ならぬ」とは働きのない、何も現象しないという意味で「心」が「色」を持たないという否定にこそ意味があり、何ごとにも心が動かない、何も興味が湧かず心が働かないといった、深い悲しみに囚われていることを表現しているのではないかと思います。

寡居期から宮仕期へ、この時期の紫式部の内面は、彼女がひと冬を過ごした、あたかもあの北陸の冬の空のように重く苦しいものだったと思います。内面のモヤモヤを「身と心の相克」という形で歌うことによって、堪えきれない悲しみを対象化し、客観視することで、なんとか乗り越えることができたのだと思います。つまり、歌集のこの二首こそ、彼女の内側の思考の原理であり、『源氏物語』の根源的な命題だったということです。

興味深いことは、『源氏物語』には、仏教的な因果観や運命観の込められた「宿世《すくせ》」という語が、「身」と「心」という語とともに出てくる場面があることです。例えば、次の場面は、宇治において故八宮邸で「暮れゆく」のに「まろうど」薫は帰京する気配がありません。弁御《お》許《もと》が大君に薫からの（求愛の）言葉を伝えると、大君は急に不愉快となり、次のように嘆きます。

弁、まゐりて御消息ども聞え伝へて「うらみ給ふを、ことわりなるよし」をつぶつぶと聞ゆれば、（大君は）いらへもし給はず、うち嘆きて「いかにもてなすべき身にかは。ひと所（故父八宮）おはせましかば、ともかくも、さるべき人にあつかはれたてまつりて、宿世と言ふなる方につけて、身を心ともせぬ世なれば、みな例のことにてこそは、人笑へなる咎をも隠すなれ。（以下略）　（総角、第四巻四〇〇頁）

大君は自分の身の処しかたが分からない、父八宮が在世中なら（後見をしてもらい、婿の薫の世話ができて）なんとかやって行けただろうが、「宿世」などというもののせいで「身を心とも世ぬ世」だから、と苦しみます。すなわち、わが身の程は心のままには如何ともしがたい、という嘆きです。

その後、薫は卑怯《ひきょう》にも、匂宮を中君に差し向けることで、自分がひとり大君と向き合えるように企てるという、さかしらな計略を立てます。それで、薫は大君に**「宿世など言ふめるもの、さらに心にもかなはぬものに侍るめれば」**と述べて、「猶、「いかがはせん」（もう仕方がない）とおぼし弱りね」、諦めなさい（私に靡《なび》きなさい）と「説得」します。すると、許せないと怒った大君は、薫の言葉を逆手《さかて》にとって「このたまふ**「宿世」といふらんかたは、目にも見えぬことにて、**いかにもいかにも思ひたどられず」（総角、第四巻四一五頁）と、薫を徹底して拒否します。「宿世なんて信じられない」とは、この時代ではなんと過激な発言でしょう。

宇治大君の告白が、何となく紫式部の言葉を潜ませていると感じられるのは、故なしとしません。紫式部の「身と心の相克」が大君の言葉として表現されているからです。

薫と大君のこの言葉は、紫式部が寡居期から宮仕期にかけて抱えた「私はなぜこんなに不幸なんだろう」という問いが、物語の登場人物の口をついて出たものに違いありません。

実は、「宿世というものは目に見えないもの」だという「もの言い」は、物語の中でこれまで何度も繰り返されていて、朱雀院や光源氏たち、あるいは玉鬘の子左近中将までもが発言してきた言葉です。物語がこれまでさまざまな人物に吐かせてきた言葉を、ここでは軽薄な薫に対して大君の重みある言葉として使っています。

あるいは、次のように匂宮が恋人浮舟に向かって、情愛の永遠を誓う条、

（匂宮）「常にかくてあらばや」などの給ふも、涙落ちぬ。

（匂宮）「長き世を頼めても猶かなしきはただ明日知らぬ命なりけり

いと、かう思ふこそゆゆしけれ。**心に身をもさらにえまかせず**、よろづにたばからんほど、まことに死ぬべくなんおぼゆる。つらかりし御ありさまを、なかなか何に尋ね出でけん」などの給ふ。

（浮舟、第五巻二二三～四頁）

と訴えます。匂宮は、いくら願ったところで宿命によって定まった身というものは、どうしようもないんだ、「心で身はコントロールできない」と言います。すると浮舟は、これを受けて、

（浮舟）**心をば嘆かざらまし**　命のみ定めなき世と思はましかば　（浮舟、第五巻二二四頁）

と歌います。どうせ信用できない男の心というものを、あれこれ嘆いたりはしない。心は頼り

にならない、どっちみち命の定めない世だから、と返しています。

浮舟は「心を嘆かない」と言挙げしていて、大君が「心」のままにならないわが「身」を嘆くのに対して、「心」を排除した設定がなされています。さらに、浮舟が（入水を試みようとすることで）その「身」を捨てようとするところに、造型の特質があります。そうすると、入水以降の浮舟のその先には、「出家できるかできないか」と「救いがあるかないか」しか、問題は残されていません。

それでは、これまで述べてきたことを図に整理してみましょう。

表層	設定	人物系譜 人物造型
	主題	復讐（第一部） 愛執と恩愛（第二部） 救済（第三部）
		身と心の相克
深層	構成的原理	話型（話柄）
		神話

物語の構成において、どんな人物をどう配置するかは、表層に属します。人物の言動を通し

て、**第一部**は臣下に落とされた光源氏が、中宮藤壺を過つことによって皇子を獲得し、皇子の即位によって「代わりに」実現することで、光源氏が叶わなかった運命に「復讐」するというプロセスです。**第二部**は、親子の恩愛と男女の愛執の醜さ、愚かさ、罪深さを描くプロセスです。**第三部**は、大君・浮舟を通して、「宿世」に囚われた永遠の輪廻からどのように脱出し、来世に救済されるか否かを問うプロセスです。第（Ⅴ）回、参照。

このような展開の深層に構成的な原理が働いていると考えられます。

なお、ここで参考までに、西行（一一一八年（元永元年）～九〇年（建久元年））の歌を御覧いただきましょう。西行は佐藤康清（俗名、義清）という、鳥羽院では北面の武士でした。二三歳で出家し、歌枕を訪ねる旅の歌人として知られています。あの定家とも交流があり、後鳥羽院が西行を「生得の歌人」と称賛したことは有名です。

例えば、『山家集』秋部、四七〇番歌には、後世に「三夕《せき》」と呼ばれた歌が載っています。

あき、ものへまかるみちにて

心なき身にもあはれは知られけり　鴫《しぎ》立つ沢の秋の夕暮(30)

「鴫立つ沢」という表現は、これが初出だとされています。どうでしょう、飛び立つ鴫は、おそらく一羽ではなく、一斉にドッと飛び立つ群れをなしているものだと思います。

ところで、ここにある「心」とはどのようなものでしょうか。例えば、「ものの情趣を解し得ないこの出家の身にも」[31]と解釈されたり、「俗世を離れた出家者の心、情趣を解する心がない身として卑下している」[32]と理解されたりしています。

ただ、決め手はないのですが、私は風雅を理解できない心と理解するだけでなく、**出家者として、常に「菩提心」を備えているべきなのに、突然の鳥の羽音に心動かされるような、未だ悟りに至らない未熟な心、というふうに理解できないか**と考えて来ました。もうすでに何者にも心動かされることはない、悟りに至っていると思っていたはずだが、水鳥が急に出す物音に、不意を突かれて驚かされたというふうに、理解することはできないでしょうか。

いずれにしても、「心なき」とか「色なき」とかというふうに、打ち消す表現は、常なき――無常に価値を置く中世の美学と言うべきかもしれません。考えてみますと、『源氏物語』宇治十帖が、「人は救われない」という打消の主題、否定的な命題を描いているとすれば、それは中世の先駆けだったと言えるでしょう。

七　『源氏物語』の歌の儀礼性

『紫式部日記』でも『紫式部集』でも、**紫式部の歌を特徴付けている儀礼性は、古代における日常生活の中で言えば挨拶です。**

ところで、和歌が挨拶だと指摘したのは、益田勝実氏です[33]。益田氏は「歌がけの生活にまぎれこんだはれのことば」として、「歌が贈答歌として日常生活に入ってきているのは、古くからの伝承的なもの」だったと言います。そして「贈答歌の大部分は、慣習化された生活儀礼的な、けのことばでない日常の会話」であると述べています。

益田氏は晴と褻の二分法を使いながら、歌は「日常」のものでありつつ褻ではないと言われます。この点が興味深いとともに、分かりにくいところです。

そこで**私は、晴《はれ》と褻《け》の二分法だけではなく、褻をさらに「褻の中の晴」と「褻の中の褻」とを分けてはどうかと考えています。**[34] すなわち、「日常生活」において、私的な人間関係においても、居ずまいを正して挨拶をする歌と、ごくごく私的な心情を正直に表明する歌とを分けることができると思います。

『源氏物語』だけでなく、恋人同士がいて、手を伸ばせば届くような距離にありながら、男がこの期に及んであえて女に向かって歌を詠みかけるのはなぜか。普通の言葉ではなく、和歌という形式を用いるのはなぜか、やはり**和歌はひとつの挨拶であり、儀礼なのだと思います。褻の中に少しばかり晴の性格を帯びた言葉が必要だったということです**。(35) かねてより、『源氏物語』は性愛を描かない、過程を描くのだと言われてきました。私は、その過程、歌の贈答こそ紫式部が最も描くべきことだと捉えていたのだと思います。

このような考えのもとに、問題を以下二つの事例を用いて検討してみましょう。

事例（一）

次は、須磨に赴く前に、光源氏が花散里のもとを訪れる場面です。この事例は、歌の儀礼性がよく見えるものです。

光源氏が荒廃した邸宅に入ると、花散里は西面《おもて》に居て月を見ていました。二人が「物語」するほどに「明け方近く」（須磨、第二巻二一頁）になります。

I（光源氏）「短《みぢか》の夜のほどや。（略）何となく、心のどまる世なくこそありけれ(A)」と、過ぎにし方の事どものたまひて、**鳥もしばしば鳴けば**、世につつみて急ぎ出で給ふ。（主旨）

Ⅱ例の、月の入り果つるほど、よそへられてあはれなり。女君の濃き御衣に（月の光が）映りて、げに「濡るる顔」なれば、

（花散里）**月影の宿れる袖はせばくともとめても見ばや　あかぬ光を**

「いみじ」とおぼいたるが、心苦しければ、かつは慰め聞え給ふ。

（光源氏）**「行きめぐりつひにすむべき月影のしばし曇らむ空なながめそ**

思へばはかなしや。ただ「知らぬ涙」のみこそ、心をくらすものなれ」などのたまひて、

あけぐれのほどに出で給ひぬ。(B)（説明）　（須磨、第二巻二二頁）

この場面も、物語の典型的な語り方です。Ⅰ・Ⅱ二つの部分で構成されています。Ⅰでまず、簡潔に光源氏の退出（結果）を述べます。そして、改めてⅡの段落で経緯を詳しく説明するという構成を持っています。「主旨とその説明」といった構成です[36]。時間が逆転して見えるのは、結果的な現象です。

さて、今回の重要な問題は次にあります。

この場合、別れのひと夜を過ごした後、朝を告げる「鳥（鶏）」が何度も鳴いたので、それをきっかけに、女主《あるじ》である花散里から、「もう御帰りになるのですか（急がなくてもよいではあ

りませんか）」と言いつつ、先に別れを切り出すというのが挨拶なのです。

我々の日常生活ですと、「では今日はこれくらいで」と客人が席を立とうとすると、主が「まあそんなに急がなくても」と引き止めるのが普通でしょう。しかし物語では、主が先に**「送り歌（引き止め歌）」**を歌い、客人が**「立ち歌」**を歌う、という儀礼性が見える場面です。

歌の意味は「引き止めたい。いつまで見ても飽きないあなたを」といったことです。彼女の本心は、このままもっと居てほしい、と思っているのでしょうが、儀礼的には、もう御帰りになるのがよろしいのでは、と促す形を取るのです。それが挨拶です。（もしかすると、光源氏の気持ちを試しているのかもしれませんが）そこで、客人である光源氏は立ちどき（帰りどき、もうそろそろ帰らないといけないきっかけ）を知らされるのです。このような事例は、他にも見えますが、偶発的なものではありません。これはすでに、民謡の世界では「送り歌（引き止め歌）」「立ち歌」としてよく知られているものです[37]。

この問題は、早く恩師　土橋寛が示したところです。一方で土橋氏は『源氏物語』の和歌は「抒情詩」だと評していますが、私は『源氏物語』の和歌になお古代的な儀礼性が見て取れる場合があると考えています。

和歌を詠むにあたって、この儀礼性を帯びるか否かという視点から、**他の登場人物の女性たちを比べてみると、歌に「描き分け」がされている可能性のあることが分かります。すなわち、**

花散里に限って言えば、歌の儀礼性を遵守する花散里の律儀さがあり、その奥に秘める心情を推し量らせるような人物造型がなされています。

事例（二）

もうひとつ、挨拶の事例を挙げておきましょう。

例えば、『源氏物語』では、賢木巻に見える、よく知られた光源氏と六条御息所との別れの場面の贈答です。

すでに、六条御息所が生霊となって光源氏の正妻葵上に取り憑き命を奪っていました。長らく御息所のもとに通っていた光源氏は嫌気がさして、御息所のもとから足が遠のきます。御息所は娘が伊勢斎宮に卜定され伊勢に下向するのに伴って「(私は）都を離れる」と光源氏に告げて「賭け」に出ます。しかしながら関係は改善されません。斎宮と御息所の一行が、いよいよ都から出達するとき、一行が光源氏の住む二条院の前を通ります。そのとき、光源氏は、六条御息所に、

振り捨てて今日は行くとも鈴鹿川八十瀬の波に袖は濡れじや

と歌を贈ります。光源氏は六条御息所に対して、もう情愛も未練もないのに、この歌は「あなたは私を「振り捨てて」行ってしまわれるのか」と訴える形を取っています。あくまでも高貴で誇り高い相手を立て、自分が「振られた」のだと演じるわけです。これが挨拶です。

本当のところは、光源氏に対してなお執着する気持ちを捨てられない御息所ですが、「私が振られたのじゃない」という建前を崩さず、しかも気位の高さを保って、直ちに返事を返すのではなく、あえて間をおいて「又の日、（逢坂の）関のあなたより」返歌します。逢坂の関を越えてしまい、もう後戻りはできないと言わんばかりに、「やせ我慢」して、わざと機を逸する形を持って歌を贈ることで、故前坊妃たる六条御息所の位格、品格は保たれるわけです。御息所は、

鈴鹿川八十瀬の浪に濡れ濡れず伊勢まで誰か思ひ起こせむ

と、私のことなんか誰も心配してくれません、と歌います（賢木、第一巻三七四～五頁）。「いやいやそんなことあるわけないじゃないですか」という光源氏の反論を期待して、いささか恨みがましい内容（心底《しんてい》は、あなたは思い出して下さるのですか。私を忘れないでいただけますかという意味）です。「引き止めてほしい」ということをほのめかすほどに、御息所の思いはおのずと滲《にじ》

み出ています。

こんなふうに和歌は「面倒くさい」と言えば「面倒くさい」ものですが、紫式部は、このような歌のやりとりを得意としています。和泉式部なら、こんなしがらみに囚われることを簡単に脱ぎ捨ててしまうでしょう。

まとめにかえて

挨拶とは、古くからの伝統的な歌の機能（はたらき）ですが、物語では場面を構成する儀礼的な枠組みでもあります。

挨拶というものに注目すると、右のような何の変哲もなく分かりにくいとみえる紫式部の歌の多くが、実は厄介な人間関係の中にあって、公や晴の場の晴と、褻の中の晴の場で詠まれる、儀礼的な歌なのです。そのような場において、紫式部は歌が大変上手だと言うことができます。

しかもその中に、人物の心情がおのずと滲むところに紫式部の歌の「うまさ」があります。そのような紫式部の歌の得意分野は、間違いなく物語と日記と家集とに共通して見られるものです。ごくごく個人的で、私的で感情的な歌は『紫式部日記』にも『紫式部集』にも案外少ないのです。そのことにどんな意味があるのか、よく考えてみる必要があると思います。

V　『源氏物語』女性たちはどう生きたか

はじめに

古典として『源氏物語』を読もうとするとき、どうしても最初に、そして繰り返し留意しなければならないことがあります。それは、これまでも申し上げて来たことですが、**平安時代は身分社会であり、宗教社会だった**ということです。と申し上げても、ピンと来ないかも知れません。

法のもとに何びともが平等であり、言われなき差別を受ける理由はないと考える現代の我々から見ますと、貴族社会は身分階層においても、性差においても、想像できない差別に満ちていたことは間違いありません。もちろん私は差別を是とはしません。

しかしながら、そのような現代の「物差し」だけで古典を一方的に断罪して、否定的で負の評価ばかりレッテルを貼ったとて、得られるものは少ないでしょう(1)。なぜかと言うと、古代の作品を古代に据えることで、紫式部が何に苦しみ、何を考え、何をどうしたいと考えていたかを想像することの方が、得られるものが多いと考えるからです。

と言うのは、現在、我々が「正しい」と考えていることでも、後世には愚かなこととされるかも知れないからです。むしろ、私は、平安時代において、紫式部が何と格闘したかを考える立場に立ちたいと思います。そのことで「紫式部はどう生きたか」を真正面から考えることができると思います。

さて、この時代、ひとくちに貴族と言っても、皇族と政治をリードする藤原氏の中のひと握りのグループが、官職と位階を独占し権勢を誇っていたと言えます。ただ、紫式部の父為時は、そもそも学者で、国司に任官した越前国は「上国」とは言え、それほど強欲な政治を行ったわけではなかったと思います。『源氏物語』の中では、この時代の学者は時代感覚のズレた「時代遅れ」の「頭の硬い」存在として、戯画化され滑稽な存在として描かれています(乙女巻)。

ところで、醍醐天皇は延喜二年(九〇二年)に、荘園整理令を出して律令本来の班田の励行、再建をめざしますが、効果はなく土地の私有化はどんどん進んで行きました。諸国の国司は、国政を担うと言いつつ利権を求めることに専念し、私腹を肥やしたことは御承知のとおりです。この時代の国司といえば、例えば、大宰大弐藤原惟憲《これのり》は、任を終えて上京するとき、ありとあらゆる「珎宝」を携え「九国二島物」の財物を根こそぎ持ち帰ったことで有名です（『小右記』長元二年（一〇二九年）七月一一日条）し、信濃守藤原陳忠《のぶただ》は、誤って馬もろとも谷底に落ちるのですが、平茸を集めて戻った（転んでもタダでは起きない）という逸話が残っているとおりです（『今昔物語集』巻第二八第三八）。

ともかく、紫式部は父が地方官、国司階層に属する中流貴族ですが、宣孝の妻のひとりとなっても相変わらず中流貴族で、父の不遇ゆえに貧窮に耐えた時期はあった（だろう）とはいうものの（侍女や従者たちにかしずかれて）それなりの「姫君」であったことは間違いありません。問題は、突然に寡婦となって悲痛のドン底に叩き込まれたばかりか、さらに、やむなく宮仕えを強いられ、女房となって初めて「人のために働く」という屈辱を味わい、みずからの境遇というものについて考え始めたことにあります。

それから、です。紫式部は苦しみ始め、やがて宗教的なものと格闘することになったのです。

さて、古代の女性の生き方というものを考えるとき、まず「自由恋愛」の時代ではなかったと言うことがあります。もちろん、時には男女が出会い、御互いに魅かれ合うこともあったでしょうが、特に女性は、隠れたり隠されたりする時代で、現在のように顔や姿の露《あら》わな時代ではありません。

それでは、誰が女性の結婚相手を決めるのかと言うと、（皇族はひとまず措き、受領階層の場合だと）おそらく親たちであったり、時には姫君の世話をする乳母《めのと》や女房たちが、階層や身分に釣り合う「適当」な男性を選び出したりしたのだと思います。紫式部の場合、父為時が式部丞という官職であった（これが、藤式部の名前の由来になった）ことから、すでに指摘されていることですが、宣孝は為時と同じような年輩で、官職も同じくらいの受領ですから、父の知人として接点があったでしょう。したがって紫式部のことが共通の話題になっていた可能性があります。

つまり、古代の女君たちは、近代以降の女性のように自分の意思で働きに出るとか、社会的に活動するという意味の「行動」はできません。なぜなら、彼女たちは家や邸宅に結び付けられ（縛られ）ていたからです。ですから、前にも申したと思いますが、女主が、家屋敷を売り飛ばして金品に換えるといった発想はなかったと思います。それでも生きるため一所懸命に「もがいて」いたのだと思います。

ところで、**紫式部が描いた物語の登場人物の中で、宿命的なものにもがき苦しむという同じ**

主題が、違う人物によって次々と繰り返され、背負わされ引き継がれて行く、という繰り返しがあります。このような人物の反復、連鎖を私は系譜と呼んでいます。

系譜は、おそらく『源氏物語』独自の方法だったと思います。

一方、系図は、血の繋がりですが、もちろん時には系図と系譜が重なることもあり得ます。しかし系譜は、本質において同一、等価、等質とみられる「存在の繰り返し」です。(2) すなわち、具体的には、これまで述べて来ましたように、

桐壺更衣――藤壺――紫上……宇治大君――(中君)――浮舟
(「紫のゆかり」)　(「橋姫」のゆかり)

といったひと筋の人物群です。

この系譜で、何が問題かと言うと、帝は桐壺更衣から身代わりの藤壺によって慰められ、光源氏は藤壺から身代わりの紫上によって慰められるのですが、宇治大君の身代わりの中君・浮舟によって（女一宮の身代わりに女二宮という副線的な系譜でも）薫は慰められず、ずっと身代わりは身代わりであり続けました。それは紫上から光源氏が見放されて行く過程でもあったということです。

私は、この系譜が『源氏物語』の骨格だと考えています。今回は、この人たちを中心に女性たちの生き方について考えてみたいと思います。

物語の軸となる姫君の系譜は、右のように辿れますが、片や『源氏物語』には、身寄りのない薄幸の女性たちの物語があります。『伊勢物語』第二三段や『今昔物語集』巻第三〇第四には、姫君が両親の他界によって「後見」を失い、婿が家を離れるといった事例が見られます。これは『源氏物語』でも同様です。末摘花、朝顔、花散里などは、高貴な出自を持ちながら、邸宅の衰微と運命を共にする惨めな半生を送らざるを得ないといった姫君ですが、その紹介は別の機会に譲ります。(3)

一　桐壺更衣の詠んだ「挨拶」としての和歌

『源氏物語』の冒頭に置かれた桐壺更衣の「小さな物語」は、この物語の展開上、重要な意味を持っています。物語は後宮で格別の寵愛《ちょうあい》を受けている（父親が大臣よりも一段身分の低い大納言・中納言クラスの娘だった）更衣を登場させます。

ところが、この更衣に対する帝の情愛は、なぜそうなのかは描かれていませんが、後宮の

「掟《おきて》」を破るほどに過ぎたものでした。この更衣は、現代なら栄光を一身に浴びてそのまま、サクセス・ストーリーを体現してヒロインになれたと描かれても構わないでしょうが、残念ながらこの時代は身分社会です。

帝は何かにつけて更衣の身分を忘れたかのように、（知ってや知らずや、大臣家の娘である）女御たちを怒らせるほどの特別扱いをします。やがて、更衣は皇子を産みます。それゆえ事態はもっと深刻になります。こうして紫式部は、どんどん更衣を追い込んでいます。その皇子が光る君、後の光源氏です。更衣に皇子が生まれると、ますます後宮の女性たちの怒りは増し、更衣は迫害を受けることになります。特に（光る君の兄にあたる）東宮（皇太子）を擁する弘徽殿女御は、このままでは皇位継承争いに負けてしまうかもしれないと危機感を募らせます。やがて、人々の恨みのせいか、更衣は病に臥してしまいます。まるで、光源氏を産むことと引き換えに、亡くなるために登場してきたかのように見えます。

Ａ　その年の夏、御息所、はかなき心地に患《わづら》ひて、（里邸に）まかでなむとし給ふを、暇さらに許させ給はず（Ⅰ）。年ごろ常のあつしさになり給へれば、御目馴れて（帝は）「なほ、しばし心見よ」とのたまはするに（Ⅱ）、日々に重り給ひて、ただ五六日の程に、いと弱うなれば、母君泣く泣く奏して、まかでさせたてまつり給ふ。かかる折にも「あるまじき恥もこそ」と心づかひして、御子をばとどめたてまつりて、忍びてぞ出で給ふ（Ⅲ）。

B　限りあれば、さのみもえとどめさせ給はず、（帝は）御覧じだに送らぬおぼつかなさを、言ふかたなくおぼさる（Ⅰ）。（更衣は）いと匂ひやかにうつくしげなる人の、いたう面痩《おもや》せて、「いとあはれ」と物を思ひしみながら、言にいでてもきこえやらず（a）、あるかなきかに消え入りつつ物し給ふを（帝が）御覧ずるに、来し方行く末思し召されず、よろづの事を泣く泣く契りのたまはすれど、御いらへもえ聞こえ給はず（b）、まみなどもいとたゆげにて、いとどなよなよと我かの気色にて臥したれば、（帝は）「いかさまにか」と思し召しまどはる。手車の宣旨など、の給はせても、また入らせ給ひては、さらにえ許させ給はず（Ⅱ）。（帝は）「限りあらむ道にも、後れ先だたじと契らせ給ひけるを、**さりともうち捨ててはえ行きやらじ**」との給はするを、女（更衣）もいといみじと見奉りて、

（更衣）**限りとて別るる道のかなしきに生かまほしきは命なりけり**（c）

いと、かく思う給へましかば」と、息も絶えつつ、聞こえまほしげなる事はありげなれど、いと苦しげにたゆげなれば、（帝は）「かくながら、ともかくもならむを、御覧じ果てむ」と思し召すに、（使者が）「今日始むべき祈りども、さるべき人々うけ給はれる、今宵より」と聞こえ急がせば、（帝は）わりなく思ほしながら、まかでさせ給ふ（Ⅲ）。

（桐壺、第一巻三〇～一頁）

この場面もまた、大きくＡ・Ｂ二つの段落から構成されています。このような物語の叙述法については、第（Ⅳ）回で触れたとおりです。

Ａの段落の最後に、二重傍線「忍びてぞ出で給ふ」とあります。更衣は退出した、とあります。ところが、Ｂの最後にも「まかでさせ給ふ」とあります。ここで帝が、最終的に更衣を退出させたことが分かります。ただ、更衣は二度退出したのではなく、Ａの末尾の時点と、Ｂの末尾の時点とが同じだということを示しています。

つまり、まず**Ａは訳あって帝の許しを得て、ようやく更衣が里下りした、と総括的に主題を示し、改めてＢは具体的に説明し直すという形になっています。**このように『源氏物語』は、「主題の提示とその説明」という語り方をしているのです(4)。

物語の細部の語り方としては、「更衣が里下り（暇《いとま》乞い）を願う」しかし「帝は許さない」というやりとりが三回繰り返され（Ⅰ）（Ⅱ）（Ⅲ）と、三度目になると、もはや帝がこれ以上引き止めることはできないと、更衣の命の危険の最も迫ったところで、更衣はようやく許されて退出するという語り方になっています。

近代では、繰り返しや反復は陳腐なものと忌避《きひ》されますが、このように**繰り返しによって叙述を進めて行くのが、物語の特性です。**(5)さらにこれと並行して、更衣が帝に答えようと思いながら、ようやく三回目に歌で応えることができた、これもまた「三回繰り返し」によって叙述が進められることが、(a)(b)(c)という形で語られています。

三回繰り返しが複線的に構成され、立体的に語られることが、この物語の特徴です。反復は古代文芸の特質ですが、三回繰り返しによって展開する様式は、神話・歌謡・昔話・物語のいずれにも認められる、共通の原理です。

ところで、従来の(いや今でも、そうなのですが)この小さな物語の読み方には、大きな誤解があります。例えば、次のような理解です。

(1)ひとつは、帝が歌わないのに、更衣が歌うのは不審だという理解です。

(2)もうひとつは、「生かまほしきは命なりけり」とあるから、更衣はこの期に及んでもなお生きることを主張・表明しているという理解です。

(1)(2)のような理解が、なぜ問題かというと、この二点は、古代和歌が身分社会における挨拶だということが無視されていると思うからです。しかも、ややもすると更衣の和歌は抒情詩的に理解されることが多いのですが、そうすると「誤読」する恐れがあります。中世になると、「命なりけり」と歌う事例は多くあるのですが、この場合は、相手が帝だという点が、文脈として大きく違います。

（1）というのは、弱気になった帝が、息も絶え絶えとなった更衣に向かって「さりともうち捨ててはえ行きやらじ」と語りかけることです。ここで忘れていけないことは、もう一度申しますが身分社会だったということです。帝ともあろう御方が統治者、支配者としてではなく、あえてみずからを低くし、へり下って「私をおいて先に逝くな」という言い方をするところに、（実際、そんなことがあり得たかどうか、私には分かりません。むしろあり得ないことだと思うのですが）最上級の情愛の示し方があるわけです。もう少しニュアンスを込めて申しますと「私を捨てて先に逝かないでくれ」という表現が鍵になるということです。「残して」と言わず「捨てて」という言い方は、帝があえて、そのような言い方をされたということなのです。

そうすると、更衣は日常的な会話体で応えることは失礼なので、和歌の形式を用います。帝の和歌がなくても、帝の言葉に対して更衣は歌を詠んでいるのです。すなわち「畏れおおい、もったいない御言葉をいただいた」と恐縮するわけです。そこに身分社会が滲んでいます。

ちなみに「限りとて」というのは、宮廷の中で帝以外の人が命を落とすことがあってはならない「あるまじき恥」だ、そのような掟があったという意味と、命には限りがあるという意味

が掛詞になっています。(6)

この小さな物語の舞台が内裏のどこかを考えますと、最初に更衣の与えられた「御局は桐壺なり」（桐壺、第一巻二九頁）とあり、これは後宮の北東の隅にある淑景舎《しげいさ》のことです。ただ、当初は帝が「ひまなき御前わたり」と局に頻繁に通われたものの、時に更衣が「まう上り給ふ」折には、他の后たちの妨害や攻撃が激しく、やむなく帝は「後涼殿」に、（これもそんなことがあるのか、どうか知りませんが）もとより控えていた「更衣の曹司を、他に移させ給ひて、上局にたまはす」という特段の配慮をされます。そうすると、ますます后たちの怒りや恨みを買ってしまいます。

そうであれば、**内裏の禁忌（タブー）といっても、後宮はおろか神器の置かれている清涼殿の夜御殿に近い後涼殿を、この小さな物語が舞台にしているのならば、帝の神聖性に対する犯しの危険性、その緊張感は後宮の比ではなかったでしょう。**

(2) さらに「生かまほしきは」とは、生きたいということと道を行くということが掛詞になっています。更衣は「今はの際」にありながら、言わば修辞を用い技巧を凝《こ》らした挨拶として表現を整えていることが分かります。

そういう意味で、ここでの和歌は儀礼的な働きをしています。また、**和歌というものに敬語**

が用いられていないことは、そもそも日常の待遇関係とは違う、特別の応答方法だと言えます。

ともかく、帝にそこまで言っていただくことになったわけで、更衣としては「そんな、もったいない御言葉をいただき恐縮いたしております」という必要があるわけです。ですから、本来なら居ずまいを正して、と言うところでしょうが、病の中ですから声を整えて、更衣は「帝の御気持ちは光栄なことです。ただ寿命というものは、どうしようもないことです。これまでありがとうございました」と、和歌をもって挨拶を申し上げたわけです。帝の言葉に対して、まさに「辞世の歌」として、感謝の気持ちを表したということになります。当時、帝という最高位の存在に対して、このような歌を詠むことに、更衣の精一杯の生き方が示されていると思います。

したがって、更衣の歌の主旨を字面どおり「もっと生きていたい」というふうに受け取りますと、どうも近代的すぎる解釈だと思います。帝に対して「私が」「私が」などと言うことはあり得ません。何度も申しますが、古代はなお身分社会ですから、更衣の歌は挨拶という儀礼に徹していると思います。

二　藤壺の「政治的」出家

この桐壺更衣の急逝と引き換えに生まれた皇子は「光る君」と呼ばれます。一方、最愛の更衣を失くした帝は、後宮に先帝の四宮を迎えることで、少しずつ慰められて行きます。なぜ「先帝」の四宮なのか、不審に思われるかも知れませんが、この身分の高い女性が、局の名を取って呼ばれた「藤壺」です。「光る君」に対して、この女性は「輝く日の宮」と、超越性を付与され、並び称せられています。（ともかく桐壺帝は一院の皇子、藤壺は先帝の四宮として設定されています。一院と先帝との間に皇統の違いがあったとすると）二人の置かれた状況は複雑ですが、相似形の二人の呼称から見て、舞台の上で脚光を浴びるヒーローとヒロインは間違いなくこの二人です。

つまり、読者からすると、二人が登場した時点で、光源氏と母の面影を持つとされる中宮藤壺とは、身分と禁忌（タブー）を超えて、いずれ必ず結ばれるであろうと予感できます。そうであれば、光源氏と藤壺との関係は、一院系と先帝系とが統合される、最高の世が実現することになるわけです。(7)

（ちなみに、両統更迭は、鎌倉時代に生じた即位の方式ですが、最近では、平安時代にもまた『源氏物

語』内部にも、潜在的に存在しているという議論があります）

物語において光る君は、生まれつき備わっているその美貌と才能のゆえに、皇太子を擁する政敵右大臣方と決定的に対立する危機を孕んでいます。そこで、（皇位継承争いゆえに起きた内乱、例えば、あの壬申の乱のような）内乱の起きることを憂えた帝によって、「光る君」は臣籍に降下させられ、源氏姓を賜って「光源氏」と呼ばれるようになります。ただ、このままでは、光源氏は皇位に就く道を絶たれたことになってしまいます。

そこで、もともと何も考え悩まない、若き日の楽天的な光源氏自身は、政治のことなどあまり意識していないと思うのですが、みずからの情愛と欲望の赴くままに、中宮藤壺を犯し奉ることによって、問題は光源氏がどう考えたかというよりも、光源氏は（結果的に）みずからの運命に「復讐」しようとしたことになります。ここに言う復讐とは、仕返しとか報復といった意味ではなく、臣籍降下によって皇位継承から排除されることで貶《おとし》められた状況を超える成功や繁栄を、逆転的に獲得するといった意味です。光源氏が何もしなければ、光源氏は物語の主人公にはなれませんでした。

やがて、紅葉賀巻で、藤壺は光源氏の御子を産みます。たとえ、光源氏によって藤壺が犯されたとしても、御子が生まれなければ過ちは「なかったこと」と何ら変わりありません。しかし、物語はあえて御子を産ませることによって危機的な状況を生み出します。やがてこの皇子が冷泉帝となって即位することで、光源氏の叶えられなかった運命を代わって実現して行くわけです。

皇子が生まれたことで、光源氏との間に生まれた皇子を護らなければならない。しかも秘密はバレてはいけない。にもかかわらず、光源氏はしつこく会いたいと言う、難しい課題を抱える藤壺は、いったいどう解決したらよいか、悩みます。

さるは、（若宮は）いとあさましう珍らかなるまで（光源氏と同じ顔を）写し取り給へるさま、まがふべくもあらず。宮（藤壺）の**御心の鬼**にいと苦しく、「人の見奉るも、怪しかりつる程の**あやまり**を、まさに人の思ひ咎《とが》めじや。さらぬはかなき事をだに、疵《きず》を求むる世に、いかなる**名**のつひに漏り出づべきにか」と思し続くるに、**身のみぞいと心憂《う》き**。

（紅葉賀、第一巻二八二頁）

行き場のない彼女は、考え悩んだ心の中に向かって、結局「身のみぞいと心憂き」というふうに、みずからの持って生まれた宿命を恨むという所に行き着きます。第（Ⅳ）回でも申しましたが、ここにいう「身」とは持って生まれた宿命という意味です。

ここで藤壺が一番恐れたのは社会的に、人がどう思うか、人が何をもって攻撃の口実とするだろうかということです。興味深いことに、倫理的、道徳的に恐れたわけではありません。例えば、対立する弘徽殿方から、どんな「名」―浮いた評判をもって「人笑はれ」となることに堪えられないと藤壺が考えていることです。あの桐壺更衣の轍《わだち》を踏まないでおこうと考えたことが見て取れます。

もし藤壺と光源氏との関係が明るみに出たとすると、法制度上は、帝にはむかう謀反《むほん》の罪の汚名を負わされることになったと思います。この時代の「憲法」であった『律』によると、謀反の罪は原則的に死罪ですが、応天門の変の伴大納言のように、当時は罪一等を減じて流罪とされるのが通例でした。ただ、そのような処罰よりも「人笑へ」、噂話や陰口で「あの人が…」と名を挙げられて、世の笑いものになることを恐れていることは重要です。犯した罪の深さや重さを恐れたのではなく、世間の目を恐れているのです。西洋風の「罪と罰」という考えはありません。気にするのは世評であり、恥なのです。

このあと、賢木巻で、桐壺院の崩御とともに藤壺は「出家」します。

ここで重要なことは、この時代、出家とはいつも宗教的な行動とは限らないということです。それは来世を願ってのことと言うような、**私的・個人的で宗教的な行動ではなく、まさに**（公的あるいは）政治的な行動であって、この現世に在りつつ（政治的な影響力も保ちつつ）、しかも光源氏からは手の届かない距離を取ることによって、なんとしてもわが子冷泉帝の即位を実現させたいという、人生を賭けた「戦略」でした。

歴史的に言えば、「女院」は一条帝の生母皇太后詮子が出家に際して、院号を宣下されたのが始まりです。その後、中宮彰子は、帝五代にわたり、女院として尊崇されました。『源氏物語』の場合、桐壺院が崩御しても、藤壺は女院として隠然と政治的には影響力を保ち続けたということになります。

藤壺の出家の決断は、彰子中宮が中宮学というものを身に付けるために、『源氏物語』が描かれたことと関係している、と私は思います。帝の身に付けるべきことが帝王学であるとすると、これに対して、私は、「中宮学」という言葉を使っています。(8)

それでは中宮学とは何か。

宮廷祭祀のことは（おそらく、学問だけでは辿り得ることではなく）一介の女房にすぎない紫式部の預り知らないことですが、第（Ⅲ）回でも少し触れましたが、中宮学は紫式部が『白氏文集』「新楽府」を進講したごとく、后としての理想的な心の持ち方から、立居振舞までを学ぶことでした。そうすると、物語における藤壺の出家は、政治というものがいかなるものかを教えることだったと思います。物語の登場人物として言えば、深い苦悩を抱えながらも中宮として堂々とした身の処し方をしたのが藤壺でした。さらに具体的なことを申しますと、この物語の中で、絵画、音楽、書や香などの教養の必要も説かれていますが、もうひとつ重要だったのは、和歌だったと思います。

もちろん、聡明な紫式部のことですから、道長の命を受けつつ、『源氏物語』を通して思う存分、中宮学を教育しようとしたでしょうが、この物語の後半、すなわち若菜巻以後の紫上、宇治大君や浮舟の考え方や生き方を描くことで、「自分の考えていること」を少しずつ盛り込んで行ったわけです。それじゃ、紫式部が自分のためにだけ物語を書いたのかと言うと、おそらくそうではなく、そのこともまた、やがて中宮の人間教育に資することになると考えたのだと思います。

また、紫式部が『源氏物語』を描く上で、和歌の技術だけを重視したのかと言うと、紫式部自身の考えがもっと深く盛り込まれていると思います。

三　『源氏物語』における「曲がり角」とは何か

紫上は、光源氏が若き日に京都の北山で垣間見し、そのころ思い焦がれていた藤壺に似ていることから、「かの人の御かはり」（若紫、第一巻一八七頁）として、略奪するかのように自邸二条院に引き取り、育てた女性だと設定されています。現代では誘拐は重罪ですが、古代婚姻史では略奪婚は（推奨はされてはいなくとも）「許容」されていた、と言われています（ただ、さすがに二条后を背負って逃げた、『伊勢物語』の昔男は、御相手が后であったがために、すぐ捕まってしまいます）。一方、藤壺への過ちから若紫の略奪といった物語の展開は、物語の論理として言えば、言わば藤壺と光源氏、中宮と臣下という「最も危険な関係」から、光源氏を「安全な」所へ移す（救い出す）ための仕掛けでした。

紫上は藤壺の「身代わり」として幼な子の段階から登場し、**『源氏物語』は冒頭から、「紫のゆかり」の系譜が働いています。さらに、宇治では「橋姫」の系譜が働いています。**

この二つの系譜は、主題的にも繋がっています。物語の展開上、最初に光源氏にとって慰められたとするのが、藤壺の身代わりの若紫（紫上）です。

ところが、柏木にとって、女三宮の身代わりとして女二宮が登場します。しかし柏木は身代わりの女二宮に慰められませんでした。『源氏物語』の末尾近くで、薫は、憧れの女一宮の身代わりに女二宮を手に入れて（この二人の姫君は、柏木のときとは別人で、次の帝の代の姫君です。とは言え、同じように女二宮という呼称を与えられるのは故なしとしません）いながら、（さらに、自分の身近に）女一宮と同じ皇統にある（今は宮仕えする人となった）宮の君についても、「いで、あはれ、これもまた同じ人ぞかし」（蜻蛉、第五巻三三二頁）と呟いています。しかし、「同じ人」だと言いながら、ついに薫は身代わりに慰められることはありません。この「身代わり／慰められない」といった問題は物語に何度も繰り返されています。柏木・薫という父子は、身代わりの虚しさを噛みしめることを宿命付けられています。

すでにここには、（紫上から大君、浮舟を通じて）「他者」の問題と、「救い」の問題とが予感され、燻《くすぶ》っています。これこそまさに紫式部固有の問題です。

私は、前期紫上（若紫巻から朝顔巻まで）と、後期紫上（朝顔巻から御法巻まで）というふうに、分けて考えた方が分かりやすいと思います。

紫上は朝顔巻で藤壺の退場に伴って光源氏最愛の妻となるという「据え直し」が行われていて、彼女は二つの課題を与えられていると思います。（若紫巻から始まる）前期紫上は、光源氏にとって内面性よりも、藤壺の身代わり――「紫のゆかり」として存在し、光源氏最愛の妻ですが、後期紫上は（特に若菜上巻以降）光源氏から精神的に自立した存在へと深化しています。

もう少し説明しますと、初期の紫上で印象深いのは、光源氏に促されて書いた歌に、

かこつべき故を知らねばおぼつかな　いかなる草のゆかりなるらん

（若紫、第一巻二三〇頁）

とあることです。光源氏に向かって、私はいったい誰の身代わりなのか、と問うています。紫式部はこの恐ろしい質問を、年端も行かない少女に詠ませています。ただここでは、設定としての若紫はまだ幼なすぎて、これ以上深刻な物語へと展開することは止められていますが、自分の存在理由を問う、という意味で極めて重い人物として設定されているわけです。

もしこれが近代以降のことでしたら、似ているからという理由で人を好きになったとしますと、きっとその女性から「私は誰かの身代わりじゃない。私は私だ。なぜ私を私として認めないのか」と責められるに決まっています。

ただ、古代物語ではあるのですが、紫式部はすでに「他者」ということを認識しています。

一般に、他者とは自分以外の人を言うと思いますが、普通、私とは違う存在―例えば自然、神などを言うことがあります。私は、柄谷行人氏の定義「自分と言語ゲームを共有しない人」(9)を参考として、言葉の通じない人、世界の異なる人という意味で使うことにしています。

いずれにしても、『源氏物語』において、神話が「古代の古代」であるとすれば、他者とは「古代の近代」に属する事柄です。新婚時代に夫を亡くしたことによって、紫式部は他に夫の身代わりはいないと、つくづく感じただろうと思います。さらに、急に宮仕えすることになり政治のど真ん中に入り込むことで、他者―政治や地位、財力だけで人の価値が決まると考えるような、価値観や世界観の全く違う人々や世界に出会ったからだと思います。それゆえ「他者」を理解の及ばない、住む「世界」の全く違う存在、言葉の通じない存在という意味で使っています。この問題は、『源氏物語』全体を通じていつも顔を出します。晩年の紫上にとって光源氏は他者であり、宇治大君にとって薫は他者だったということです。

参考までに申しますと、『伊勢物語』の伝本で、平安時代の早い時期に読まれたのが「狩使本」（小式部内侍本）でした。これは伊勢斎宮と密会するという章段を冒頭に置くものです。ところがこの伝本は平安時代のうちに失われてしまいました。代わりに初冠本が狩使本にとって代わります。これが現行の『伊勢物語』です。この現象は、古代天皇制に対する侵犯、異教性を強く帯びた狩使本から、他者の発見（人間認識）を主題とする初冠本へ、という交替だったということです[10]。

ここで、簡単に『源氏物語』のあらすじを「おさらい」しておきましょう。

光源氏物語の最初の「曲がり角」は、須磨・明石巻です。

歴史的に、政治家はひとたび失脚すれば、再び政界に復帰できなかったと思います。それは、菅原道真、源高明、藤原伊周たちの事例から明らかです。

ところが、光源氏は一旦は須磨に身を潜めて蟄居《ちっきょ》したものの、明石で住吉神の加護を受けることによって捲土《けんど》重来、再び都に帰り、大臣に復位しやがて、(これは架空の称号なのですが)准太上天皇にまで登りつめることになります。『源氏物語』は歴史ではなく、あり得ないことが起こる物語なのです。皇位に就くことの叶わなかった光源氏の身代わりとして冷泉帝が即位し、みずからの邸第に、藤壺の身代わりとして紫上が女主として座ることになります。

ここまで「他者」の問題は、物語の表面では姿を隠していて、目立って顕在化することはありませんでした。

もうひとつ、第二の「曲がり角」は、第二部の始まり、若菜上巻です。

物語の大団円を示す光源氏六条院の中枢に、朱雀院の娘女三宮が降嫁して来ることです。しかも、他ならぬ光源氏と紫上の二人が住む春の町の寝殿に入り込むことに意味があります。寝殿に住むとは、ずっと客人扱いだということです。ここから物語はガラリと変わります。紫式部は狙いすましたように、光源氏・紫上という「絶対的な」関係に楔《くさび》を打ち込もうとしていることが分かります。明らかに、「作者」によって六条院の崩壊が企てられたわけです。

なぜ紫式部がそんなことをするのか、長年にわたって、私にはこれがなかなかの難問でした。

ひとつのヒントは、若菜上巻以降「作者」は、光源氏を始めとして登場人物たちにそれぞれ

「内面」を与えたということです。心理劇に仕立てたということです。人物に苦しみや悲しみを与えようという大きな企みが働いていると思います。かつて小西甚一氏は『源氏物語』の第二部の内容に「生老病死」を見て取った(11)わけですが、それはこう解釈できるということではなく、紫式部がもともと物語に与えた主題だったのだと思います。

この主題という概念は、古くは作者が描こうとしたことを意味することが含まれていたと思いますが、ここでは何が描かれているか、意味するところが何かというふうに用いています。ともかく、間違いなくここに紫式部の企て、狙いがあるはずです。

そこで、今まで光源氏に愛されてきたと信じていた紫上は、ことあるごとに裏切られたと絶望します。少なくとも若菜巻までは、主人公が光源氏であることは疑いようもないのですが、若菜上巻から以降紫上がゆっくりと主人公に「成長」して行きます。やがて御法巻に至ると、もはや主人公は紫上です。つまり、この間に物語の視点が根本的に変化してしまったのです。紫上にとって光源氏は、かけがえのない恋人ではなく、他者にすぎないと思い知らされるわけです。

ここまで来ると、紫上の「孤独」は、光源氏の理解の及ばない地点にまで到達していることになります。

あらすじを辿り直すと、若菜上巻に入ると突然、兄朱雀院は出家にあたり、光源氏にわが最愛の娘女三宮を「親ざま」に譲りたい、と依頼します。要するに、親代わりにということで結婚してやってくれというわけです。光源氏は迷った挙句、やむなく（紫上が藤壺の姪であったように、同じく姪であることから）女三宮に思わず触手《しょくしゅ》を動かして承諾します。光源氏は幼なすぎる女三宮にすぐ落胆しますが、最も「被害」を蒙ったのは紫上でした。というのも、女三宮は光源氏のように臣籍を賜るのではなく、皇族の身分のまま、六条院に入ってきたからです。

作者は確信犯です。

身分社会では、女三宮に対して、もはや光源氏は臣下であり、紫上は社会的な後見もなく、光源氏最愛の女性とは言え、女三宮にとっては「物の数ではない」存在にすぎません。つまり、女三宮によって六条院は、一挙に地に落とされ苦しみに満ちた、（あたかも生きながら地獄のような）叫喚《きょうかん》の世界に転じてしまうのです。

それまで、政治的にも恋においても光源氏によって敗者の惨めさを味わわされて来た朱雀院が、今度は逆に、光源氏と紫上の平穏な生活をかき乱すことになるわけです。そのとき、興味深いことに、親が子を思う心の闇、すなわち親の子に対する執着―仏教に言う恩愛の罪が問われます。光源氏も、親の立場に立って考えてみれば、朱雀院の気持ちも仕方のないことだと納得しますが、ただひとり紫上は、「背きにしこの世に残る心こそ入る山道のほだしなりけれ」

（娘は修業の手かせ足かせになる、手足を縛る鎖である）と歌う朱雀院に対して、

背く世のうしろめたくはさり難きほだしをしひてかけな離れそ（若菜上、第三巻二五七頁）

と詠んでいます。

人はそんなに簡単に親子の情愛を断ち切ることはできませんよ、と紫上は上皇に言い放ちます。一方では、近代的なもの言いをすれば、子どもは親の所有物ではありませんよ、という主張でもあるのです。紫式部は、無理に出家をするな、世俗に対する執着を断ち切れる時期を待て、それから出家する方がよいと『紫式部日記』に書いています。

いくら考えても、この歌はすごい。

紫上はことの一切の原因が、娘に対する朱雀院の執着にあることを見抜いています。というよりも、紫式部が紫上を利用して主題がこれだと見せるように仕向けているのです。朱雀院は往生を願うと言いながら、娘にこだわることが妨げとなっていることに気付いていません。出家の何たるかを理解できず、娘を支配し続ける自己愛に終始した朱雀院の「愚かさ」や、何も考えることなく、親に支配されているみずからがいかに残酷な存在であるかに気付かない女三宮の無辜《むこ》ゆえの罪深さを描くことができるのは、紫式部が仏教の側に立っているからです。

紫式部は、紫上の中に、出家や修行と言いつつ、根本的な宗教的精神を理解できずにいる朱雀院の愚かさ、心弱さを批判する視点を持ち込んだ、と言えます。

四　光源氏をめぐる仏教的理解

年立《としだて》というのは、特に室町時代以後、『源氏物語』を読むにあたって、各巻における光源氏の年齢、薫の年齢を想定した一覧表です。

ここで『源氏物語』の「年立」をおさらいしておきましょう。これに今私に、主な出来事を並べてみました。

巻名	光源氏年齢	事項
藤裏葉	三九	六条院に冷泉帝、朱雀院の行幸、御幸。
若菜上	四〇	光源氏のもとに、女三宮降嫁。（玉鬘による四十賀）
	四一	（紫上、明石中宮、冷泉帝による四十賀）
若菜下	四六	冷泉院譲位。
	四七	紫上発病。柏木、朱雀院から女二宮（落葉宮）を賜る。

		柏木、女三宮を過つ。紫上、重病、受戒。
		明石女御、皇子（後の今上帝）を産む。
柏木	四八	**女三宮、薫を産む、朱雀院の手で出家。柏木逝去。**
横笛	四九	夕霧、柏木の笛を手に入れる。
鈴虫	五〇	光源氏、尼姿の女三宮に魅惑される。光源氏、五十賀。
夕霧		光源氏息夕霧、落葉宮に迫る。
御法	五一	**紫上重病、逝去。**（明石女御、中宮となる）
幻	五二	**光源氏、紫上を追慕。**

光源氏は父桐壺帝によって皇位への道を、藤壺に対する犯しによって「復讐」しようとしたわけですが、若菜上巻から今度は、朱雀院から「復讐」されます。物語に逆転が仕掛けられているのです。これまで語ってきた世界を根底からひっくり返しているわけです。ある意味、光源氏は自分の過去によって「復讐」されるという皮肉な運命を生きることになります。しかも、やがてあろうことか、思いがけない（登場人物の誰もが予想だにしなかった）ことに、柏木が女三宮を犯し奉り、御子（後の薫君）を儲けるに至ります。

もう御気付きになっていると思います。過ちを犯して子が生まれることで、過ちの露見する危険度は高くなります。藤壺・光源氏の犯したと同じ出来事が繰り返されています。

すなわち、(1) 女三宮の降嫁、(2) 柏木の女三宮への犯し、(3) 薫の誕生、これらが若菜上巻から横笛巻までの物語の骨格です。紫上は、柏木・女三宮の件について何も知りません。一方、光源氏は柏木や女三宮に「怒り」を発することはありません。なぜなら、柏木が女三宮に一方的に恋したあげく過ちをなしたなどとは、光源氏は全く知らないことで、両者の合意のもとで光源氏に対して「反逆」したと誤解したからです。このあたりの「すれ違い」には、紫式部の意地の悪い企みを感じます。

また、光源氏は、薫の出生に際して、

わが世とともにおそろしと思ひしことの報いなめり。

(柏木、第四巻一九頁)

と認識します。柏木・女三宮の隠された出来事の経緯を知っているのは、光源氏だけです。(ただし二人の過ちが合意のものと見る光源氏の誤解については、別の機会に譲ります[12])

しかも光源氏は、事態のすべてを引き受けたかのように、この薫を我が子として抱くのですが、そのときかつて藤壺と犯した過ちの「報い」がやってきたのだと確信します。「『この人のいでものし給ふべき契りにて、さる思ひのほかのこともあるにこそはありけめ。のがれ難かなるわざぞかし」と、少しは思しなほさる」（横笛、第四巻六〇頁）という心理状態に到ります。この不愉快な出来事が、恐ろしいことに仏教で説く因果応報と言うものなのだと、光源氏はわが身をもって気付くわけです。ここで桐壺巻から語り続けてきたことが、一挙に意味付けられて行きます。

さらに厄介なことは、**鈴虫巻に至ると、光源氏は自分が振り回された、未熟な女三宮に失望したはずなのに、出家した尼姿の女三宮に執着するようになります。**老いを迎えた男の醜さ、厄介さが際立って来ます。

ただ、やはりまだ古代だからなのか（紫式部による抑制なのか）も知れませんが、光源氏が尼姿の女性を犯し奉るなどということはできませんでした。ここで、かつて失望した女三宮に対して心を動かすとは、「光源氏は矛盾している」とか、統一性がないなどと責めてはだめだと思います。**紫式部は鈴虫巻では、光源氏を「どうしようもない男」として描いているのです。**その上、光源氏は未練を残しているのに、女三宮が朱雀院によって出家させられてしまっただけでなく、（さっさと出家してしまったあの朧月夜ばかりか）出家の希望を口にするようになった紫上に対しても、手離したくないと光源氏は執着を覚えます。これは桐壺帝の更衣に対する執着から発している問題です。これが男女間の罪―愛執の罪です。

この愛執の罪と対をなすのが恩愛の罪です。夢浮橋巻でも、浮舟に還俗《げんぞく》を勧める横川僧都の消息に「愛執の罪」という言葉が見える（夢浮橋、第五巻四二九頁）ように、『源氏物語』が結局、最後までこだわったのが愛執の罪であり、最後まで否定しきれなかったのが恩愛の罪でした。浮舟は母への思いを捨てず、作者も否定していません。愛執の罪を克服しようとしつつ、恩愛の罪は不問とされています。つまり、若菜巻以降、六条院の中に起こるゴタゴタの中で、悪循環を引き起こしている原因は、親子の恩愛の罪と男女の愛執の罪だということが描かれているわけです。

ちなみに、ここにいう罪は「罪と罰」の謂ではありません。極楽往生の障《さわ》り、妨げとなるという意味で罪（罪障）なのです。この執着を取り除くことで往生への妨げがなくなるということです。

おそらく、紫式部はこのような抽象的な次元でものを考えていると思います。つまり、第一部における皇位継承、政治とか栄華とかといった内容から、第二部では確かに恋とか愛とかを描いていると見えて、宗教的な内容へと、物語（紫式部）は大きく舵を切っているわけです。

五　出家の許されない紫上の最期

そのように見ると、第二部の一番最初の出来事、すなわち若菜巻の女三宮降嫁という壮大な仕掛けが、どのような波紋を広げて行くことになるのか、ということからすれば、御法・幻巻へは一直線に進んで行くと見ることができます。

この時代、特に女性は「五障の雲」に隔てられて、極楽往生は困難だとされて来ました。これは、インド仏教以来の考え方で、五障は女性には修行や往生を妨げる「欺・怠・瞋・恨・怨」という五つの煩悩、罪障があるとされていました。五障の罪は、先ほど申しました罪障の障りと同じです。

ちなみに、ここに掲げられている煩悩は、今なら男女の区別なんて関係ないことは、すぐに気付かれるでしょう。ただ、この時代は古代なのです。

光源氏によって出家を「許されなかった」紫上は、極楽に行くことも約束されることがなく、どこに行くのか分からないで「中宇にさすらう」不安にさいなまれてしまいます。紫上は何も行動できずに、あたかも「檻《おり》に閉じ籠められている」ように見えます。

せめてという思いで、紫上は「私の御願」として、六条院にではなくあえて「わが殿（私邸）

とおぼす二条の院」において、滅罪のため読経と説法の法会である法華八講を開催します。饗宴の楽に参加する人々を、紫上は「末期《まつご》の眼」[13]を持って眺めます。この法会のあたりから、物語は紫上のまなざしに即して描かれます。紫上は「われ一人行くへ知らずなりなむを、おぼし続くる、いみじうあはれなり」(御法、第四巻一七七頁)と感じています。そして、みずからの亡き後にと二条院を幼い匂宮に譲ります。

興味深いのは、その次の場面です。これを、さらに人物関係から見ると、次のようにＡとＢの二つの小場面からできていると見ることができます。

Ａ　風すごく吹き出でたる夕暮に、前栽見給ふとて、脇息《けふそく》によりゐ給へるを、院わたりて、見奉り給ひて、(光源氏)「今日は、いとよく起き居給ふめるは。この(中宮の)御前にては、こよなく御心も晴れ晴れしげなめりかし」と聞え給ふ。かばかりの隙《ひま》あるをも「いと嬉し」と思ひ聞え給へる御気色を見給ふも、心苦しく「つひに、いかにおぼし騒がん」と思ふに、あはれなれば、

(紫上)おくと見る程ぞともなきともすれば風に乱るる萩の上露

Ｂ　げにぞ、折れかへり、とまるべうもあらぬ花の露も、よそへられたる、折さへ忍びがたきを、

（光源氏）ややもせば消えを争ふ露の世におくれ先だつ程経ずもがな

とて、御涙を払ひあへ給はず、宮、

（明石中宮）秋風にしばしとまらぬ露の世を誰か草葉の上とのみ見ん

と、聞えかはし給ふ。御かたちども、あらまほしく見るかひあるにつけても、「かくて千年を過ぐすわざもがな」と思さるれど、心にかなはぬことなれば、かけとめむ方なきぞ悲しかりける。

（御法、第四巻一八一～二頁）

この場面は、紫上の「孤独」が際立っています。

この場合、ひとつの場面ではありながら、A で紫上は、まるでここには独りしか居ないかのように描かれています。この三首がひとつの場面をなしていると見えて、実は A の部分は紫上のまなざしが強く感じられ、場面として独立しているように感じられます。

ところが、B の部分を見ると、紫上は独りではなく、実は紫上と光源氏と明石中宮とが同じ場所に居たのだということに初めて気付かされるように構成されています。皆が居るのに、紫上の孤独が際立つ、そういう構成になっています。しかも、この三首は贈答・唱和と見えて、それぞれの歌が嚙み合うことなく、別の方向を向いているように見えるのです。

さて[A]で、紫上のまなざしは、わが身を萩の葉の上の露に「よそへ」ています。これは比喩になっています。自分はあたかも秋の風に揺れる、はかなげな萩の枝の、さらにその上に置くあぶなっかしい露の様子と同じだと言うのです。「げにぞ、折れかへりとまるべうもあらぬ」あの「落ちそうな露こそ私だ」という、出家が許されず来世の約束されていない、行く方知れぬ紫上の身の上の不安が表現されています。そのような深い認識こそ『源氏物語』―紫式部の発見した世界です。(14)

繰り返しますが、紫上のこの歌「おくと見る」は、光源氏に向けて詠まれたものではなく、まるで誰かに聞かせることもなく、あたかも独詠歌のように、呟くように詠じられています。そのことに気付いてかどうか、光源氏は、紫上に向かって「私を残して先に逝かないでくれ」と懇願することになっています。なんともやるせないすれ違いです。

ここで御気付きになると思うのですが、これは、桐壺帝が更衣に向かって発した言葉と同じなのです。二人の関係で言うと、同じ構図の繰り返しだと見えます。つまり、『源氏物語』の「最初の小さな物語」、桐壺帝と更衣の物語の主題は、藤壺から紫上へと引き継がれていると言えます。

御法巻では、光源氏の言葉も届かず、ひとりきりの世界に引き籠り、諦め果てたように見える紫上と、そのような苦しみを全く理解できず、ただ紫上に縋《すが》りつくような光源氏とは対照的です。しかも、揺るぎない権勢の側にいる明石中宮は、生死は後先の問題であって、私とて同じだというふうに二人に距離を置いて詠んでいます。つまり、紫上にとって光源氏や明石中宮たち、六条院の中心をなす人々は、御互いに深い絆で結ばれているかのように見えて、実は他ならぬ「他者」ばかりだったのです。

六　宇治大君を苦しめた「宿世」

古代物語は類型によって成り立っています。話型やモティフだけでなく、叙述にも反復や繰り返しが多く用いられています。同じ出来事が何度も起こる、物語とはそういう属性を持っています。

そう考えると、**大君は、繰り返される紫上であり、紫上の延長だと言うことができます。**紫上の、特に晩年の紫上の生き方の系譜を継いで登場してくるのが、宇治大君です。もう一度申しますが、血を継ぐのが系図であるとすると、本質において同じ存在が繰り返し登場する、それが系譜です。大君もまた、自分で自分の運命を切り開いて行くような「行動力」を持ち合わせていません。しかし、**紫上と宇治大君の考える内面、考え方はともに古代という時代の究極の地点にまで達していることにおいて同じだと思います。**

ここで、次に物語の「舞台」として、宇治という場所が選び取られた理由は何か、考えてみましょう。思い付くままに、宇治がどういう地か、挙げてみますと、

1　隠棲の地

政争に敗れた宇治稚郎子《わきのいらつこ》が「宇治」に隠棲《いんせい》したと伝えられています（『源氏物語』古注釈など）。この宇治稚郎子を祭るのが宇治神社です。

2「中宿り」の地

平安京から平城京へ、二泊三日の行程で、都からの最初の宿泊地、平城京から平安京へ向かう宿泊地が「宇治」でした。また、長谷寺参詣の中宿りの地でもありました（『源氏物語』蜻蛉巻、『今昔物語集』巻第一六第二八、巻第二八第四〇、など）。

3　別業の地

「宇治」は、兼家から道長へと伝領された別業《べつごう》の地でした。

4　仏教の地

宇治川左岸は、道長の息頼通の建立した平等院があります。平等院には、近隣の仏像が集まっていて、諸寺統合の痕跡が見えます。

5　**避暑地**

宇治大納言源隆国は、夏になると公務を忌避《きひ》して宇治へ避暑に出掛け、頼通のもとで長らく滞在したため、「宇治」の名を冠して綽名《あだな》とされたと伝えられています（『宇治拾遺物語』序、など）。

などが、すぐに思い付かれるでしょう。

ただ、これらは別々のことではなく、宇治という地名のもとに重層的に複合していると見ることができます。

例えば、物語では、これらを宇治川の両岸に意味合いの違いとして捉え直すことができます。皇位継承争いに敗れた宇治八宮は、宇治稚郎子の事蹟を襲っています。八宮の仕まいは東岸、宇治神社と宇治上神社（八宮邸、八宮山荘）が比定され、笛を吹く薫は西岸の側に配置されています。この対比は、脱俗と俗、というふうにも見えます。

すなわち、大君は、政争に敗れ隠棲し「俗聖《ぞくひじり》」と呼ばれた八宮の娘として設定されています。また、薫の側は、別業の地であり都の側からすると避暑地であり、柏木と女三宮を父母とする出生の秘密を背負う男として設定されています。

つまり、両岸に配置されながら薫も大君も厭世《えんせい》的な気分を持ち、出家にまでは至らないにしても、都を遠く「相対的に眺める」ことのできる視点や思想を持っているということがポイントです。宇治は、平城京から平安京に向かうと、平安京の隅っこに位置していたことが分かります（『今昔物語集』巻第二〇第四など）から、それまでの光源氏物語の全体を捉え直すのに「宇治」が選び取られたわけです。

その意味では、『紫式部日記』や『源氏物語』において、**女房は「隅《すみ》の間」に仕候していましたから「隅」は、実に面白い場所です。中央からすると、隅っこにいる、とりたてて気にならない存在―場所ですが、隅にいる側から見ると、目立つことなく隠れながらも全体が見渡せる、という利点があります。**[15] もっと言えば、『紫式部日記』が中宮御産を女房の視点で描いたことには必然性があるのです。女房の占める位置と、物語の視点とは重なると言えます。

そこで、もう一度、物語の展開を追いかけますと、特に若菜巻以降の紫上は、光源氏なんて結局口ばかりうまくて自己愛のために私を利用してきたのだと不信を抱き、男性という存在を遠ざけ、心が離れてしまったまま最期を迎えます。

その考え方を、その地点から引き継ぐことで登場してくるのが、宇治大君です。

一方、早くから自らの出生の秘密に気付いていた薫は、橋姫巻で光源氏の（秘密の）子として憂鬱を抱え続け、政治的な敗北から世に交わることを離れて、宇治に隠れ住む宇治八宮の元を訪れますが、思いがけなく八宮の娘姉妹を垣間見します。この垣間見は、言わば薫を宇治に結び付けるための仕掛けでした。椎本巻から薫は大君に懸想するのですが、大君は拒否し続けます。この拒否という行動に、大君造型の本質があります。

それでは、大君はいったい何を拒否しているのでしょうか。**大君は、薫との肉体的な関係を拒否するのですが、もし薫とひとたび関係を持つと、都の社会**（都の考え方）**に組み込まれてしまうことになるからです**（仮に、薫が大君を都に連れて行くと、大君は女房のひとりとして扱われることになるでしょう）。**大君が薫の言い分を拒否すると、薫の考え方だけでなく仏教的な宿世観、因果観を拒否することになってしまうのです。**

薫は、宇治の姉妹のうち、友人の匂宮に妹中君を「あてがう」ことで、自分が大君を恋人として独占しようとする賢しらな（卑怯《ひきょう》な）企《たくら》みをします。ところが、中君に通う匂宮は都で大臣夕霧の六君と結婚してしまいます。そういう薫に、大君は「裏切り」を覚え、「男といふものは、空言をこそいとよくすなれ」（総角、第四巻四三九頁）と言い放ちます。男は信用できないというわけです。**大君は薫が嫌いなのではなくて、薫の背負っている都の考え方、都の慣習、都の論理を忌避しているのです。**

大君は、男の嘘を見抜いて許さなかった紫上の晩年を引き継いで登場しています。光源氏の晩年に紫上との間に生じた「亀裂」をじっと見つめていたのは、光源氏ではなく紫上でした。
ところで、薫が大君に言った次の言葉は、現代からみると実に残酷なものです。

「何事にも、あるに従ひ、心を立つる方もなく、おどけたる人こそ、ただ世のもてなしに従ひて、とあるもかかるも、なのめに見なし、少し心に違ふふしあるにも、いかがはせむ。さるべきぞ」なども、思ひなすべかめれば、（以下略）　（椎本、第四巻三六九頁）

女性は「あるに従ひ」、あえて自らの考えを言うことなく、おおらかなのがよい、「ただ世のもてなしに従ひて」あるのがよいと言うのです。ただ、そのような「身勝手な」考え方は、薫だけのものではありません。紫式部はあえて、紫上も宇治大君も、薫の思うような男性の女性観には馴染《なじ》まない、そぐわないことを明らかにしようとしていると見えます。言わば薫は、これまで言われてきたような（小説に用いられるような）主人公ではなく、恋人でもなく、大君の発言を引き出す「聞き役」、あるいは大君の「引き立て役」という役割を持たされています。むしろ主人公は大君です。何度もともに夜を明かしながら、薫は大君と関係を持つまでには及びませんでした。言わば大君に対して、無理に情愛を求めないように抑制されています。それは薫の性格というよりも、作者の意図するところなのです。

例えば、第二部でも、出家するにあたって娘女三宮の処遇に困った朱雀院は、乳母に「女は、心より外に、あはあはしく人におとしめらるる宿世あるなん、いと口惜しく悲しき」と嘆きます（若菜上、第三巻二一三頁）。すると乳母は「かしこき筋と聞ゆれど、女はいと宿世定めがたくおはしますものなれば、よろづに嘆かしく」云々（若菜上、第三巻二二一頁）と述べています。乳母は、失礼ながら、皇女と言っても、女性は宿世が「定めがたく」ておられるので、どのような生涯を送られるか、失意に沈むことになっては気の毒だと言うのです。

御覧のように、『源氏物語』は、人間に対する認識というものが、人物が異なっても繰り返し問い続けられるという性質を持っています。

紫上が出家を願う条にも、心の中で「言ひもてゆけば、女の身はみな同じ、罪深きもとゐぞかし」（若菜下、第三巻三八五頁）と呟いています。女性が不幸であるのは、そもそも女性の身が「罪深きもとゐ」（基になるもの）だからだと言うのです。

結局これは、先に見たように藤壺の悩みと同じです。第（Ⅳ）回でも触れましたが、「身」というのは、身体という意味ではありません。これは仏教的な文脈にあるので、「身の程」という意味です。身の程というのは、持って生まれた境涯、境遇や宿命のことです。紫上や大君を苦しめたのは、男性のみならず女性もそう考えていた、世間に普及していた宿世観というものでした。

すでに、朱雀院は乳母に「ほどほどにつけて、宿世など言ふなることは知りがたきわざなれば」（若菜上、第三巻二二四頁）と言っていますが、女三宮降嫁、柏木の犯し、薫の誕生などの出来事を踏まえて、光源氏も紫上に「宿世など言ふらんものは目に見えぬわざにて、親の心にまかせがたし」（若菜下巻、第三巻四〇二頁）と述べています。女性も男性も皆が同じことを口にしているのです。

さらに、第（Ⅳ）回でも触れましたが、第三部の宇治において、薫は大君に「宿世など言ふめるもの、さらに心にもかなはぬものに侍るめれば」（総角、第四巻四一五頁）と述べて懸想します。実に興味深いことですが、経歴の異なる人物、時を隔てた人物に、同じ言葉が出てくるのです。すると大君は、薫の言葉を逆手にとって、

このたまふ宿世といふらんかたは、目にも見えぬことにて、いかにもいかにも思ひたどられず。知らぬ涙のみ霧りふたがる心地してなん。（総角、第四巻四一五頁）

と反論しています。薫は「宿世など言ふめるもの」、つまり宿世なんて言うものは目に見えないんだから、思いどおりにはならない、だから悩まなくてもよい、と切り捨てるのですが、大

君は目に見えないからこそ、あなたが言う宿世なんていうものは信用できないと言うのです。当時一般に広まっていた仏教的な「宿世観」の厭世的、諦念的考え方に対して、大君は懐疑的で、言わば批判したのです。これは、この時代にあっては、誰もが予想だにもし難い「恐ろしい」発言でした。これこそ紫上において準備され、大君において噴出した、紫式部の考えだと思います。このような考えは、まさに寡居期から宮仕期に至る苦悩に発しています。

徹底して拒否し続ける、こんな芯の強い女性に薫が魅かれるというのも、当時の「恋物語」としては異例です。違う言い方をしますと、やはり薫は大君の思想、大君の苦悩の形を浮かび上がらせるために、都ぶりの口説き方をする薫が、拒否されても強引に（肉体関係に）突き進んで行かないような設定がされている、と考えた方がよいと思います。

ともかく薫は、大君が語り続けたことを何も聞いていなかった、大君から何も学んでいなかったのです。

薫が変わらないことは、大君・薫の対偶関係にも、この物語において、桐壺更衣／桐壺帝の場面から発して、繰り返される構図が見られることと関係しています。

都における豊明《とよのあかり》の神事に奉仕することなく、薫はずっと宇治にいました（総角、第四巻四五九頁）。風が強く雪の降る荒れた冬の日でした。心を許さない大君に、薫は次のように語りかけます。

（薫）「つひにうち捨て給ひなば、世にしばしもとまるべきにもあらず、命もし限りありてとまるべうとも、深き山にさすらへなんとす。ただいと心苦しうて、とまり給はむ御ことをなむ思ひ聞ゆる」と、（以下略）（総角、第四巻四六一〜二頁）

薫は、「あなたに捨てられたら、先立たれたら私は生きて行けない」と述べています。すると、大君は居ずまいを正して「これのみなむうらめしき節にて、とまりぬべう思え侍る」と答えています。ただ、ここに和歌はありません。この箇所でも、思わず桐壺更衣のこと、藤壺のこと、紫上のことを考え合わせたくなります。しかも、大君逝去の後「雪のかきくらし降る日」「十二月の月夜の曇りなくさし出でたる」とき、薫は、

おくれじと空行く月を慕ふかな　遂にすむべき此の世ならねば　（総角、第四巻四六六頁）

と詠んでいます。もちろん亡くなった大君から答歌はあるはずもなく、「風のいとはげしければ」という、寒々とした冬の風景が、薫の思いが叶わないことを伝えています。というよりも、

薫の生き方の虚しさを表現しているようにも見えます。逝く女性に縋《すが》りつく男性という構図は、ここでも繰り返され、主題化されています。

七　大君と浮舟と――造型の「裏返し」――

以前からずっと考えて来たことですが、**大君が亡くなったところで、この物語が終わらないのはなぜか、浮舟が登場するのはなぜでしょうか。**

これは問題の「裏返し」なのです。裏返しというのは、設定の問題であって、大君の苦しみや悲しみの果てに心をなくすこと、言わば心のスイッチを切ることが、それから解き放たれると考えたのでしょう。大君造型の究極の形が浮舟造型だと考えることもできます。

それでは、何が裏返しなのか、考えてみましょう。

浮舟は、大君の「人形《ひとがた》」として登場します。ここに物語の深層に神話が働いていることは明らかです。(16) この発想は、まさに「古代の古代」からする神話的枠組みに基いています。人形は、今でも神社で行われる六月大祓の祭祀において、身に付いた穢《けが》れを人形に背負わせ、水に流し祓うための呪具です。物語では、もともと中君が薫に、亡き大君に対する思いを捨てられるよう「人形」として浮舟を紹介したわけですが、同時に浮舟自身が入水を試みることによって、人形そのものとして水に流れるという二重の意味を持っています。

そのように、浮舟の物語は、入水することで薫の穢れを払い流そうとする前半と、入水を果たせず、横川僧都に救出され、出家を実現する後半とに分かれます。ところが、出家しても薫に居所を知られてしまい、薫から事情を聞いた僧都は浮舟に還俗《げんぞく》――「出家から俗世に戻る」よう勧めます。進退窮まった浮舟に薫が迫って来るところで、物語は終わっています。

一般に誤解があるのは、薫と浮舟と匂宮とは、いわゆる「三角関係」だと評されることです。確かに浮舟と匂宮とは間違いなく恋人ですが、厳密に申しますと、薫にとって浮舟はどこまでも亡き大君の「身代わり」でしかないのです。かつて、桐壺帝が藤壺の登場によって慰められたり、光源氏が藤壺の身代わりとして紫上に慰められたりするようなことがないのです。薫はもう少しシラケています。薫は、都の果て、隅っこの宇治に住む大君に対して、都の世界を背負って登場し、大君の逝去によって落胆しますが、浮舟にとってはむしろ後見人にすぎず、あるいは都に浮舟を連れて行けば、女房クラスの恋人の通い所だとしか思っていないように見えます。都人である薫にとって、宇治大君は、所詮「避暑地の恋」にすぎないのです。

薫は宇治で悲しく辛い経験をしたはずですが、根本的には変わっていません。誰でも自分は大切ですが、他者を愛することのできない自己愛の性格は、結局自分しかいないわけで、「他者が見えていない」という意味です。

このことは、物語がここに至ってもなお、あの桐壺帝と更衣の物語を意識していることを表しています。男の側の認識はあまり変わっていないように見えます。

詳しくは略しますが、浮舟を失う薫が「俺を残して先に逝かないでくれ」という台詞《せりふ》こそ見出せませんが、この物語に繰り返される同じ構図を見出すことができます。

物語を読んでいて途中で気が付くと思いますが、浮舟巻では匂宮、中君、薫、浮舟の四人が登場していましたが、蜻蛉巻以後、浮舟の入水とともに、登場人物は薫と浮舟に絞られてしまいます。そしてここに、横川僧都が加わります。もはやこの物語の出発点である、桐壺巻以降に見られた恋物語としての性格は忘れ去られたようです。

物語の中で、女性についてあれこれ批評する「女は…」論は、（1）大君の段階と、（2）入水以前との浮舟の段階、（3）以後の浮舟の段階とでは、微妙に内容が変化します。光源氏物語の、恋や愛といった時代の議論に対して、宇治大君や浮舟の物語において、明確に仏教における救いが話題になるように、より仏教的な意味合いが強くなります。

つまり、宇治を舞台とする物語も、橋姫巻・椎本巻・総角巻までは、薫と匂宮、大君と中君が中心です。やがて大君が亡くなると、浮舟が登場します。ところが、**浮舟巻から蜻蛉巻に至**

ると、もう匂宮は登場しません。薫と浮舟と横川僧都だけです。恋物語であることを捨てて、違う世界に入って行きます。

姉大君を失って消沈している中君が「来しかたを思ひ出づるもはかなきを行く末かけて何頼むらん」、いったい何を信じて生きて行けばよいのだろうか、と詠むと匂宮は、

　　ゆくすゑを短きものと思ひなば目の前にだに背かざらなん

　何事もいと、**かう見る程なき世**を罪深くな思しないそ」

（総角、第四巻四六九頁）

と慰めます。どうせ先は分からない、今目の前のことが大切なんだ、どうせ「見る程」の価値や意味のないこの世にあれこれ悩む必要はない。こう言い切れる匂宮は、古代と中世の壁を越えてしまっています。

この文章を見る度に、私は『平家物語』の知盛《とももり》の最期を思い出します。新中納言知盛は「**見るべき程の事は見つ**。今は自害せん」と言挙げして乳母子とともに入水します。極楽浄土に赴くという確信を持って海に入るわけで、単なる自死ではありません。この世で経験できることはすべて経験した、大概のことは分かったという覚悟はすごいものです。

私は、この知盛の言葉と匂宮の言葉は、まるで「同じこと」を言っているように思います。この世のことはたいしたことではない、どうでもよい、と匂宮が言ってしまうと、紫上や大君、浮舟の苦しみや悩みは何だったのか、ということになってしまいます。これは物語が踏み外せない限界を示しています。蜻蛉巻以下に、匂宮が登場しないのは、「過激な」匂宮の存在は紫式部にとって不要だったからです。

『源氏物語』を読むには、古代の人々が何と戦っていたかを想像してみる必要があります。大君と浮舟は、中世の一歩手前、古代の行き着いた果てで苦しんでいます。

浮舟は浮舟巻の巻末で、薫・匂宮との人間関係の桎梏《しっこく》から逃れようとして、入水を決意します。物語には描かれている限りで、往生思想は希薄に見えます。しかも、次の蜻蛉巻に入ると、浮舟の入水の企ては実現できなかったことが分かります。

ただ、この浮舟の「行動」を単純に「野卑」だとか「鄙《ひな》」の思想だと断じることはできません。身分が低いとは言え、貴族社会では突拍子もない行動に出るのが、東国育ちだからという設定は、むしろ物語による、いささか強引な理由付けにすぎないように見えます。

浮舟は、入水が叶えられず行き倒れ、出家をめざします。そのためにうまい具合に（というよりも、まさに紫式部の仕掛けたとおり）、彼女を救うべく横川僧都が出現します。いずれにしても、浮舟は出家をみずからの意思でもって「行動」します。そのことの重みはいくら強調しても足りません。

ここで、私はまた、浮舟の出家に『平家物語』の最後に登場する建礼門院の出家を思い出してしまいます[17]。

女院建礼門院は、清盛の娘で国母となりますが、『平家物語』末尾の「灌頂巻」において、東山長楽寺の印誓を戒師として出家します。周囲の人々が皆戦死したり入水したりしてしまった中で、**女院は、大原寂光院で、先帝をはじめとして一門の亡魂に不断の念仏を修して菩提を弔います。言わばすべての人々に対して、鎮魂をすることで物語を完結させています。**

このことと比べてみますと、浮舟の入水は必ずしも極楽往生を願ってのことではなく、結果的には蘇生して後に出家しようとします。これは、古代の物語では、極楽往生の願いと入水とを同時に描くことができなかったのか、浮舟の「無謀」な行動でしか局面は打開できなかったのか、いずれかは分かりません。もう一度申しますが、**浮舟の入水は、人形を流すことで罪を払う古代以来の禊祓の思想に基くものだということが指摘されてきました。物語の基層に古代的な発想が働いています。**もしかすると、近代的な物差しからすると、みずからの意思による「行動」と見えて、(閉塞的な状況を打開できるのは)実は古代的な発想による「行動」だったのかも知れません。入水という契機や段階を踏まえることなく、浮舟はみずからの意思で出家を遂げようとする中世の建礼門院との違いがあるのかも知れません。

いずれにしても、浮舟は建礼門院のように死者を弔うような立場にはありませんが、桐壺更衣、藤壺、そして紫上、大君と積み上げてきた主題を、すべて浮舟は「背負って」物語の最後に登場しているのではないかと思います。

ともかく、浮舟のこの二つの行動は、あたかも古代から中世へ踏み出す可能性を持っていたのかも知れません。入水といい、出家といい、彼女のもがきを評価する必要があります。あたかもこの世から脱出する、逃げ出すという「後ろ向き」の行動と見えるかもしれません。しかしながら、『源氏物語』の時代はまだ古代なのです。

仏教学の立場から、浮舟の出家は「正式」の手続きによるものではない、という「厳しい」指摘もあります。しかし物語の関心は、以下述べることからすると、そんなことは「別に構わない」ことなのだと思います。

「行動」すると言ったって、この時代の女君たちが家を出て、どこに出掛けることができるのか考えてみますと、紫式部のような受領女たちの旅は、和泉式部にしても赤染衛門にしても、国司の父や夫に伴われて任国に下向するか、寺社の物詣くらいしか考えられません。空間的にも、思想的にも「行き場のない」彼女たちの苦しみ、「牢獄のような囚《とら》われ」から逃れようと

することを、現代から気安く批判することはできません。

それに加えて、今更言っても仕方のないことかも知れませんが、そもそも薫が宇治に出向くとき、自己の出生の秘密を弁御許（後の弁尼）との間で共有する一方、大君とは「恋物語」の形を取りながらも大君の「悲しき独り相撲」を描くというふうに、宇治の「課題」が分割されて設定された出発地点に、すでにこの物語の「限界」があったのかも知れません。物語は課題の「追求」といった形を取らず、課題の「確認」といった形を取ろうしているのではないかと見えます。すなわち、

薫／弁御許　薫は、出生の秘密を知るが、存在を脅かされることはない。

薫／大君　大君は「宿世」をめぐる「身と心」の葛藤に苦しむ。

と、そのような二人において、本当の「出会い」はあり得ないでしょう。薫は、大君が「宿世」をめぐる苦しみにもがいていることに気付いていないのか、知らないふりをしているのかは分かりませんが、**もし薫と大君が「宿世」をめぐる議論ができたら、苦しみを共有できたら、宇治の物語の展開はきっと違っていたでしょう。が、そのような叙述はおそらく古代の物語とし**

ては「できないこと」だったのかも知れません。古代と中世との境をつくづくと思い知らされます。

まとめにかえて ――「聖」を理想とした紫式部 ――

『紫式部日記』の最後のほうに、紫式部は、

いかに今は言忌みし侍らじ。人、といふともかくいふとも、ただ阿弥陀仏にたゆみなく、経を習ひ侍らむ。世の厭《いと》はしきことは、すべて露ばかり心もとまらずなりにて侍れば、聖にならむに、懈怠《けだい》すべうも侍らず。(18)（五〇一頁）

と記しています。「懈怠」とは、怠《なま》けたり怠《おこた》ったりすることですから、出家にもう迷いはなかったのでしょう。晩年になって、その願いが叶えられたかどうかは分かりませんが、阿弥陀仏を礼拝したいと言うのは、紫式部が、極楽往生をめざして出家を願っていたのだろうと思います。

興味深いことは、高徳の僧に師事することなく、阿弥陀仏に直接経を習いたいと言うことです。紫式部が、しかも出家するにあたって「僧」になりたいと言わずに、「聖」になりたいと

言っていることです。[19]「僧」と「聖」と、この二つの言葉は『源氏物語』でも使い分けがなされています。「僧」は奈良の東大寺の戒壇院か、比叡山延暦寺で戒を受けるか、(その他、下野国薬師寺、筑紫観音寺などで)僧籍を得るには厳格な手続きが必要でした。[20]しかし紫式部は、私度の僧、すなわち教団の仏教ではなく、私に出家して修業する「自由」を思い描いていたようなのです。ここには、既成の教団仏教に対する紫式部の不信があると思います。

横川僧都は、当時、比叡山の天台宗でも新しい動きを見せる浄土教を牽引した、新進気鋭の源信をモデルにしていると指摘されてきました。

源信は、円仁・良源・源信と続く比叡山の横川を拠点とする集団のひとりです。地獄・極楽を明確に示した『往生要集』(寛和元年、九八五年)の筆者として有名で、源信が浄土教を推進したことは重要です。さらに、『一乗要決』(寛弘三年、一〇〇六年)を書いて、あらゆる衆生が仏となる教義を説いています。女性が往生の難しいとされた時代に、この主張は実に画期的です。

ここでは古代末期、いわゆる院政期の『今昔物語集』巻第一五(付本朝仏法)「源信僧都ノ母ノ尼、往生語」第二九をみましょう。

源信僧都は、幼くして比叡山に登って、やむごとなき「学生《がくしやう》」となり、朱雀帝の皇女の御八講に奉仕した後、「捧物《ささげもの》」を大和国の母に送ります。すると、母は私の本意ではない、多武峯の増賀のような上人になって、「後世《ごせ》」の菩提を弔ってほしいと伝えます。そこで僧都は、今後山を出ないと誓い、母の手紙を見ては涙を流します。

あるとき、僧都が母に会おうとすると、母は出会ったところで罪は消えない、むしろ僧都が山籠りしていると聞くことが嬉しいと言います。

またあるとき、僧都が母の手紙を携えた男に出会い、母の危篤を知ります。「祖子《おやこ》ノ契ハ哀ナル事トハ云ヒ乍ラ、仏ノ道ニ強ク勧メ入レ給フ母」に急いで面会します。ところが、母は夜明け前に山に戻れと言います。僧都が母に念仏を勧めると、母は明け方に亡くなります。母の最期に立ち会えた「祖子ノ機縁」が深く念仏を進めることができたので、母の「往生」を確信します。

つまり「祖ハ子ノ為、子ハ祖ノ為ニ无限カリケル善知識」だと考えて僧都は横川に戻ったということです。（三九六～九頁）(21)

『今昔物語集』は一説に、興福寺の僧の編んだ仏教説話集で、法相宗《ほっそう》の教義が中心にあると(22)言われています。また一説に『八宗綱要』以前の書なので、宗派性は未分化だとも言われてい

ます。(23)

いずれにしても、この逸話が興味深いことは、念仏は個人の来世救済への導きだということですが、古代仏教の側では、**高徳の僧都がなお母子―恩愛の執着を捨てず、むしろ善知識となる契機を高く評価していることです。**

このことが重要であるのは、『源氏物語』では、**薫から逃れようとする浮舟は、愛執の罪を除こうとするのですが、入水に臨んでも浮舟は母のことを捨て去ることができないでいることです。**そのことと対応しているかも知れません。それが古代の「限界」であったのか、紫式部という存在の精神性の問題であったかは難しいところです。

ただ私は、横川僧都に僧の内面を描いてみせた、僧都にもなお克服できない葛藤を描いてみせたところに紫式部の意図があるのかも知れないと考えています。つまり、出家を望む浮舟に僧都は、風の音の心細きさまに、「あはれ、山伏はかかる日にぞ、音《ね》は泣かるぞかし」（手習、第五巻二九八頁）と呟いています。さらに、横川僧都が、出家を望む浮舟に説法する条、

「まだいと行く先遠げなる御程に、いかでかひたみちに、しかは思したたむ。かへりて罪あることとなり。思ひ立ちて心を起こし給ふ程は強く思せど、年月経れば女の御身といふもの、いと怠々しきものになむ」との給へば、（手習、第五巻三八七頁）

とあります。一方、自分が出家させた女性が薫の探している女性だと知った僧都が悩む条、

「髪、鬚を剃りたる法師だに、あやしき心は失せぬもあなり。まして女の御身といふものはいかがあらん、いとほしう罪得ぬべきわざにもあるべきかな」と、あぢきなく心乱れぬ。

（夢浮橋、第五巻四二一〜二頁）

とあり、相手は違えど、僧都はほとんど同じことを述べています。当時の仏教の側から女性を救い出せるような認識は出て来ないことを紫式部は明らかにしたと思います。もしかすると、紫式部はそのことを予め知っていながら、物語をそのことの確認のために描いているのかも知れません。僧として浮舟を救うことはできないかも知れませんが、浮舟を僧都と付き合わせたのは、人として共感、共鳴できるところにあるのだと言いたいのかも知れません。詳しくは他日を期すとして、源信が『一乗要決』において、一切衆生には仏性があり成仏できるという思想を説いていることです。紫式部がその先進的な考えに打たれたかどうかは分かりませんが、仏の前に、男も女も等しいという思想が広く知られるに至るには、鎌倉時代の新仏教を待たなければならなかったでしょう。

紫式部は、そのような僧を浮舟と対面させて物語を書こうとしたのですが、浮舟は救われたとは言えず、むしろ世俗に負けてしまいそうになっているという印象が否めません。浮舟の物語では、仏教に対する大君の懐疑から言えば、もはや仏教不信へと展開していると見えます。横川僧都ですら、浮舟は救えない、物語はそう確信、あるいは確認したようです。あるとすれば教団から離れ、貴族社会から離れて「自由」に修行のできる「聖」となる以外にない、と紫式部は女君たちの生き方を通して、みずからの生き方を模索していたのではないかと思います。つまり、浮舟にとってこれ以上苦しまなくてもよい「向こう」の世界はなお遥かに遠く、未だ夢でしかないという意味で、最後の巻は「夢浮橋」と名付けられているのだ、と思います。(24)

Ⅵ まとめ 女房文芸としての『源氏物語』と神話

はじめに

紫式部が女房だったということには、どんな意味があるでしょうか。

確かに紫式部は、人生の後半に女房として働いたという経歴を持っていますが、彼女の文芸において、彼女が女房であることは、不可分であったと思います。

一般に女房には、官費によって雇われる公的な女房と、主が私費で雇う私的な女房とがあるとされています。これまでの研究では、牛車に乗る席順から、紫式部は尚侍・典侍・掌侍・女孺という女房の階位の中の「掌侍」ではないかという議論[1]もあります。

さて、『紫式部日記』には中宮御産と行幸をめぐって、道長の土御門殿の中に、

内裏女房　（上の女房）
道長付き女房
中宮付き女房（宮の女房）

といったグループのあることが分かります。(2) それらは、驚くことに、それぞれ何十人といった単位の集団です。この日記を読んだかぎりでは、これらのグループ同士の関係はあまり緊密ではないいように見えます。

御産が近づき無事皇子が誕生すると、儀式にかかわる女房たちは忙しく働いています。例えば皇子の御湯殿の儀では、紫式部の上臈の友人たち、**宰相の君**や**大納言の君**が担当し、皇子の帯びる刀である御佩子《みはかし》は、これも上臈の**小少将の君**が担当しています。(3) この三人は『紫式部日記』でも『紫式部集』でも、特に紫式部と親交の深かった人たちです。

ところが、道長が中宮教育のために雇った紫式部のような女房は、あまり職階とは関係なく、儀式に関与せず、今風に言えば、中宮教育とともに、おそらく記録を記すこと、外交の仕事、広報の仕事が中心だったように見えます。とりわけ、**女房としての役割を果たすためには、歌**

の求められる場では、儀礼性に基き修辞を凝らして詠む緊張と実力とが必要だったと言えます。

そのこともあると思いますが、土御門殿に帝が行幸される前後には時間的、精神的にエアポケットができたようで、紫式部はときどき中宮教育係としての女房ではなく、あたかも一私人として我に返ったかのように、みずからの心内を吐露しています。ぼんやりと池の水鳥を眺めていたときの独詠歌は、

水鳥を水の上とやよそに見む　われも浮きたる世を過ぐしつつ　（四六一頁）[4]

とあります。この歌に見える「あの不安定な水鳥は私だ」という詠み方は、景物と私とが一緒だという認識で、「浮き」と「憂き」以外には、ほとんど技巧や修辞がなく、儀礼性もありません。独詠歌は『萬葉集』の分類で言えば、「正述心緒」になりやすいわけです。

この歌の内容は、（今、自分は女房として立ち働いているけれど）これとて地に足を付けている状態ではないといった、存在感覚としての不安です。

あるいは、初めて出仕したときを思い出して、わが身の程をひとり噛みしめたときの独詠歌が、

年暮れてわが世ふけゆく風の音に心のうちのすさまじきかな　（四八四頁）

です。これも「私の心は荒《すさ》んでいる」と歌っているだけで、過剰な技巧はありません。誰かを予想して詠んでいるわけではなく、褻《け》の中の褻の歌ですから、素《す》の彼女がうかがえる気がします。

しかしだからと言って、紫式部の心の深い闇が、そのまま描かれているわけではありません。それは、この日記が紫式部個人の日記ではなく、いずれ道長や中宮に献上する記録だったからです。それは、みずからを不幸で孤独だと卑下謙遜することで、殿や中宮を讃美するという手法を取っているからです。

とは言え、『紫式部日記』では、帝の御子が生まれ狂喜する道長に引きずり回されて、いつ果てるともない祝宴の果てに、繰り返ししつこく賀の歌を強いられたり、からかわれたり、酔っ払い相手の面倒な「仕事」に疲れて、自分はいったい何をしているんだろうと、落ち込んでいることは手に取るように分かります。**与えられ求められる女房としての「役割」**と、**「本当の自分」とに引き裂かれる苦しみ**は、この日記によく出ています。では本当の自分とは何か。それは日記の中にはあまり見えませんが、これまで第（Ⅳ）回や第（Ⅴ）回で御話しましたように、家集と『源氏物語』の主題とを重ね合わせて見ると、紫式部の抱えている闇は、哲学的で、宗教的なものだったということが分かります。

中宮女房として和歌を詠むことは中宮御前での仕事であり、リアルタイムでその場に即した現実的な応酬が必要ですが、ただ物語作家としての紫式部の内面については、この日記の末尾に、『源氏物語』の特に終盤の内容と共鳴していると感じられる箇所があります。

一　物語における女房という「語り手」

前々から不思議に思っていたことですが、『源氏物語』の語り手は、なぜか光源氏の御傍近くに仕え、光源氏の動静を伝える女房として「設定」されています。光源氏に対しては「給ふ」、帝に対しては「せ給ふ」敬語で待遇するところに、身分の想像される語り手が隠れていることは明らかです。

例えば、空蟬巻の冒頭は「寝られ給はぬままに」（第一巻一〇九頁）と始まります。「給ふ」で待遇されていますから、主語は光源氏です。そもそも主語が明記されず、述語だけで叙述するというのは、日本語の特徴です。主語を省いてもよいのは、それでも了解できる、それだけ主人公と語り手（時には読み手、もしくは聞き手との関係）が濃密だということです。

ところで、熊倉千之《ちゆき》という言語学者は、日本語が中国語や英語に対して翻訳可能、もしくは変換可能な言語じゃないと言うのです。それは、彼等が it を主語にして客観的な表現ができるのに対して、日本語は今ここにいる語り手によることから逃れられない、日本語は発語者と切り離すことができないというわけです。[5] この問題は、『源氏物語』の語り手を考える上で参考になりますが、それだけではなく日本語の性格と日本文化、日本人の精神性と関係するようで、近代の私小説の誕生とも無関係でないかも知れません。

そうであれば、紫式部が物語を書こうとするとき、語り手として女房の立場以外に描く方法はあり得なかったということになります。『紫式部日記』では、土御門殿の邸宅における中宮御産の動向を記しているのですが、今見えていない所へ動いて行った人のことは描けないとか、そのとき御前のようすは、見えなかったので「見ていない」、知らなかったと書かざるを得ないことは当然で、日記と物語と、語りの視点には共有されている部分があります。

しかしながら、ストーリーだけを追いかけていると分かりにくいのですが、不思議なことは、『源氏物語』の語り手の特徴は、登場人物を外から叙述するだけではなく、ときに人物と重なり合ったり、人物の中に入り込んだりすることができることで、このような視点の自由度は「物怪的」[6]だと批評されて来ました。例えば、極端な事例では、登場人物が心の中で考えている心内語の表現と、風景描写とがいつの間にか溶け合う、行き来するといった現象が起こります。読者が、語られている場に今立ち会っているような気がするわけです。

この現象は、特に宇治十帖では顕著で、語り手がどこに居るのか分からないような「錯覚」に陥ります。私は、宇治十帖の方が、哲学的、宗教的な主題を描いていることから、紫式部らしいと感じますから、この現象は「建て前」の語り方であるよりも、「紫式部」らしい真骨頂なのだと思います。

最も不思議な点はそこです。そんな語り手の自由さは『竹取物語』にはないからです。

もしかすると、語り手における人称転換は和歌が関係しているかも知れません。地の文は三人称（的）なのに、和歌が介在すると、和歌そのものが一人称ですから、登場人物を叙述していながら、歌になると一人称の表現に変化するわけで、これが代作におけるペルソナ（位格）の転換と重なっているように思えるのです。

余計なことを申しますと、『源氏物語』の中では、地の文で人物を三人称で語ったりする一方、人物の内面が風景において同化され、一人称か三人称か分からないことがあったりするものですから、簡単ではありません（この問題が何に拠るものであるかについてはなかなか面倒なので、別の機会に譲ります）。

ともかく、代作が別の人格に「なり切る」ことで歌を詠むことであるとすると、例えば六条御息所が物怪となり歌を詠むという迫真の描写が可能なのでしょう。あるときは、登場人物の誰かに「なりすまし」、あるときは誰かになるという憑依《ひょうい》こそ、ペルソナの転換だったと言えます。つまり、作者が先か代作が先かは分かりませんが、代作を仕事とする紫式部にとって、このような語り方は得意とすることだったのでしょう。

さらに言い添えますと、第（Ⅲ）回で申しましたように、代作と言っても、紫式部が中宮の代わりに中宮の歌を詠む場合は、一人称ではありませんから、中宮の歌の詠み方はまた別だと言わなければなりません。

そう考えると、『竹取物語』においては、冒頭部分で祭祀者としての翁と、成人式及び難題部分以降では、親としての役割を演じる世俗的な翁との間にも、人称転換的な現象があると言えるかも知れません。

二　紫式部が『竹取物語』と『伊勢物語』に共鳴したこと

ところで、紫式部の愛読書は（私には、紫式部があたかも告白しているかのように思えるのですが）『竹取物語』と『伊勢物語』でした。

『源氏物語』の複雑さの一端は、単に神話を踏まえているというだけでなく、（神話を踏まえて作られている）『竹取物語』や『伊勢物語』を摂取して内部に抱え込んだことにもあると思います。つまり、『源氏物語』は何重にも神話を踏まえているということになります。

物語を書くと言うとき、物語を構成する枠組みとして、よく知られているものとして、折口信夫氏の「貴種流離譚」という有名な学説(7)があります。簡潔に言えば、貴い御方が水辺にさすらい、蘇生・復活して神と現れるという枠組みだと言えます。

ただ、新しく物語を制作するときに、こういう話型《わけい》を拠りどころとするとしても、すべて物語の最初から最後までこの話型全体を「利用」しなければならないわけではなく、途中でやめたって構わなかったようなのです。つまり、使い方は結構自由で、厳格な縛りはなかった、と考えられます。

これは次に紹介する話型・話柄の踏まえ方でも同様です。

私は、かつて古代風土記の神話から、物語や昔話などと共有される枠組みとして、

（1）桃太郎型　『山城国風土記』逸文（下賀茂社）など。

（2）隣爺型　『常陸国風土記』（福慈・筑波神）、『備後国風土記』逸文（蘇民将来）など。

（3）天人女房型　『近江国風土記』逸文（伊香小江）、『丹後国風土記』逸文（奈具社）、『駿

河国風土記』逸文（三保松原）など。

（4）蛇婿型　『肥前国風土記』逸文（大伴狭手彦）、『常陸国風土記』（努賀毘古・努賀毘咩）など。

という代表的な話型・話柄を取り出したことがあります。(8) ここでは型の名前を、便宜的に昔話の話柄で示しています。

これらは、『源氏物語』の構成において、例えば、それぞれ、

（1）光源氏の若紫発見（若紫巻）、光源氏（翁）に女三宮（若菜）を降嫁（献上）する（若菜上巻）。

（2）花散里訪問と中川女訪問（花散里巻）、玉鬘と近江君（常夏巻など）。

（3）輝く日の宮との出会いと別れ（桐壺巻から薄雲巻）。

（4）光源氏が正体を隠して夕顔のもとに通う（夕顔巻）。

などの箇所に見出すことができるでしょう。

すなわち、『源氏物語』の中には、長編を組み立てるための、大きな包括的な枠組みとして

天人女房型があります。藤壺の登場と地上に子を残して退場する、この話型・話柄と、部分的には隣爺型として紫上と玉鬘、紫上と末摘花、玉鬘と近江君というふうに、対照的に語り分けるものがあります。蛇婿型とは夕顔の物語に認められます。これら大小の枠組みが、そちこちに組み合わされて、物語の深層に神話の枠組みが働いていることは明らかです。これらは在来の神話の構想力だと言えます。

ところが、話型・話柄だけでなく、物語の語り方には、視点の問題があります。

例えば、天人女房型の「来訪と帰還」という枠組みを取り上げますと、向こう側から来訪するのが、かぐや姫の物語ですが、こちら側から出掛けるのが浦島型です。話型も、人物を描く視点をどちら側に取るかによって全く違った構成に見えます。光源氏の物語の場合、浦島型になりやすいわけです。

すなわち、物語の基礎をなしているのは、神話の枠組みだけではありません。『竹取物語』や『伊勢物語』などの初期物語も『源氏物語』の内部にあって物語を支えています。『源氏物語』にとって、『竹取物語』や『伊勢物語』は同じ属性を持つという意味で、「物語の系譜」を形成しています。

（1）例えば、『竹取物語』は、冒頭部分では翁の側に立って（神格性を帯びる）かぐや姫の顕現を叙述しています。当初、竹取翁は神をもてはやす祭祀者で、翁に神が依り憑く、翁を通して神が顕われるというような働きをする存在です。ところが、神格性を持つかぐや姫を地上の社会において成人として扱い、（女性の成人式の）裳着《もぎ》をさせるところから後は、人の親になってしまう翁は、いかにも世俗化された存在になっています。

『源氏物語』が『竹取物語』を摂取しているのではないかと思われることは、物語を読んでいるときに、何度も気付かされます。例えば、手習巻で、横川僧都の妹尼は「夢のやうなる人」を得たと浮舟を愛撫し、「目もあやにいみじき天人の天降《あまくだ》れるを見たらむやうに思ふ」（手習、第五巻三五七頁）のであり、「かぐや姫を見つけたりけむ竹取の翁よりも珍しき心地する」（手習、第五巻三五八頁）と譬えています。世俗を厭い出家を願う浮舟を描くのには、かぐや姫のイメージが都合よかったのだと思います。

「光る源氏」が北山で若紫という少女を「垣間見」によって発見する条は、竹取翁が輝く少女を竹の節の中に発見する条と酷似しています。何より桐壺巻において、藤壺が「輝く日の宮」と呼ばれた、その光輝性には「かぐや姫」とも共通性があります。また、玉鬘をめぐる貴公子たちの求婚は、かぐや姫をめぐる難題求婚譚と酷似しています。

翁による少女の発見は、若紫巻だけではなく、四〇歳の翁となった光源氏に献じられた若菜としての女三宮の降嫁にも、緩《ゆる》やかに透けて見えるでしょう。にもかかわらず、女三宮は光源氏を困惑させるという意味で皮肉な結果をもたらすところに、この物語の面白さがあります。

かぐや姫の物語、現在の『竹取物語』は九世紀ごろに成立したと考えられますが、同様のストーリーを持った物語が、院政期の一一三〇～四〇年ごろに成立したとされる『今昔物語集』に掲載されています。内容の細部に異同はありますが、記事は並行していることが確認できるケースです。類似の伝承が時代を超えて併存していたと考えられます。両者を比較してみましょう。

次は『今昔物語集』巻第三一「竹取翁見付女児養語」第三三を、私に要約したものです。

　今は昔、□天皇の御代に、ひとりの翁がいた。竹をとって籠を造り、欲しい人に与えて「其ノ功《く》ヲ取テ世ヲ渡リケル」ところが、翁が篁に行って竹を切ると「篁ノ中ニ一ノ光」があった。その節の中に「三寸許《ばかり》ナル人」がいた。翁はこんな「物」を見付けたと喜んで片手に「小キ人」をとり、片手には竹を荷って帰宅した。女児は急速に成長し、翁・嫗がかしづくと世に評判が高くなった。

　その間、翁が篁に行って竹を取ると、竹の中に金《こがね》を見付けた。翁は裕福になり「宮殿・

楼閣」を造り、財は蔵に満ち、眷属も増えた。

上達部や殿上人たちは「仮借《けさう》（懸想）」したが、「女」は聞き入れなかった。女は「雷を捕まえて持って来い」、次には「優曇華《うどんげ》」の花を持って来い。また「叩かないのに鳴る鼓」を持って来いと難題を出した。懸想人たちは女の容貌に溺れ、海辺や山中に探し求めたが、命を落としたり手に入れることが叶わなかったりした。

さて「天皇」が大臣・百官を連れて行幸し、かぐや姫にすぐに后としたいと告げると、**女は自分が「人ニハ非ヌ身」で「鬼」でも「神」でもない、**すぐに「空」から迎えが来ると告げた。果たして多くの人が「輿」を持って現れ、女を乗せて空に昇った。天皇は「只人ニハ无キ者」だと思い、宮に帰還された。

この女が「遂ニ何《いかなる》者ト知ル事」はなかった。翁の子となったこともどういうことなのか、分からなかった、という。（三〇一～三頁）[9]

両者のどこが似ているか似ていないか、思い付くままに挙げてみますと、次のようです。

（a）翁の仕事

『今昔』における翁は、竹で籠を造り必要とする人に与え（売却し）、対価を得て、生活していたとあります。ここではすでに、翁の「仕事」には職業的な印象があり、平安京という都市における経済・商業の活動がうかがえます。

『竹取』では、翁は「野山にまじりて竹を取りつつ、よろづのことに使ひけり」とあって、まだ古代社会の「公地公民」の思想が生きています。翁は「さかきの造」であり、国造です。

(b) 輝く姫君の発見

『今昔』では、翁が竹を切ると、光があって、翁は「三寸ばかりなる人」を発見しています。

『竹取』では、翁は竹の根元、すなわち「もと光る竹」を見付けます。怪しく思った翁が寄ってみると、筒の中が光っていて「三寸ばかりなる人」が座っていた。翁は竹を伐ることなく、「手にうち入れて」帰宅します。これは聖なるものがおのずから顕現することであって、木に神格が依り付く、という神顕現の神話的形式に拠っています。物語としては垣間見によって神格を見出す、という形式を取ってもよいわけです。

(c) かぐや姫の本性

『今昔』では、かぐや姫は「鬼」でも「神」でもない存在です。第三一巻は「本朝世俗」です。霊格的存在が世俗に顕現するという意味において世俗です。

『竹取』では、月の都の人がこの地上に降りてきた存在だと説明されています。

ここで『竹取物語』と『今昔物語集』とに共有されている問題は、端的に言えば**異教的ということ**です[10]。

右の二つのテキストから共通することを考えますと、高天原から天降りした神々が葦原中国を統治するという、言わば古代天皇制の側からすると、地上に天降りするかぐや姫は、存在自体が許されない異教の神だと言えます。帝に反撥するというよりも、この世の秩序にはもともと馴染まない存在として登場しています。『今昔物語集』は、法相宗興福寺の僧の編纂によるとされる仏教説話集だと考えると、この「女」は仏・菩薩に対しても異教的です。「鬼」でも「神」でもないと表現されているわけです。それゆえ、**紫式部はかぐや姫と帝や貴公子たちとの間に接点のない「他者」を読み取ったと思います。**

一方、浮舟は、この世に馴染まない存在として形象されていることが共有されていると言えます。

ただ、『竹取物語』は和歌に乏しい。それは歌の数が少ないだけではありません。一五首だけの和歌も、かぐや姫と帝、翁との贈答・唱和を除き、主として難題の品物をめぐって情報伝達や連絡・報告のような働きが強くなっています。

（Ⅱ）『伊勢物語』も、光源氏造型に大きな役割を果たしたと思います。例えば、昔男には二条后に対する犯しや、伊勢斎宮への犯しという、光源氏のようにタブーをものともしない、危険な属性があるとともに、もうひとつ違った属性が見て取れます。

昔男、初冠《うひかうぶり》して、平城《なら》の京春日の里に占るよしして、狩に往にけり。其の里に、いとなまめきたる女はらから住みけり。この男、垣間見てけり。おもほえずふるさとに、いとはしたなくてありければ、心地まどひにけり。男の著《き》たりける狩衣の裾を切りて、歌を書きてやる。その男、しのぶ摺りの狩衣をなむ著たりける。

春日野の若紫の摺り衣忍ぶの乱れ限り知られず

となむ、おいつきていひやりける。ついでおもしろきこととも思ひけむ。

陸奥《みちのく》の忍ぶもぢずり誰ゆゑに乱れそめにし我ならなくに

といふ歌のこころばへなり。昔人は、かくいちはやきみやびをなむしける。（一一一頁）[11]

ただ、この物語は、終始一貫して男目線で描かれていて、しばしば女性を愚かなものと表現しています。

『伊勢物語』の冒頭章段は、すでに指摘されて来ましたように、元服と狩、垣間見と二人の女性といった、「古代の古代」とも言うべき神話的な構造を持っていますが、ここに「古代の近代」として加えられているのが、「いちはやきみやび」です。この「はやき」とは「激しい」の意味です。すなわち過激すぎる求愛行動が問われているのです。平安時代の感覚で言えば、女性の内面や心情と関係なく、問答無用のように昔男が一方的に恋歌を送り付け、思いを寄せていることです。ここにすれ違い、他者の認識のない状況が描かれています。

（Ⅰ）（Ⅱ）について、『源氏物語』の内部を見ますと、例えば、絵合《えあわせ》巻では、物語の評価について、『住吉物語』や『宇津保物語』に対して、『竹取物語』や『伊勢物語』を対比させています。

その絵合の行事は、（光源氏と藤壺との間に生まれた罪の御子である）冷泉帝の御代に、藤壺中宮の御前で、「物語絵」合わせが行われています。左方の梅壺女御（後の秋好中宮）は「古の物語、名高く故あるかぎり」を集め、右方の弘徽殿女御は「その頃、世に珍しくをかしきかぎり」「今めかしき、花やかさ」のあるものを集めて争います。

その絵合では、最初『竹取物語』と『宇津保物語』と、次に『伊勢物語』と『正三位』（散逸物語）とを合わせて競いますが、勝ち負けがつきません。そこで、光源氏が帝の御前で決着を付けようと提案します。光源氏の弟、帥宮（蛍兵部卿宮）も判じ難くしているところ、光源氏がおもむろに須磨での体験をみずから描いた絵日記を提出して、一挙に左が勝ちに至るという展開です（絵合、第二巻一七五〜八五頁）。

このように紫式部は『住吉物語』や『宇津保物語』よりも、『竹取物語』や『伊勢物語』を評価していたことが感じられます。もちろん、このような「物語合」「絵合」を物語が仕組んだことには、物語の良し悪し、好き嫌いといった評価だけでなく、文化や文芸の教養を必要とする中宮の役割の重要性を伝えようとする狙いがあったことも間違いありません。

一方、清少納言『枕草子』が第二一二段に、物語の名前を列挙しています。改めて引用しますと、次のようです。

物語は、住吉。宇津保。殿移り。国譲は憎し。埋れ木。月待つ女。梅壺の大将。道心すすむる。松が枝。狛野の物語は、古蝙蝠《かはほり》探し出でて持て行きしが、をかしきなり。ものうらやみの中将、宰相に子生ませ、形見の衣など乞ひたるぞ憎き。交野の少将。(12)

ここで、（最初に掲げて）『住吉物語』や『宇津保物語』を絶賛していることは、『源氏物語』における物語評価と対照的です。『住吉物語』や『宇津保物語』と共通している点は、（おそらく）継子虐めの物語の側面があるということでしょう。

これらは『源氏物語』の評価と、『枕草子』の評価がもの「珍しく」「今めかしき」物語であることと見事に照応していることが分かります。ここには「殿移り」以下、物語の名前が挙がっていますが、ほとんどが散逸して現存しません。この時代に消費され、読み捨てられてしまったものではないかと想像できます。第（Ⅱ）回参照。

このように見てきますと、私は、**紫式部が『竹取物語』と『伊勢物語』とに共通していると感じた点は、ストーリーではなく、「他者の発見」という主題的な認識**だと考えています。ここでいう「他者」とは、第（Ⅴ）回でも御話しましたように、世界の違う人、言葉の通じない人というふうに理解してよいと思います。前者では、天上をルーツとするかぐや姫にとって、地上の貴公子たちは属する世界が違う、価値観も世界観も異なる他者にあたります。後者では、初冠章段に見るように、昔男は女性の意向や内面と関係なく、一方的に歌を送り付け、求愛します。

問題は、昔男がそのことに気付いているかどうかです。東の国へ住むべき国求めに行くというのは、他者という存在に気付かずに男・女の出会いはあり得ない、ということです。

くどくて恐縮ですが、この他者という認識は、『源氏物語』の根底にも隠れていて、物語の後半になると、より顕在化してきます。薫と大君、さらに薫と浮舟の関係は、対面していなが**ら、もはや永遠に出会えないことが「確認」できるように思います。紫式部の時代にあっては、さらに百年も昔にできた「古めかしい」と見える古典である『伊勢物語』や『竹取物語』が、実は現代的で紫式部の抱える苦悩に触れる課題を持っていた、紫式部はそのことを見抜いてい**た、ということです。

特に若菜上巻以降になると、光源氏と女君たち、また宇治十帖において薫と女君たちとの間には、言葉だけでなく、気持ちや考え方のすれ違いがあります。同じ場面の中で、相対していたり、抱き合っていたりしていても、です。

世の中には言葉が通じない、決して出会うことのない人がいるという経験をお持ちでしょうか。他者という問題を際立たせるには、物語の仕組みとしては「難題」や「離別」の方法、そして和歌の噛み合わない贈答を用いることが、有効で効果的だったと思います。その意味では、『竹取物語』や『伊勢物語』は、恰好の構造を備えていたと言うことができます。

紫式部は物語にも日記にも、「言葉の通じない状況」のあることを描いています。[13] それが紫式部の感じた「孤独」だと思います。彼女の書いた物語、日記、歌集の根底にある問題はこれです。

おそらく紫式部の所属した女房社会の中で、友人と呼べる人たちは、同じ階層の人たちにはいなかった。わずかに穏やかな性格の上臈女房たちに慰められ癒されたということでしょう。今なら、ディス・コミュニケーション（言語不通）と言うでしょうが、そこが紫式部自身が両極に「引き裂かれた」孤独な苦しみに関する問題です。

私は『源氏物語』が、在来の神話の働く「古代の古代」と、紫式部個人の抱える「古代の近代」の双方を抱え込んでいると思います。その複合こそ、紫式部の生きた古代であり、『源氏物語』の描いた古代だと思います。

三　『宇津保物語』と『源氏物語』の皇統譜

『源氏物語』にとって、もうひとつのポイントは、皇統譜です。物語の長編化は、皇統譜と深くかかわります。

この問題については、かつて論じたことがあるのですが、『源氏物語』よりも年代的に先行する物語では、『竹取物語』『伊勢物語』『住吉物語』『落窪物語』などはほとんど帝一代限りの物語です。皇統譜が物語の骨格をなしているのが、唯一『宇津保物語』です。単純に分量だけで言えば、『源氏物語』は旧大系本で五冊、『宇津保物語』は三冊です。今、同様に長編物語である

『宇津保物語』と『源氏物語』における皇統譜と主人公の系譜との関係を考えてみましょう。『源氏物語』は物語の大きな構成について、『宇津保物語』から学んでいることはあると思いますが、これと絡む主人公の位置付けが違います。

『宇津保物語』では、主人公俊蔭は遣唐使となりますが、漂流して仏の国に至ります。俊蔭は天女が子孫として生まれることを仏によって保証され、日本に帰還します。それで、俊蔭を祖として、親・子・孫以下へと続く系図に、主人公の系譜が重なり合っています。

それは血の系図であるとともに、天女の生まれ変わりとして反復的に引き継がれる系譜です。また天皇の系譜に対して、仏によって保証された系譜です。

（清原王）――俊蔭――俊蔭女――仲忠――（犬宮）

（某帝）――嵯峨院――朱雀院――今上帝――（東宮）

ここでは、娘を天皇の后として入内させるようなかかわりがありません。俊蔭は帰国後、司・位を返上して隠棲してしまい、帝との関係は断たれてしまうからです。次の『源氏物語』の系譜と比べますと、主人公の系譜は皇統譜とただ並行しているだけです。『宇津保物語』の王権の特徴は、**皇統譜に対して、異教の系譜が並行的に形成されるところにあります。**

キリスト教社会では、正統に対して異端、さらに異なる神を祭る宗教は異教と呼ばれます。古代天皇制の場合、外《と》つ国の人々は異教徒と言うことになるでしょうし、『古事記』『日本書紀』『風土記』では、倭の国にあっても地方の「まつろわぬ」人々は「賊」とされたり、動物の名で呼ばれたりしています。また、『今昔物語集』は仏教説話集ですから、仏教以外の宗教社会の祭神は、異教の神ですから「天狗」と表現されています。

古代日本にあっては、在地の神話にしても、宮廷の物語にしても、古代天皇制に対して護教的か異教的かが問われる[14]**ことになったと思います。**俊蔭一族は仏国の天女の子孫ということで、古代天皇制にとって必ずしも異教の神々とは言えず、また対立する要素は見当たりません。

これに対して、次のような『源氏物語』の皇統譜において（一院と先帝の前後関係については、順序を逆に考える説もありますが、今は留保しておきます）、問題は、冷泉帝のところで系譜が交差し、侵入しているところに特徴があります。

一院――先帝――桐壺院――朱雀院――冷泉院――今上帝――（東宮）
　　　　　　　桐壺更衣――光源氏――冷泉院

なぜ桐壺更衣が異教性を帯びる系譜を形成するかというと、宮廷の掟を破りかねない存在だったからです。

冷泉帝の即位によって、光源氏は皇統譜に密かに侵入しています。この問題は、冷泉帝は後嗣がいないことと引き換えに可能となっていると見られます。

人物造型におけるひとつの神聖性を犯しかねない「危険」な桐壺更衣の本性は、后の神聖性を犯してしまう光源氏の危険な本性を引き継ぐという系譜です。

歴史上病がちであったと言われる冷泉帝と同じ名を冠する冷泉帝は、物語では「末の世の明らけき君」（若菜上、第三巻二一五頁）すなわち聖帝とされています。『源氏物型』は皇統譜と、桐壺更衣から始まる主人公の系譜が交差することを、光源氏の側から語っています。[15]

この二つの物語を比較すると、明らかに主人公の属性が違います。

俊蔭は仏の国に行くことにおいて神聖性を獲得しますが、光源氏は生まれながらにして神聖性を備えてい（るものとして設定されてい）ます。のみならず、本性としての光源氏は「荒ぶる」存在で、本質的に神聖なものを犯すという「暴力性」を持っています。光源氏の神話的なモデルとして、イザナギ、オオナムチ、ヤマトタケルなども考えられるでしょうが、より根源的には、おそらく天照神に対して反抗し続けるスサノヲの神話性から来ているものだと思います。藤壺への犯しは、先帝四宮の持つ神聖性への犯しであるとともに、皇統譜への犯しでもありました。しかし、結局のところ、光源氏は異教的な存在と見えて護教的な存在であると言えます。

ところで、『源氏物語』ばかり読んでいますと、他の物語と違い、主題性が強いものですから、これに比べて『宇津保物語』は冒頭部分が空想的な冒険譚ですが、以下はストーリーの展開が遅く、あまりにもダラダラとした印象があります。例えば、饗宴が行われると、詠まれる歌が上位の人から順に、丁寧に記されています。『源氏物語』だと、饗宴が記されてもほとんど内容は省かれることになり、何よりも物語の緊張感が違います。しかし、おそらく『宇津保物語』の叙述の方が、まさに平安時代のスピード感なのだと思います。

四　『源氏物語』世界の重層性

これまで述べてきたことを、例えば、「罪」の問題をめぐって、『源氏物語』というテキストの重層性について、簡単に図にまとめてみましょう。『源氏物語』における罪は実に多様です。ただ、罪が祓の対象であることをヒントにすれば、罪は穢れを基層としていると捉えることができます。その多様な現象を横並びにせず、すべては深層における穢れの意識によって表層まで貫かれていると考えることができます。

歴史	陰陽道	仏教	神話
罪／穢れ			
律令	災禍	恩愛の罪 愛執の罪	おのが母犯せる罪 母と子と犯せる罪

有名なことですが、あの道鏡事件のとき、流罪にされた清麻呂は「穢《きたな》麻呂」と名前を付け変えられます。穢《けが》れは本来、神話的な概念でしょうが、さまざまな層に認められます。光源氏が須磨に蟄居するにあたり、上巳の祓のとき自分には罪がないと言い放っている（須磨、第二巻二一七〜八頁）のは、法制的には罰せられてはいませんが、穢れが意識されていると言えるでしょう。

一方、**物語を支える叙述の枠組み**をめぐって、これまで申し上げてきたことを簡単に図にまとめてみましょう。『源氏物語』の生成にとって根源的な構成的枠組みは、神話です。中でも重要な原理は、聖なるものはおのずから姿を現すという聖性顕現と、ウケヒです。

物語の展開に必然性を与えているのが、前にも御話しましたように仏教の因果律です。さらに、叙述を具体的に進めるのが、歴史書から学んだ叙述法だと思います。もちろん、これらは截然と切り分けることができるわけではなく、理念的に弁別できるであろうということです。

↑意識					無意識↓
歴史		仏教	神話		
叙述法	皇統譜		限定的（話柄）	包括的（話型）	原理的
原因と結果 伏線と回収 事件と波及 連鎖と反復 …	皇位継承	因果律	蛇婿型 隣爺型 …	貴種流離譚 天人女房型 …	聖性顕現 誓約（ウケヒ）

言わずもがなのことですが、この表において項目は、各行ごとに段の上下で対応しているわけではありません。

五　神話のウケヒと物語の難題

すでにこの第（I）回で申しましたように、私は古代文芸においては、まだ神話が生きていた時代だと考えています。

それでは、ここで物語の深層において神話が働いていることを、特に、ウケヒ（誓約）を取り上げて考えてみましょう。要するに、原理的な誓約が、『竹取物語』では難題という形態を取っているということを明らかにしたいと思います。

（Ⅰ）『古事記』の「うけひ」

ウケヒについて、『古事記』の事例をひとつ引くと、次のようです。

　ここに天照大御神、詔りたまひしく、「然らば汝のこころの清く明きは何《いかに》して知らむ」とのりたまひき。ここに速須佐之男命答へ白ししく、「各誓《うけ》ひて子生まむ」とまをしき。[16]

（七五・七七頁）

スサノヲが天に上るとき、国土が震動したので、天照大神はスサノヲが「我が国を奪はむ」とするのだと警戒し、武装します。スサノヲは「邪しき心無し」と言いますが、天照大神は証明する方法を尋ねます。するとスサノヲは「各誓ひて子を生まむ」と言い、うけひして諸神が生まれます。天照大神は自分の子と、スサノヲの子とを分別します。そこで、スサノヲはウケヒの結果を受けて「我が心清く明し。故《かれ》、吾が生める子は手弱女を得つ。これによりて言《まを》さば、自ら我勝ちぬ」と言挙げします（七九頁）[17]。

このウケヒで、本当にスサノヲが勝ったのかどうか、よく分からないと怪しむ考えもありますが、『古事記』の本文では、ともかくスサノヲは自分が勝ったと言挙げします。

この箇所が、『古事記』『日本書紀』の異伝を含めて「分かりにくい」と言われるのは、ウケヒは本来、生か死か、罪か否か、是か非か、という区別を明確に判じるものですが、編纂物である『古事記』では天照大神が負けることはあり得ないことが前提で、これから語られるスサノヲの乱暴を導くために、スサノヲが一方的に勝利宣言をすることで、『古事記』のストーリーは成立していると見られます。つまり、ウケヒは、『古事記』の考える論理のために奉仕しているわけです。

この「うけひ」について、土橋寛氏は、「ウケヒの習俗の基盤」は「こう言えば、こうなる」という言葉の呪力に関する信仰（言霊信仰）があると述べています[18]。土橋氏は、例えばスサノヲのウケヒの場合、

もし心が正しい（A）なら、男子（A′）が生まれる。

もし心が偽り（B）なら、女子（B′）が生まれる。

という形を取るとして、「未知の事柄（A）を知るために何らかの現象（A′）を仮定し、AとA′とを本体と徴証との関係に設定した上で、A′によってAを判断する」（二三頁）と説明しています。さらに、土橋氏は、「不可能な難題を、ウケヒの形で課した」場合や、「ウケヒが呪詛に転じる可能性」を示唆しています（同、一四頁、二六頁。傍点・廣田）。

ここに土橋氏が「難題」や「呪詛」という概念を示唆されていることは重要です。「うけひ」は「難題」の形式を取ることがあり、「呪詛」へと変化する可能性を指摘されているからです。すなわち、ウケヒは原理であり、難題は形式であり、呪詛は派生だという見通しを示されているわけです。私は、この論考に導かれて、以下検討を加えてみることにします。

要するに、原理的に言えば「うけひ」は、予め正・邪、真・偽、善・悪など、背反的な価値を選択肢として設定した上で占うことです。具体的な形式としては、（常に表現として明示されるかどうかは分かりませんが）前もって対極的なAとBを予想して、私に言い直すと、

もしAならば、A′が得られる。
もしBならば、B′が得られる。

という選択肢が設定されていると考えられます。

こう考えると、詳細は略しますが、『竹取物語』『伊勢物語』『源氏物語』などの「うけひ」の用例は、派生的な呪詛の意であり、『古事記』に出てくるこの語の意味に比べて、もはや神話の持つ、本来の生き生きとした意味や機能が見えにくくなっています。ただ、『古事記』は古代天皇制神学の書であり、『日本書紀』歴史書ですから、いずれも厳密には神話と呼ぶことはできません。(19) そこで、まず神話のウケヒがどのようなものかを、『風土記』の事例を用いて検討してみたいと思います。

(Ⅱ)『風土記』神話のウケヒ

神話は本来、祭祀共同体の正式の構成員によって執り行われる、厳粛なる祭祀において、かの大いなる初まりの時に起きた、神々との交通の記憶を伝える伝承であると定義することができます。(20) すると、原義での古代神話は、『風土記』に見える次のような記事に見出すことができます。その中で今「うけひ」という訓を手がかりに代表的な事例を探すと、次のようです。

なお、ここでは便宜的に訓読文を用いることにしました。漢字の表記・用字は各風土記によってバラつきがあるかも知れませんが、秋本吉郎氏校訂の旧大系を用いて選び出し、植垣節也氏校訂の新編全集の訓読を参考とすることにしました。訓読については校訂の原則そのものに疑念は残りますが、(21)『風土記』がもともと漢文表記だったこともあって、現在の校訂本文が、序に示されている「古老相伝」の実態から見ると、恣意的である懼《おそ》れがないとは言えませんが、ひとつの目安にはなるでしょう。

1 「誓」『常陸国風土記』

此より南十里に板来の村あり。（略）

古老のいへらく、斯貴の瑞垣の宮に大八洲所馭しめしし天皇のみ世、東の垂《さかひ》の荒ぶる賊《にしもの》を平《ことむ》けむとして、建借間命を遣しき。〔即ち、此は那賀の国造が初祖《とほつおや》なり〕軍士《いくさびと》を引率て、行《ゆくゆ》く凶猾《にしもの》を略《ことむ》け、安婆の島に頓宿《やど》りて、海の東の浦を遥望《みはるか》す時に、烟見えければ、交《こもごも》、人やあると疑ひき。建借間命、天を仰ぎて誓《うけ》ひていはく、(A)「若し天人の烟ならば、来て我が上を覆へ。(B)若し荒ぶる賊の烟ならば、去りて海中に靡け」といふ時に、烟、海を射《さ》して流れき。爰《ここ》に、自ら凶賊ありと知りぬ。即ち、徒衆《ともびと》たちに命《おほ》せて、褥食《あさけとく》して渡りき。

（五九・六一頁）(22)

この[1]の事例は、ウケヒを構成する選択肢が、表現において「「もし」＋仮定＋命令」という要件を伴うことにおいて典型的だと言えるでしょう。すなわち、

（A）もし天人の烟なら、私のもとに留まれ。

（B）もし荒ぶる賊の烟なら、海に靡《なび》け。

という、対極的な二つの選択肢が、表現として丁寧に示されているのは、『風土記』ではこの事例だけです。もしかすると、『風土記』において古老の伝承を漢字で記録する際に、口承の繰り返しが、かろうじて省かれることを免れた痕跡なのかも知れません。（特に『常陸国風土記』は中国の四六駢麗体の影響を強く受けていると言われていますが）逆に言えば、伝承を丁寧に記そうとする筆録態度をうかがわせるものでしょう。

なお、「誓」という漢字が用いられていますが、宣誓とか誓約とかといった語意よりは、この事例にもウケヒの原義が見られます。

[2]「盟」『豊後国風土記』逸文

頸《くび》の峯〈抽富の峯の西南のかたにあり〉　此の峯の下に水田《こなた》あり。本の名は宅田《やけだ》なりき。

此の田の苗子《なへ》を、鹿、恒に喫《くら》ひき。田主、柵《き》を造りて伺ひ待つに、鹿到来《き》たりて、己が頸を挙げて、柵の間に容《い》れて、即《やが》て苗子を喫ふ。田主、捕獲《と》りて、其の頸を斬らむとしき。時に、鹿、請ひて云ひしく、「我、今、**盟《うけひ》を立てむ**。我が死ぬる罪を免《ゆる》したまへ。若《も》し、大きなる恩《めぐみ》を垂れて、更存《またい》くることを得ば、吾が子孫《このすゑ》に、苗子をな喫《くら》ひそと告らむ」といひき。田主、ここに大《いた》く怪異《あや》しと懐《おも》ひて、放免《ゆる》して斬らざりき。時《それ》より以来《このかた》、此の田の苗子は、鹿に喫はれず。其の実を獲しむ。

因りて頸田といひ、兼《また》、峯の名と為す。　（三七三頁）

[2]の事例では、当初、鹿は田の苗を食べ、田主にとって迷惑で災いをなす存在です。ところが、これを捕まえて追い詰めると、鹿はうけひして、子々孫々に至るまで、以後、田の苗を食べて災いをなすことはしないと言って、実りを約束します。ここには、**祟りなす存在がウケヒを機に、護り神へと転換するという枠組み—話型を見出すことができます。**

（A）もし私を助けたら、（子孫に苗を食べるなと告げて）豊穣を約束しよう。

（B）もし私を殺したら、（子孫に苗を食べるなと告げず）災厄をもたらしてやる。

ただ（B）は、明示されていませんが、「あれか、これか」という二者択一の原理が働いています。これは譬喩ではありません。「うけひ」は、命を賭けて約束するしわざです。ただ、この事例の場合、一方的な誓いとか約束といった言挙げと言った方がよいかもしれません。なお、紙幅の都合上、略さざるを得ませんが、『風土記』には、この他「祈、祝、禱、兆」などの用字がウケフと訓読されてきました。

すでに第（Ⅰ）回で紹介したことですが、右の2の話型は、『源氏物語』において、光源氏（の正妻葵上の命を奪うというふう）に祟りをなした六条御息所でしたが、光源氏は娘斎宮女御を秋好中宮として獲得し、故前坊の故地を光源氏六条院の建造において基礎としたという展開には、災厄を呪福に転換するという枠組みが働いていると言えます。このような『風土記』神話（的話型）が平安時代の『源氏物語』に認められるのです。

（Ⅲ）鎌倉初期の『宇治拾遺物語』におけるウケヒ

今度は、右の2と同じ話型を持つ事例を取り上げ、ウケヒ（誓約）について考えてみましょう。

祟り神から護り神へと転換する話型は、昔話では「猿神退治」と呼ばれるものですが[23]、『風土記』が奈良時代の事例であるとすると、古代でも院政期の『今昔物語集』巻第二六第七と、同話関係にある『宇治拾遺物語』第一一九話に認めることができます。後者について、長いので要約しておきます。

今は昔、美作国に中山という神がいた。その神は、毎年の祭に「生贄《いけにへ》」を要求した。ひとりの女子が選ばれた。東国の荒武者が訪ねて来た。男は身代わりになろうとした。男は、犬を調教し猿を食い殺す訓練をした。祭の日、男は犬と刀をもって櫃に入った。神主は、祝詞を奏上し、神の御前に櫃を差し入れた。男が外を見ると、丈七八尺もある大きな猿がいた。男が号令をかけると、二匹の犬が踊り出て、大猿を食い殺そうとした。男は刀を抜き、猿を俎板《まないた》の上に引き伏せて、首に刀を当て「人の命を断ち、肉を食べる者はこうなるぞ、頸を切って犬に食わせてやる」と言った。猿は血の涙を流し、命乞いをした。すると、ひとりの神主に神が憑いて言うには**「今日より後、絶対に生贄はしない。生贄は長く廃止する。人を殺すことはしない。生贄になった人の子孫は、末々に至るまで、我はその護りとなろう。早く我が命を助けよ」**と「誓言」をもって誓約した。男は、「今後は、こんなことをするな」と言い含めて許した。それから後は、すべて人を「生贄」にすることはなかった。男は娘と幸せに暮らした。その後、国では猪、鹿を生贄にした。(24)

この物語では、具体的な地名や人物などの設定は、『風土記』の2とは違いますが、同じ構成、同じ構造を持っています。

さらにこの説話は院政期の『今昔物語集』の説話と、もちろん幾つかの点で違いがありますが、一部分表現の一致があり、構成において酷似していることから、同一説話だと呼ぶことができます。

両者は祟り神から護り神への転換という話型を共有していますが、『宇治拾遺物語』では猿神を追い詰めて、「きやつにもののわびしさを知らせんとなり」と生贄の恐怖を味わわせ、男が娘の親に述べた「人は命にまさる事なし」という言葉とともに、生贄について村落共同体の維持よりも、個人の命を尊いとする都市的な思想を大切なこととして扱っています。[25]

とりわけ、右の説話でゴチックで示した部分、神主に憑いた猿神の言葉の中で、「今日より後、さらにさらにこの生贄をせじ。ながくとどめてん」として、「その人の子孫の末々にいたるまで、我まもりとならん」(二五五頁)という部分がウケヒの核心に当たります。それは、

(A)もし命を助けてくれたら、(生贄を廃して)子孫を守ろう。

(B)(もし命を奪うなら、(生贄を廃せず)子孫に災いをもたらしてやる)

と、（B）は必ずしも明示されておらず隠れていますが、二者択一の形式を想定することができます。

ただ、この場合、命乞いをしているのですから、後半の（B）の部分は、猿神が考えているなどとは口に出しては言えないでしょう。

このように検討してくると、奈良時代の『風土記』から院政期の『今昔物語集』巻第二七第七や、鎌倉初期の『宇治拾遺物語』第一一九話に、ウケヒの原理が次第に硬直してはいる（選択肢を想定することに意味がなくなる）ものの、物語に枠組みとしてかろうじて機能しているとすれば、平安時代においてもウケヒは、なお「生きていた」と想像できるでしょう。

（Ⅳ）『枕草子』における難題 ―― 馴化したウケヒ ――

他にウケヒが形を変えて、平安時代に生きていたことが分かる事例のひとつが、『枕草子』第二四三段「社は」の記事です。いわゆる「蟻通《ありとほし》明神」について、昔、紀貫之が馬が行き悩んだとき、この神のしわざと知り、和歌を詠んだという故事を要約して紹介するとともに、この社の由来を紹介しています。少し言葉を補って示しますと、

昔、帝が若い人を大切と考え、四〇歳になった人を「失はせ」ることがあった。「中将

なりける人」が「七十近き親二人」を持っていた。中将は「孝の人」であり、密かに「家のうち」に穴を掘り、「屋」を建てて両親をかくまっていた。時に「唐土の帝」が「この国の帝」を騙《だま》して「この国討ち取らん」と企んだ。そこで、

（Ⅰ）唐土の帝は、**二尺ばかりの木**の「これが本末いづかた」かという謎を出した。この国の帝が困っていたところ、中将が親に聞くと、親は木を川に投げ入れて「流れん方を末」だと教えた。

（Ⅱ）唐土の帝が「**二尺ばかりなる蛇**《くちなは》」について、どうしたら男・女を判別できるかという謎を出した。親は「尾の方」に枝を寄せると、尾を動かした方が雌だと教えた。

（Ⅲ）唐土の帝が「**七曲にわだかまりたる玉**《わだ》」の、「中通りて左右に口あきたる」に、緒を通せという謎を出した。親は蟻に糸をつけ、玉の向こう側の口に「蜜」を塗れと教えた。謎はすべて解かれ、ことなきを得た。

帝が中将に「官・位」を与えようとすると、中将は「老いたる父母」を「都に住まする事」を許してほしいと奏上した。果たして中将の願いは実現した。

中将はやがて「神になり」、訪ねた人の夢に現れて和歌を詠んだと言う。(26)

（二六四〜七頁）

というものです。

これはよく知られた話柄「姥捨山」の難題ですが、これが口承の伝承の記録そのものかと言えば、『枕草子』以前に、おそらくすでに内容が日本化された文献が存在しており、それを引用したものではないかと思います。

萩谷朴『枕草子解環』は、この「原拠」として『法苑珠林』巻第四九棄老部第四『雑宝蔵経』、『賢愚経』巻第七「梨耆弥七子品」第三二、などの仏典・漢籍を紹介しています。[27]また、日本では『今昔物語集』巻第五第三二、『俊頼髄脳』『奥儀抄』『袋草紙』『雑和集』などの他、昔話「姥捨山」[28]ともよく比較されてきました。特に難題の内容、課題とされる事物には互換性があることも知られています。

これらの同話・類話の検討を措くとしても、『枕草子』の難題は、『竹取物語』に見える難題と類似していることは一目瞭然です。ところが、『竹取物語』の難題はすべて解決できないものであり、難題に挑む者を排除することが自明の仕掛けです。一方、『枕草子』の難題は解決できることが目的となる仕掛けで、全く逆のように見えるのですが、実は根本は同じです。すなわち、具体的な難題は、

Ⅰ　木の本・末の区別をすること。

は、

Ⅱ　蛇の雌・雄の区別をすること。

Ⅲ　七曲の玉に糸を通すこと。

という課題で、いずれも「謎／謎解き」という形式を取っていますが、これらの難題の根底には、

（A）もし、難題が解ければ、国の安全が保障される。

（B）もし、難題が解けなければ、国は滅ぼされる。

という対照的、対極的な結果が待ち受けているということです。言わば、ウケヒ本来の「生か死か」といった選択の結果が生きています。かくて平安時代においても、難題の形式にはウケヒの原理が潜んでいるわけです。

六　『竹取物語』と『源氏物語』の難題求婚

『源氏物語』に見える「うけひ」という語は、呪《のろ》いといった程度の意味にすぎませんが、私

は古代物語である『源氏物語』の難題が深層にウケヒの原理を踏まえていると考えています。例えば玉鬘の物語は、『竹取物語』におけるかぐや姫をめぐる難題求婚と同じ枠組みが重ねられています。(29)

一方、「かぐや姫」は「人を殺さんとするなりけり」(30)と大伴大納言が批評したことと相俟って、石上の中納言が落命したことは、生きるか死ぬかというウケヒの本質が露呈しています。『竹取物語』の難題のどこにウケヒがあるのかというと、そもそも難題を出すとき、表現としては、

かぐや姫「石つくりの皇子には、仏の御石の鉢といふ物あり。それをとりてたまへ」
(二二頁)

というふうに、貴公子たちに難題を課しています。かぐや姫は結婚する条件として、

もし(課題の品物)が見つけられたら、持参せよ。

と述べていますが、**ウケヒの原理としては、**

（A）課題の品物を持参せよ。（そうすれば結婚できる）
（B）課題の品物が持参できなければ、結婚できない。

という二者択一の形式が想定できます。さらに整理すると、

もし結婚したいなら、課題の品物を獲得せよ。

と言い直すこともできます。

ただ、残念ながら貴公子たちには、かぐや姫の出した難題を引き受ける以外に態度の取りようがありません。しかも、引き受けた時点で、失敗や敗北が決定してしまっているのです。

一方、**『源氏物語』では、難題が物語のストーリーの中に見え隠れしています。**求婚者は夕霧・柏木・蛍宮・鬚黒と帝、そして曖昧な態度を取りつつ求愛する光源氏も加えてよいでしょう。

設定として「西の対の姫君」である玉鬘に、貴公子たちが「心寄せ」ていたとされます。光源氏の立場は中途半端で「親がり果つまじき御心」を持っていました。光源氏はずっと玉鬘の側にあり、貴公子たちの動向を承知しつつ玉鬘に心を寄せていました。夕霧は兄弟扱いで、常

に近くまで立ち寄り、直接声を交わす間柄でした。柏木は夕霧に「引かれてよろづに気色ばみ歩く」状態でした。蛍宮も手紙を出していました。人物ごとに出来事を追いかけて行きますと、次のようです。

（Ⅰ）柏木は、歌「思ふとも」を贈りますが、玉鬘の返歌はありませんでした（胡蝶、第二巻四〇三～四頁）。蛍宮も鬚黒も思いを伝えていました（胡蝶、第二巻四一五頁）。

（Ⅱ）蛍宮が懸想しようとすると、光源氏は蛍虫を放ち、玉鬘の姿をあらわにして蛍宮の「御心に染みけり」さまにしてしまいました（蛍、第二巻四二三頁）。蛍宮と玉鬘は二度、歌を交わします（蛍、第二巻四二四頁、四二六頁）。

（Ⅲ）夕霧は、紫上を垣間見し（野分、第三巻四六頁）、光源氏と玉鬘が戯れているのを垣間見します（野分、第三巻五七～九頁）。出仕の動きもありました（藤袴、第三巻九九頁）が、光源氏の使者として玉鬘を訪問し、歌も交わしています（藤袴、第三巻一〇三頁）。

（Ⅳ）柏木は、内大臣の使者として玉鬘を訪問し、歌も交わしています（藤袴、第三巻一一〇～一一頁）。

（Ⅴ）鬚黒は、玉鬘に蛍宮と並んで歌を贈りますが、玉鬘は蛍宮にだけ歌を返します（藤袴、第三巻一一四頁）。

（Ⅵ）鬚黒は、玉鬘の冷泉帝への出仕を妨害されたとして、帝の不興を買います（真木柱、第三巻一四一頁）。
（Ⅶ）冷泉帝は、玉鬘と歌を二度交わします（真木柱、第三巻一四四〜五頁、一四八頁）。
（Ⅷ）鬚黒は、玉鬘を自邸に移します（真木柱、第三巻一四八頁）。

『竹取物語』のように、かぐや姫から難題が一括して示され、貴公子たちが一斉にこれに挑むのと違い、『源氏物語』では、とりわけ明確な難題というものは示されてはいません。しかも、貴公子たちだけでなく、光源氏や帝までが並んで求愛、求婚を競っています。『源氏物語』玉鬘十帖は、**緩やかに難題の枠組みが働いていると言えます。**『竹取物語』の難題においては、翁がかぐや姫の親であり、後見人の立場に立っていることは動きません。『源氏物語』の難題の特徴のひとつは、男性たちの立場の曖昧さです。時に光源氏が貴公子たちの求愛の演出者となったり、求愛者となったり、求婚者たちの行動を観察する側に立ったりしていることです。

さらに特徴のもうひとつは、和歌の贈答が求愛の場面で不可欠となっていることです。『竹取物語』も和歌を用いていますが、難題の品物が本物か偽物かをめぐって、かぐや姫と貴公子との間で交わされています。興味深いことは、『竹取物語』に難題があり、『源氏物語』には明確な難題がないのですが、『源氏物語』は『竹取物語』の難題を踏まえている、あるいは重なっているだろうということです。

そこで、両者を重ねますと、次のようになるでしょう。

『竹取物語』 人物	結果	『源氏物語』 人物	結果
かぐや姫		玉鬘	
翁・嫗		光源氏・花散里	
貴公子 1 石造りの皇子	退去	1 夕霧	求愛失敗
2 蔵持ちの皇子	失踪		
3 右大臣安倍の御連	退去	2 柏木	求愛失敗
4 大伴の大納言	逼塞		
5 石上の中納言	落命	3 蛍兵部卿宮	求愛失敗
		光源氏	求愛失敗
帝	断念	帝	入内要請失敗
月の都の人	帰還	鬚黒大臣	獲得

もちろん『源氏物語』の構成と『竹取物語』の構成とは重なりつつ、ずれています。つまり、

『源氏物語』は『竹取物語』を踏まえつつ変奏していると言えます。

例えば、『竹取物語』の求婚者は五人、『源氏物語』では三人と見えます。『竹取物語』の難題はもともと三人で、後の二人は追加されたものだという説[31]もあります。

右の表の上下の対応ということで言えば、かぐや姫が石上《いそのかみ》の中納言に同情的だったことと、玉鬘が蛍宮に悪しからず思っていたこととは対応しているように感じられます。求婚者としての光源氏と最終的な勝者である鬚黒は、『竹取物語』の登場人物と比べると、帝の位置に立つと見えて、座りが悪いようですが、そのことこそ『源氏物語』の独自性でしょう。

何より、『竹取物語』に比べて『源氏物語』の構成は複雑です。光源氏は玉鬘の後見人（翁）という立場にあるとともに、求婚する立場にもあると見えます。

いずれにしても、両物語の受容とか影響関係というときに、共有されている部分が、物語の枠組みとしての難題であることは動かしようがありません。

簡単に図示しますと、『竹取物語』や『伊勢物語』は、

（表層）		（深層）
他者の発見	／	神話

という重層的な構造を持っていますが、そうすると、『竹取物語』や『伊勢物語』を摂取した『源氏物語』は、

（表層）	（中間層）	（深層）
他者の発見 ／	『竹取物語』『伊勢物語』 ／	神話

という重層的な構成を示していると思います。

『源氏物語』の深層をなす神話を、『竹取物語』や『伊勢物語』もまた深層に抱えています。と同時に、『源氏物語』の主題をなす他者の認識を『竹取物語』や『伊勢物語』も抱えています。幾重にも重層しているとは、そういうことです。この「神話」には、白鳥処女型の話型や貴種流離譚などを想定してよいでしょうし、聖性顕現やウケヒ（誓約）を想定することは可能でしょう。同一性の反復という意味で、『竹取物語』や『伊勢物語』は、『源氏物語』と**物語の系譜**を形成していると言えます。

　こう見てきますと、『源氏物語』は先行する『竹取物語』や『伊勢物語』『宇津保物語』など

を摂取し、それぞれ何がしかの「影響」を受けていますが、それだけで今の『源氏物語』というものは説明できません。もちろん『源氏物語』の中で成熟して行った主題もあります。

それは『源氏物語』も若菜巻以降、いわゆる第二部に入ると、光源氏は「老い」とともに、神から人へと俗性を強くし、彼が本来的に持っていた、犯しの暴力性は減退します。出家した女三宮に対する緊張は、やがて弛緩《しかん》してしまいます。そして、物語の主人公は、光源氏から紫上へと移動して行きます。

それは仏教的な思考の侵食によるものです。紫式部には仏教的な思考があるからです。**若菜上巻以降の宿世観、因果応報の論理に、光源氏・紫上・宇治大君たちは縛られて行きます。仏教的な傾倒がありつつ、第三部に入ると、大君・浮舟には仏教への疑い、不信が深まって行きます。**

かくて『源氏物語』は、古代の古代からの「物語の伝統」に立つとともに、紫式部の古代における近代と、「他者の認識」を主題として盛り込んでいます。

七　ウケヒとしての祈願

作者が物語を制作するにあたって、どれくらいプロセスを意識的に進めていったのかどうかは分かりません。古代では、もしかすると神話を選び取ったり用いたりすることは、意識的な企図であるよりも、無意識的な領域に属するのかも知れないのです。

何度も申しますが、おそらく物語の最も深層にあるのが神話であることは動きません。(32) 神話に見える話型の働きです。これが、これまで「発想」と呼ばれてきたものの根幹です。

難題だけではありません。**平安時代の物語で、表現として明示されなくても、展開の分岐点があると、そこにウケヒが働いていると思います。**有罪か無罪か、生か死か、根本的な二者択一が迫られるとき、ウケヒが必要になります。

例えば、須磨に蟄居した光源氏が、三月上巳の日、海岸に出て自分は無実だと言挙げする場面があります。光源氏は「軟障《ぜむじやう》」を張りめぐらし「陰陽師召して祓せさせ」「舟にことごとしき人形乗せて流す」ことを見ると、わが身によそえられる思いがします。光源氏は、

八百よろづ神もあはれと思ふらむ　犯せる罪のそれとなければ　（須磨、第二巻五二頁）

と歌います。これがウケヒです。光源氏は八百萬神に向かって呼び掛けたのです。これは神祇歌の形式を取っています。(33)

すると、「にはかに風吹き出でて、空もかき暮れ」ます。八百萬神が感応したのです。その後、空模様は暴風雨となり雷鳴がとどろき、かろうじて邸宅に戻った光源氏にその夜、夢の告げがあり、「そのさまとも見えぬ人」が現れ「など宮より召しあるに参り給はぬ」と呼びかけますが、光源氏は動きませんでした。この「宮」は内裏ではなく、神龍王の宮、海神の宮ではないかと思います。嵐はやむことなく、再び夢を見て光源氏は「色々の幣《みてぐら》捧げさせ給ひ」て、

「住吉の神、近き境を鎮め守り給ふ、まことに跡を垂れ給ふ神ならば**助け給へ**」

と多くの大願を立て給ふ。（明石、第二巻五九頁）

と言挙げします。さらに「今何の報いにか、ここら横ざまなる波風にはおぼほれ給はむ。**天地ことわり給へ**」とか「前の世の報いか、此世の犯しかと、神・仏明らかにましまさば、**この憂へ休め給へ**」などと「御社のかたに向きてさまざまの願を立て」ます（明石、第二巻六〇頁）。遥拝《ようはい》したわけです。さらに「海の中の龍王、よろづの神たちに願を立てさせ給ふ」ことをすると、雷は邸宅に落ちかかります。

願立てもまた、ウケヒだったと言えます。

古代では**神は何かを言葉で語ることはありません。**出来事をもって示したのです。故父桐壺

院も夢に立ち「などかくあやしき所にはものするぞ」と光源氏の手を取って「住吉の神の導き給ふままに、はや舟出してこの浦を去りね」と告げるとともに「これはただいささかなる物の報い」だから心配することはない、と慰めます（明石、第二巻六一～二頁）。すると、明石入道が渚に舟を寄せて迎えに来ます。入道も同日同夢を見て、「神のしるべ」を確信したというのです（明石、第二巻六四頁）。

ここに、窮地にあった光源氏が、住吉神の加護を受けるに至る経緯が語られています。**ポイントは、光源氏が繰り返し、神に「助けてほしい」ということを言挙げしていることです。ここにウケヒが働いています。**光源氏の立てた誓約に、神々が反応したということです。

まとめにかえて

発想ということで言えば、このような神話的原理に加えて、作者は物語を具体化するために、出来事の起きる場所として、都か、須磨か、宇治かといった、大きな舞台を用意していると思います（対して、小さな舞台というのは、場面を作り出す上で、どの邸宅の寝殿だとか、対の屋だとかといった場所のことです）。

例えば、主人公が須磨へ出向くことによって（それまで主として物語の舞台は都の内部でしたから）初めて、須磨から都が見直されることになり、都は相対化されています。さらに、光源氏亡き後、薫は宇治に出向きますが、主人公大君は宇治の側に立って、都の皇位継承、王権、政治、制度などといったものを他者―よそよそしいものとして、相対化―たいして価値のないものに貶《おとし》めてしまいます。これはきっと、若菜上巻以降、描いてきた第一部を壊そうとすることで物語を展開―転換させようとしたことと関係しています。

このように視点を変えるとともに、語り手は人物の内・外を往き来して、物語を描き出して行きます。どうも『源氏物語』が生まれるプロセスは単純ではないようです。

しかし、いくら考えても、**実のところ私にはやはり、先に主題的なものが存在するとしか考えられません。**

漠然とであっても、「何を描こうとしたか」は明白だったと思います。ただ、それが例えば「身と心の相克」が原理的な主題だったと言っても構いません。これは、かつて議論されたような「構想と主題」の議論とは違います。それが認められないとすれば、テキストに即して「何が描かれているか」を主題と言い直しても構いません。

もう一度まとめて申しますと、次のように考えてはいかがでしょうか。

例えば、『源氏物語』を三分割する説に従えば、**キィワードで示すと、第一部は光源氏の「復讐」です。**ここに言う「復讐」とは、帝の御子として生まれた光る君が、臣下に落とされて源氏とされたものの、藤壺中宮を犯し奉ることによって皇子を得ることで、みずからのなし得なかった即位の夢を皇子の皇位継承によって、運命を逆転させて行くことを、私に譬えたものです。

第二部は光源氏への「復讐」です。

第三部は他者への不信です。

主題をこの次元で考えてみてはいかがでしょうか。

言い直せば、第一部における光源氏に対する「復讐」は、彼に与えられた運命に対する反転攻勢です。第二部は朱雀院や紫上たちによる光源氏への「復讐」です。あるいは、そこに朧月夜のような女性も加わっているかも知れません。

第三部は運命的なものに対する懐疑から始まる救いへの希求から生じた、仏教に対する不信です。そこでは、人に対する他者の認識だけではなく、既成の教団仏教に対する不信です。第三部は第一部の裏返しなのです。

そうなのです。**物語は「主題と説明」あるいは「命題と説明」[34]という様式を持っています。**

第（V）回で御話した桐壺更衣の物語などはその典型です。

この主題としてのキィワードを「説明」するのが語りです[35]。場合によっては、主題が示されないこともありますが、時に短い文章で、まず小さな出来事が示され、改めて出来事の内容が説明し直されることで、場面ができているということがあります。すなわち、「いつ」「どこで」「誰が」という設定をした上で、「どのように」（時には「なぜ」とともに）具体的に説明して行くのが語りだと言えます。

いずれにしても、『源氏物語』は、紫式部の持って生まれた天賦の才能だけでは実現できなかったと思います。まずは経済的・精神的に道長の援助は決定的だったと思います。ただ、文学の問題として言えば、「中宮のため」という大目的のもと、そしてそれを具体化する叙述の方法といったふうに、幾重にも解明しなければならないことがあります。特に、物語の仕組みや仕掛けとして、女房としての役割を担ったことが役立ったこともあるでしょう。

とは言え、『源氏物語』の行き着いた先は、当の道長とは関係のない（理解の及ばない）精神的な次元であって、他者の認識を突き詰めて行くことだったと思います。道長が現世の栄華を来世にも持続させたいと願い、阿弥陀仏の指に五色の糸を懸けたということは有名ですが、同じく極楽浄土を願ったとしても、紫式部が「聖」になろうとしたこととは大きな開きがあります。

『源氏物語』の末尾では、浮舟は現世に絶望し、出家を望み浄土を希求します。浮舟は入水を試みる時点から、薫とは全く「別の世界」に入り込んでいます。大君にしても浮舟にしても、他者の認識を深めて行くと孤立を極めます。現代から見ると、さらにその孤立を出発点として対話をどう求めて行くか、といった問題の立て方をするでしょう。ところが、紫式部には展望としての「未来」はなかったのかも知れません。

もともと宇治十帖が始まるにあたり、柏木と光源氏の正妻女三宮との過ちによって生まれた薫が、宇治に通うとき八宮のもとで初めて大君に出会います。一方、薫は同じ邸宅で、故柏木の手紙を預かっている老女房弁御許《おもと》と出会います。つまり、作者は恋と罪と、問題を分けて描き始めています。（もしかすると、薫の恋は大君と対峙させるための導入剤だったのかも知れません）つまり、大君は薫の秘密を知らないまま出会います。片や薫は大君にみずからの秘密を告白することはありませんでした。これは大きな分岐点だったと、私は思います。薫は大君に求愛しても大君の発言に対して、「聞き役」に徹するばかりでした。もし、大君が「本当の」薫と正面から出会うように仕向けていたら、宿世をめぐる議論は空周りすることなく、思想的に深められたでしょう。

ここに、宇治十帖の「可能性と不可能性」とが感じられます。[36] 浮舟もそうです。つまり、作者が宇治を書き始めるとき、すでに男君と女君との「対話」の可能性を閉じていたと言えます。言うならば薫と大君、薫と浮舟は、出会うことができないということを確認することが主題だったと言えます。いや、もしかすると、「対話」などという発想が、この時代にはもともとなかったのかも知れません。

ようやくこれで、『源氏物語』の行き着いた果てが見えて来たでしょうか。

これまで退屈な内容を長々と申して参りました。長い道のりでした。辛抱強く御付き合いいただきまして、ありがとうございました。

〔付記〕

以下は（私の）**これからの課題**にもなるかと思うのですが、参考までに、音声言語による昔話の語り手の内にある「語りの記憶」と、「（記憶の）再生としての語り」との関係について、かつて在地の語り手に直接尋ねたことがあります。その経験から、昔話を語るには、

1 **話型の構成的な枠組み**が介在する。

2 **場面の映像**が語りの基礎にある。これは誰と誰という対偶関係を含む。

3 **一定のまとまりのある固定的表現**（伝承的表現）が組み込まれている。

という三点が必須だろうと指摘したことがあります（『『宇治拾遺物語』表現の研究』笠間書院、二〇〇三年、二二一～三頁、三六～七頁）。

なぜそんな質問にこだわったのかと言うと、私は、昔話の語られる場に居て「昔話をなぜあんな

に早く語れるのだろう」と感じたことから、「昔話の語り手はどう感じているか、ぜひ聞いてみたい」と考えていたからです。というのは、語り手が、内容や表現を全部記憶しているのではなく、要所があって、何らかの仕組みや仕掛けが働いているに違いない、と感じていたからです。この答えは実に興味深いもので、書かれた物語の表現の仕組みや仕掛けを考える上でも大きなヒントになるでしょう。

というのは、**この問題を文字言語の語りに比較、対照させると、表現の仕組みは同様のものがあるかもしれない**と感じたからです。

1について、「事項」という概念を用いて、私はこれまで、昔話・物語・説話を対象に、テキストの構成について分析を重ねて来ました。ただ、ここではその詳細は省きます。

2について、例えば、『源氏物語』では、宇治橋を前に男君と女君が歌を交わす場面が繰り返されています。これなどはまさに映像的です（「橋姫物語から浮舟物語へ」『『源氏物語』系譜と構造』笠間書院、二〇〇七年。初出、二〇〇五年）。場面の映像性については、他に幾つも挙げることができると思います。これもここでは省きます。ただ、物語を描くのに、描きたい映像的な場面が先行する、すなわち、映像を「説明する」のが叙述というものだと考えた方が明快だと考えています。

3について、昔話・物語・説話を対象に、具体的な事例をめぐって、近々まとめたいと考えています。

ところで、そもそも、なぜここで、昔話を持ち出すのかというと、柳田国男氏以来、昔話の根底に神話があることは知られています。また、もし本書で物語の根底に神話があることを認めていただけるとすれば、昔話と物語の両者は（テキスト生成の時代も基盤も大きく異なりますが）、テキストの重層性において同相性を持っていることが明らかになるからです。

もう少し内幕を言えば、昔、恩師　土橋寛が民謡の原理を用いて古代歌謡の分析を展開したこと（『古代歌謡論』三一書房、一九六〇年）に倣《なら》って、昔話の原理を用いて古代物語の分析を展開できるのではないかと愚考したからです。

いずれにしても、物語の側から考えたとき、上記の三点が表現者の側の意識・無意識の世界にどのように相渉《わた》るかについては、改めて考えてみたいと思います。

注

まえがき

（1）松田修『複眼の視座』角川書店、一九八一年、二〇～二一頁。

（2）「日本物語文学史の方法論」『文学史としての源氏物語』武蔵野書院、二〇一四年。

（3）『源氏物語』における人物造型の枠組み」『古代物語としての源氏物語』（武蔵野書院、二〇一八年）。『紫式部は誰か』武蔵野書院、二〇二三年。

本来の神話は、言葉を媒体とせず、祭祀や儀礼のうちに現前するという性質があります。**神話は、言語化すると秘義性が失われてしまうという危《あや》うい存在であることにおいて、神聖性が保たれています。古代物語は、そのような神話を抱える神話性を帯びたテキストです。**神話は、物語の中に手応えのある枠組みとして機能していることが認められる、と言えます。

もちろん『源氏物語』は反面、神話的なものを利用しつつ、これを茶化すという遊戯性や世俗性をも抱えています。それら、神話性と遊戯性（世俗性）との兼ね合い、組み合わせ方については、別に考えてみたいと思います。

江戸時代になって板本が生まれ、大量生産をもって書物が商品として市販される段階に比べると、古代の写本はテキストとして本質的な違いがあると思います。ただ、それが何か、私にはまだ分からないでいます。もちろん、「作品」が「作者」の手を離れて、社会的な存在となるということは承知の上で、いわゆる作者と読者の距離が近く、作品が作者から離れて存在すると断言できるまでには至っていないように感じます。中世以降になって定家本が規範化され聖典化される以前、古代の写本のありかたは神話の生きていた時代の問題として考え直したいと思います。

（4）これは神戸女子大学事務局の安井里香さんが付けて下さったタイトルです。このタイトルについては、歴史学の側から語ることもできるでしょうし、国文学の側から語ることもできるでしょう。そんな中で本書は、私の立場表明でもあります。「あとがき」参照。

（5）三谷邦明「源氏物語の創作動機」『物語文学の方法　Ⅱ』有精堂出版、一九八九年、七三頁。『伊勢物語』と『紫式部集』―一代記としての様式」『講義　日本物語文学小史』金壽堂出版、二〇〇九年。あるいは「話型としての『紫式部集』」『紫式部集』歌の場と表現』笠間書院、二〇一二年。最近、倉本一宏氏は、『紫式部集』を「自叙伝」と批評しています（『紫式部と藤原道長』講談社、二〇二三年、三〇頁）。これは面白い視点です。ただし、これは家集です。家集は「歌詠みの家」の歌集であることが意識されています。また、自撰・他撰の問題が関係していて、なかなか複雑です。ちなみに、一代記の問題だけでなく、家集では詞書か左注かなどという個別の議論にしても、歌群配列における「緩衝帯」の問題（『旅の歌びと　紫式部』新典社、二〇二四年）にしても、古代のテキストを捉える上で、留意しなければならない問題があります。それは古代のテキストが、校訂されることで遠ざかっているかもしれないということです。例えば、家集であれば歌ごとに番号を打って区分して理解し、『伊勢物語』でも『大和物語』でも、章段ごとに番号を打って物語を区分し分解する理解というものは、中世以降の解釈なのかもしれません。

（6）「日本物語文学史の方法論」『講義　日本物語文学小史』金壽堂出版、二〇〇九年。

Ⅰ　古代の人としての紫式部と藤原道長

（1）本書第（Ⅵ）回「まとめ」注（8）参照。**神話**の定義については、「『源氏物語』和歌の方法」『源氏物語』系譜と構造』笠間書院、二〇〇七年、一四四頁。「まえがき」『民間説話と『宇治拾遺物語』』新典社、二〇二〇年、一六頁。「古代物語研究の戦後と私の現在」『表現としての源氏物語』武蔵野書院、二〇二一年、四一〜三頁、など参照。

（2）繁田信一『『源氏物語』のリアル　紫式部を取り巻く貴族たちの実像』ＰＨＰ研究所、二〇二三年、九頁。

（3）「日本の古典と昔話―共有される話型をめぐって―」花部英雄・松本孝三編『語りの講座　昔話を知る』三弥井書店、二〇一一年。「『宇治拾遺物語』の説話と伝承―文芸比較の方法のために―」『説話・伝承学』第二二号、二〇一四年三月。「『風土記』の在地神話と昔話、そして中世説話」『民間説話と『宇治拾遺物語』』新典社、二〇二〇年。風土記の中でも、『常陸国風土記』の夜刀の神、『豊後国風土記』の頸《くび》峯の神話など。

この問題については、随分早く藤井貞和氏が「六条御息所が、守護霊の側面と怨霊の側面とをかねそなえているひとは明らかだ」（「六条御息所の物の怪」秋山虔他編『講座源氏物語の世界』第七集、有斐閣、一九八二年）と述べています。ただ、駄言を添えれば、私は「守護霊」の問題を六条御息所の人物造型のことと限定せず、六条御息所の物語の枠組みの問題としたい、と考えています。

神話と物語との違いについて言えば、神話における垣間見が、物語の（例えば、若紫巻）垣間見に用いられるとき、タブーの緊張を欠いているように、祟り神から護り神への転換には鍵となる誓約(ウケヒ)を欠いているように思います(「『源氏物語』「垣間見」再考」『文学史としての源氏物語』武蔵野書院、二〇一四年、一一七頁。『源氏物語』「物の怪」考」『古代物語としての源氏物語』武蔵野書院、二〇一八年、二二四頁)。

六条御息所の物語について言えば、ウケヒは介在していませんが、代わりに六条御息所は故前坊との娘前斎宮を光源氏に託して他界します。この遺言がウケヒの置かれる位置に置かれています。

ちなみに、光源氏による若紫の発見が、神話の垣間見を踏まえていることは明らかですが、垣間見における「見るな」の禁忌は、物語では弛緩《しかん》し希薄化しています。物語が神話を踏まえるとき、神話の持つ枠組みを「緩やか」に継承していると思います。

なお、人々の交通を妨害する神を祭祀することによって、旅の安全を守る神へと転換させる橋姫伝承にも、この枠組みがあると指摘したことがあります(「『源氏物語』宇治十帖論」『源氏物語』系譜と構造』笠間書院、二〇〇七年)。また、物の怪の視点から六条御息所を、祟り神と護り神との両義的な存在だと見ています(「『源氏物語』「物の怪」考」『古代物語としての源氏物語』武蔵野書院、二〇一八年)。第(Ⅱ)回、注(42)及び、第(Ⅵ)回、第五節、参照。

小野小町にしても、安倍晴明にしても、歴史的な人物像と、伝承的な人物像とが予想されます。しかしながら、両者を分けることよりも、両者が混じり合いながら伝説化されて人物像が形成されて行くと考えることが有効です。

(4)「まえがき」『民間説話と『宇治拾遺物語』』新典社、二〇二〇年。

（5）もしかすると、宇治に避暑に出掛けることを楽しみとしていた源隆国は、後に平等院を立てる、あの頼通の所持していた書庫を閲覧、博捜して説話集の材料を手に入れたのかも知れません。私は、そのような経緯が（伝説化されているとは言え）『宇治拾遺物語』の「序」の伝える真意だったのではないかと考えています。

（6）『宇治拾遺物語』「瘤取爺」考」『宇治拾遺物語』表現の研究』笠間書院、二〇〇三年。『宇治拾遺物語』の中の昔話』新典社、二〇〇九年。

なお、昔話研究では一般に type を話型と訳していますが、ここでは話柄を type という義として用い、テキストの枠組み scheme として話型と区別して用いています。

（7）『宇治拾遺物語』「瘤取爺」考」『宇治拾遺物語』表現の研究』笠間書院、二〇〇三年。

（8）池田亀鑑・秋山虔校注『日本古典文学大系　紫式部日記』岩波書店、一九五八年、五〇〇～一頁。以下、『紫式部日記』の本文は、これに拠ることとします。

（9）南波浩『紫式部集』岩波書店、一九七三年。

南波氏は、この記事から「一体「女」とは何であるのか。「女」では何故だめなのか。自分が「女」として生まれたこと」こそ「宿世のさだめ」であり、「その「宿世」とは何であるのか。人間の運命とは何であるのか」といった問いが「内省的な契機」となり「彼女の意識基体」を形成したと述べています（同書、二〇一～二頁）。この問題は第（Ⅴ）回で『源氏物語』の主題とかかわることを述べています。

ただし、「とは何か」という、本質を問う形式を、古代の紫式部が持ち合わせていたかどうか、私はまだ判断しかねています。

（10）滝沢優子氏は男性日記の『小右記』でさえ、ひとつの物語だと断じています。「立身報国の物語『小右記』」『日本古典文学の方法』新典社、二〇一五年。及び「『小右記』の虚構」『日本古典文学の研究』新典社、二〇二一年。

（11）『紫式部集』歌の場と表現」『『紫式部集』歌の場と表現』笠間書院、二〇一二年。

（12）石井公成「仏典から見た『源氏物語』の表現」上智大学『国文学論集』第五七号、二〇二四年一月。

（13）『江家次第』（『新訂故実叢書』明治図書出版、一九七七年）によると、大臣大饗の儀式において、位階による明確な役割の区分が見えます。例えば、客人である親王家を招く使者は五位、家司《けいし》に蘇・甘栗などを奉らせ、四位が案内役、食事を運ぶのは五位が担当しています（三五頁）。あるいは、五位の家司が主人の履物を取る役をしています（三七頁）。あるいは、史外記座に盃を勧める地下四位と、内外座杯を取る殿上四位というふうに、役割の区別があります（三八頁）等々。

（14）『栄華物語』初花巻に、道長が特に女性として目を掛けていた姪の大納言の君を、倫子が「他人ならねば」とおぼし許し」ていたとあります（松村博司・山中裕校注『日本古典文学大系　栄華物語』上巻、岩波書店、一九六四年、二四二頁）。倫子からすると、女房相手に嫉妬することは同じ立場に立つことになり、それはできなかったとも考えられますし、個人意識よりもむしろ**同族意識を共有する集団を形成していた**とも言えます（「光源氏物語の形成と転換」『『源氏物語』系譜と構造』笠間書院、二〇〇七年）。

特に、男が姉妹に対して求婚し、両者を共に占有する感覚を持つ事例は、流布本『伊勢物語』冒頭章段にも見られますし、『源氏物語』宇治十帖で薫が姉妹二人の橋姫に求婚する事例にも見られます。それは個人を独立した人格と見る近代的な人間観以前の産物と言えます。

『源氏物語』における「ゆかり」から他者の発見へ」『『源氏物語』系譜と構造』笠間書院、二〇〇七年。「『源氏物語』「先帝四宮」考」『文学史としての源氏物語』武蔵野書院、二〇一四年。『源氏物語』における人物造型の枠組み」、及び『『源氏物語』存在の根拠を問う和歌と人物の系譜」『古代物語としての源氏物語』武蔵野書院、二〇一八年、など。

ちなみに、道長にとって大納言の君が情愛の対象だったということはよく知られていますから、おそらく紫式部は道長にとって妻や妾などではなく、紫式部に期待される役割は全く異なる存在であった、と考えられます。

(15)『大日本古記録　小右記』第六巻、岩波書店、一九七一年、一七二頁。
(16)注(11)に同じ。
(17)以上の内容は、『紫式部日記絵巻』第四段に絵画化されています。
(18)注(11)に同じ。
参考までに、『紫式部集』(陽明文庫本)一五番歌に、

北へ行くかりのつばさにことづてよ　雲の上がきかき絶えずして
(久保田孝夫・廣田收・横井孝編『紫式部集大成』笠間書院、二〇〇八年)

という歌があります。各句の頭にカ行の語が置かれていますから、これは偶然の産物ではなく、もしかすると韻を意識したものかと想像します。

なお、現存する『御堂関白集』は他撰の道長歌集ですが、「不思議なことにこの中に紫式部がいない」ことが指摘されています（平野由紀子『御堂関白集全釈』風間書房、二〇一二年、一二頁）。この事実は、道長の側から見ると、紫式部がどの程度の存在だったかが示唆されていると思います。

(19)『大日本古記録　小右記』第五巻、岩波書店、一九六九年、五五頁。『源氏物語』「独詠歌」考」注(11)に同じ。

(20) この歌について、私に諸説を分類すると、概ね次のようにまとめられます。(Ⅰ)十六日の夜だから、満月ではなく、欠け始めています。事実、半年後に道長は出家していますから、衰退の兆しを表しているという説。(Ⅱ)道長自身の日記に歌を詠んだと記しているだけで、歌そのものを記していないのはなぜか、疑問が残るとする説。(Ⅲ)この歌は実資個人に向けられた政治的な対立が背景にあるとする説。(Ⅳ)道長が単純に書き忘れたという説、などがあります。検討の詳細は省きます。

(21)『源氏物語』の方法的特質―『河海抄』「准拠」を手がかりに―」久下裕利・田坂憲二編『源氏物語の方法を考える―史実の回路―』武蔵野書院、二〇一五年。『源氏物語』表現の重層性」『紫式部は誰か』武蔵野書院、二〇二三年。

三　『源氏物語』はどのように生まれたか・読まれたか

(1) 伊井春樹『源氏物語の伝説』昭和出版、一九七六年。この伝説は、鎌倉初期の『無名草子』に載るもので、大斎院選子が上東門院彰子に徒然を慰める物語がないかと尋ねたところ、彰子が紫式部を呼んで尋ねたことを契機に、紫式部が新しく物語を制作するに至ったという経緯を伝えています。真偽のほどは不明です。

と同時に、これは外在的契機について説明した伝説ですが、紫式部の内在的契機については、説明されていません。このような伝説が、「誰が命じたか」「誰が依頼したか」という形式を取るのは、作者が未だ「近代作家」のように自立していないからなのではないかと思います。

同様の伝承は、院政期の説話集『古本説話集』の他、『源氏物語』の注釈書である『河海抄』『花鳥余情』や『賀茂斎院記』などに見られます。

（2）源氏供養の詳細については、寺本直彦「源氏物語受容とその周辺の諸問題」『源氏物語受容史論考続編』風間書房、一九八四年、四九四〜五頁。

（3）インターネットで「石山寺」を検索すると、石山寺の中の博物館で開催された展覧会の御知らせの中で、紫式部の絵像が紹介されていました。

（4）「実相院蔵『源氏物語供養草子』」『(同志社大学) 人文学』二〇〇四年一二月。

（5）藤井貞和「光源氏物語の端緒の成立」『物語の始原と現在』三一書房、一九七二年、一一二〜五頁。

（6）『国史大系　続日本後紀』吉川弘文館、一九七二年、八九頁。

（7）「桐壺更衣の物語と和歌の配置」『『源氏物語』系譜と構造』笠間書院、二〇〇七年。「『源氏物語』繰り返される構図」『表現としての源氏物語』武蔵野書院、二〇二二年。

（8）『紫式部日記』の構成と叙述」秋山虔・福家俊幸編『紫式部日記の新研究』新典社、二〇〇八年。

（9）『源氏物語』は誰のために書かれたか」『古代物語としての源氏物語』武蔵野書院、二〇一八年。

（10）『源氏物語』は誰のために書かれたか」注（9）に同じ。『源氏物語』表現の重層性」『紫式部は誰か』武蔵野書院、二〇二三年。

『源氏物語』は、そもそも紫式部が中宮に献上したもの（と考えられるの）ですが、この御冊子作りが中宮の事蹟だとすると、この矛盾を解くことができるのは、帝に献上する豪華本だったという考えが穏当でしょう。

(11) 村上征勝『シェークスピアは誰ですか？ 計量文献学の世界』文藝春秋、二〇〇四年。

(12) 与謝野晶子「紫式部新考」『太陽』一九二八年一・二月。

(13) 「言葉としての物語」『講義 日本物語文学小史』金壽堂出版、二〇〇九年。

(14) 和辻哲郎『日本思想史研究』岩波書店、一九七〇年。初出、一九二二年。

(15) 風巻景次郎「源氏物語の成立に関する試論」『風巻景次郎全集』第四巻、桜楓社、一九六九年。

(16) 武田宗俊「源氏物語の最初の形態」『源氏物語の研究』岩波書店、一九五四年。

(17) 長谷川和子『源氏物語の研究』東宝書房、一九五七年。

(18) 定家本を底本とする本文では、「源氏の五十よ巻、ひつに入りながら」とあります（池田利夫訳注『更級日記』旺文社、一九七八年、四四頁）。

(19) 玉上琢彌氏は、桐壺巻が「この物語の声価がすでに定まった後」に作り出された「発端」であり、「「若紫」が最初の書き出し」であったが、「世評がよいために書き継いでゆくうちに」長編化したと述べています。『源氏物語評釈』別巻第一巻、角川書店、一九六六年、六七頁、七二頁、七五頁、七七頁。

私は、短編の物語が長編化されるに至った動機が「世評」にあるのではなく、習作から中宮のために書くという目的の変更が関与していると思います。
(20) 北山茂夫『藤原道長』岩波書店、一九七〇年。山中裕『藤原道長』教育社、一九八八年。福家俊幸氏は、紫式部の方から源雅信の娘倫子との交流を求め、道長に宮仕えができるよう要請するきっかけになったという考えを披露されています。そこには、「自作の物語への強い思い」が働いていたと言います（『紫式部　女房たちの宮廷生活』平凡社、二〇二三年、七五頁）。
(21) 横井孝『紙のレンズがひらく古典籍』勉誠出版、二〇二三年。同「紫式部集の紙」廣田收・横井孝編『紫式部集の世界』勉誠出版、二〇二三年。
(22) 池田亀鑑・岸上慎二校注『日本古典文学大系　枕草子』岩波書店、一九五八年。適宜表記を整えています。
(23) 玉上琢彌「藤壺の宮」『鑑賞日本古典文学　源氏物語』角川書店、一九七五年、三九〇～一頁。
(24) 池田亀鑑・秋山虔校注『日本古典文学大系　紫式部日記』岩波書店、一九五八年。
(25) 陽明文庫本、久保田孝夫・廣田收・横井孝編『紫式部集大成』笠間書院、二〇〇八年、適宜表記を整えています。『紫式部集』歌の場と表現』笠間書院、二〇一二年。『家集の中の「紫式部」』新典社、二〇一二年。
(26) 『小右記』永観二年（九八四年）一一月二七日条、『大日本古記録　小右記』第一巻、岩波書店、一九五九年、六三頁。
(27) 『国史大系　本朝世紀』吉川弘文館、一九六四年、一八四頁。
(28) 『国史大系　日本紀略』吉川弘文館、一九六五年、一九九頁。

(29)『紫式部集』記憶の光景」『紫式部は誰か』武蔵野書院、二〇二三年。
(30)注(22)に同じ。
(31)『新編国歌大観』私家集Ⅰ、角川書店、一九八五年、三一五頁。以下、私家集はこれに拠ります。また適宜表記を整えています。原文「をなつしをとて」。
(32)萩谷朴・谷山茂校注『日本古典文学大系　歌合集』岩波書店、一九六五年、一七三頁。
(33)『新編国歌大観』勅撰集、角川書店、一九八三年、一三〇頁。以下勅撰集はこれに拠ります。また適宜表記を整えています。
(34)三谷邦明「源氏物語の創作動機」『物語文学の方法Ⅱ』有精堂出版、一九八九年、七三頁。
(35)物語を制作する上で働く論理的思考は、仏教の因果観が促していると思いますが、「見える現象」と「見えない世界」との関係をめぐって、紫式部の思考は働いていると思います。また、物怪をめぐる認識や描写は、法相宗の唯識《ゆいしき》の考えが働いていると思います。
このとき、問題は法相宗の教義がどのようなものかではなく、紫式部がどう理解したかということにあります。
(36)正妻女三宮を過った柏木を睨《にら》む光源氏は、スサノヲに対して怒りをぶつけることのない天照大神の位置に立つようにも見えます(「『源氏物語』における人物造型の枠組み」注(9)に同じ)。
(37)『源氏物語』表現の重層性」注(29)に同じ。
(38)大津有一校注『伊勢物語』岩波書店、岩波文庫、「解説」一九六四年。第(Ⅴ)回、注(10)参照。
(39)『伊勢物語』の方法」『表現としての源氏物語』武蔵野書院、二〇二一年、一五八頁、一七二頁。

『紫式部は誰か』注（29）に同じ、など。

（40）『源氏物語』の方法的特質」注（9）に同じ。『源氏物語』表現の重層性」注（29）に同じ。

（41）例えば、『源氏物語』内部の物語の出典として唐代伝記がよく指摘されますが、中国古典のひとつを探し出して、それを直ちに出典として限定してよいかと言えば、それは難しいと思います。なぜなら、現存する中国古典は現存するかぎりのものですし、日本の古典と中国の古典両者の深層に、東アジアやユーラシアの神話が支えているかもしれないからです。また、今後の課題として、影響や受容について、一方的な関係と捉えるのではなく、多層的とか複線的とか、時には往復的な系を想定する必要があると思います。

（42）『源氏物語』伝承と様式」『文学史としての源氏物語』武蔵野書院、二〇一四年。

（43）第（I）回、第一節、参照。早い指摘として、「〈祟り神〉が祀られることによって〈守り神〉に転じるという日本古来の神のあり方の基本モデル」だとする考察があります（中村生雄「イケニヘ祭祀の意味」小松和彦編『異人論』河出書房、二〇〇一年）。

（44）土橋寛「ウケヒ考」『日本古代論集』笠間書院、一九八〇年。

（45）清水好子「源氏物語の作風」『国語国文』一九五三年一月。『源氏物語』宇治十帖論」『源氏物語』系譜と構造』笠間書院、二〇〇七年、二九八頁、三二〇頁。『源氏物語』の場面構成と表現方法」注（42）に同じ。『源氏物語』の作られ方」注（9）に同じ。

（46）「古代物語研究の戦後と私の現在」『表現としての源氏物語』武蔵野書院、二〇二一年、四五頁。『源氏物語』朝顔考」同書、三五八頁。

Ⅲ　紫式部にライバルはいたのか

（1）角田文衞「若き日の紫式部」『紫式部とその時代』角川書店、一九六六年、二一頁。
（2）池田亀鑑・岸上慎二校注『日本古典文学大系　枕草子』岩波書店、一九五八年、四三～四頁。なお、表記を整えています。以下同様です。
（3）佐竹昭広他校注『新日本古典文学大系　萬葉集』第一巻、岩波書店、一九九九年、二五頁。なお、本書では、以下特に断ることはしませんが、『源氏物語』も『枕草子』も、岩波書店の日本古典文学大系本を用いています。
（4）渡部泰明『和歌史』ＫＡＤＯＫＡＷＡ、二〇二〇年、二六頁。
（5）『萬葉集』の季節表現では、春・秋が基本ですが、『古今和歌集』から四季が基本となることは、分かりやすい変化だと考えられます。
（6）田中重太郎『枕草子全注釈』第一巻、角川書店、一九七二年、二四頁。
（7）萩谷朴校注『新潮日本古典集成　枕草子』上巻、新潮社、一九七七年。私にまとめると、萩谷氏は、冒頭の春曙の光景について、日常的な場面ではなく構成された光景であると指摘されています。
（8）松田豊子「枕草子の「春は曙」」『光華女子大学・光華女子短期大学研究紀要』第一〇号、一九七二年一二月。
（9）岡村繁『新釈漢文大系　白氏文集　四』明治書院、一九九〇年、三九七頁。
（10）注（9）に同じ。

（11）矢作武「枕草子の源泉―中国文学」『枕草子講座』第四巻、有精堂出版、一九七六年、一三三頁。「神話とは何か」『講義 日本物語文学小史』金壽堂出版、二〇〇九年、三七～八頁。『源氏物語』における風景史」『文学史としての源氏物語』武蔵野書院、二〇一四年。

（12）岡村繁『新釈漢文大系　白氏文集　一一』明治書院、二〇一五年、二三〇頁。

（13）小林賢章『アカツキの研究』和泉書院、二〇〇三年。小林氏は、明け方の時間帯をめぐる語を、夜から朝にかけて、どの時刻を示すかを丁寧に分析しています。ところが、時刻という視点から語を判断するとしても、もともとこれらの語は語性が違います。まずそのことを言うべきでしょう。

（14）清水義範『身もフタもない日本文学史』ＰＨＰ研究所、二〇〇九年。

（15）『宇治拾遺物語』猿楽考」『表現としての源氏物語』武蔵野書院、二〇二一年。

（16）増田繁夫「解説」『枕草子』和泉書院、一九八七年。

（17）「風景に見る清少納言」京都アスニー・ゴールデンエイジ・アカデミー講演、於京都市生涯学習総合センター、二〇〇四年八月。

（18）注（3）に同じ、二六四頁。第三巻四一六番歌。

（19）『新編国歌大観』勅撰集、角川書店、一九八三年、一二八頁。『後拾遺和歌集』詞書「心かはりて侍りけるに、女に人にかはりて」。なお『枕草子』の挙げる「猿沢の池」については、すでに触れたことがありますので、ここでは特に触れませんでした。「奈良猿沢池伝説」竹原威滋代表編著『奈良市民間説話調査報告書』金壽堂出版、二〇〇四年。「采女と猿沢池」丸山顕徳編『奈良伝説探訪』三弥井書店、二〇一〇年。『帝位・見果てぬ夢の物語』平安書院、二〇一三年。

（20）『紫式部集』における女房の役割と歌の表現」『『紫式部集』歌の場と表現』笠間書院、二〇一二年。家集の本文は、久保田孝夫・廣田收・横井孝編『紫式部集大成』（笠間書院、二〇〇八年）に拠っています。なお、適宜表記を整えています。

（21）『紫式部集』歌の場と表現」『『紫式部集』歌の場と表現』笠間書院、二〇一二年。

（22）甲本・乙本は、宮内庁書陵部編『桂宮本叢書』（第九巻、養徳社、一九五四年）に拠っています。甲本、二一三頁。乙本、二四六頁。彰考館本は、南波浩『紫式部集全評釈』（笠間書院、一九八三年、五四六～七頁）を参照。いずれも適宜表記を整えています。

（23）注（19）に同じ、五二八頁。なお適宜表記を整えています。

（24）詞書の「かく」が副詞「このように」なのか、「書く」歌がこれだということなのか、判然としません。あるいは、掛詞と見てよいのか、なお検討したいと思います。

（25）注（19）に同じ、二四七頁。

（26）窪田空穂『完本　新古今和歌集評釈』下巻、東京堂、一九六五年、三八頁。

（27）『紫式部日記』の構成と叙述」注（21）に同じ。初出、二〇〇八年。

（28）注（27）に同じ。

Ⅳ　紫式部は歌が下手なのか

（1）「私家集の成立と流通」廣田收・横井孝編『紫式部集の世界』勉誠出版、二〇二三年。

（2）北山円正氏の研究によると、年中行事だけでなく、節気の他、四季の折節につけても詠詩・詠歌の機会のあることが分かります（『平安朝の歳時と文学』和泉書院、二〇一八年）。

（3）島津忠夫訳注『百人一首』角川書店、一九六九年。なお、一部表記を整えています。ちなみに、「百人一首」の礎となった「百人秀句」や『宗祇抄』『吉田本古注』などには「月かな」とありますが、島津氏は「月影」と校訂されています。『紫式部集』でも古本系が「月かな」を採っていて、定家本系は「月影」とあって、私は定家本には、歴史的な評価が入り込んでいると思います（『紫式部集』歌の場と表現』笠間書院、二〇一二年）。

なお、吉海直人氏は、「月かな」を採っています（『百人一首で読み解く平安時代』角川学芸出版、二〇一二年）。『百人一首』の非定家撰説をめぐる議論については、吉海「『百人一首』の未来」（『古代文学研究　第二次』第三二号、二〇二三年一〇月）を参照。

（4）『新編国歌大観』私家集Ⅰ、角川書店、一九八五年。適宜表記を整えています。また、以下、私家集の引用はこれに拠っています。「はじめに」『家集の中の「紫式部」』新典社、二〇一二年。

もうすでに指摘がされているのかも知れませんが、私は『旅の歌びと　紫式部』（新典社、二〇二四年）において、古代和歌の修辞の中で、序詞は枕詞とともに古く歌謡からの伝統的な技巧であり、掛詞は平安時代に進化した新しい技巧ではないかという印象を持っています。

和歌研究を真正面から考えようとすると、和歌は散文とは違うという点が重要だと思います。ところが、この「調べ」というものは、なかなか厄介です。どういうふうに可視化できるかが実に難しい。昔、私が若いころ、紫式部の和歌の韻を踏むリズムとか、語のアクセントがどうリズムを作り出すかとか、音数律の特徴などという分析をしようとすると、周りの先生方からは、それは国文学研究の本道ではないと不評でした。今にして思えば、その時代は、表現の意味や思想が重視されたからではないかと思います。

（5）久保田孝夫・廣田收・横井孝編『紫式部集大成』笠間書院、二〇〇八年。

（6）注（1）に同じ。なお、赤染衛門や和泉式部などは、詠歌を『拾遺和歌集』（一〇〇六年に成立か）に採られていますが、紫式部や伊勢大輔の詠歌は『後拾遺和歌集』（一〇八六年に奏覧）になって採られています。この違いは何を意味するのでしょうか。

（7）『紫式部集』冒頭歌考」『『紫式部集』歌の場と表現』笠間書院、二〇一二年。

（8）『源氏物語』の花鳥風月」『紫式部は誰か』武蔵野書院、二〇二三年。本章の多くは、これを礎としています。

（9）『源氏物語』における詠歌の場と表現」廣田收・辻和良編著『物語における和歌とは何か』武蔵野書院、二〇二〇年。ちなみに、尼君も「泣き給ふ」とありますが、歌は離別歌の形式にのっとって詠んでいます。入道のとり乱したさまが対比して描かれています。

（10）『紫式部集』記憶の光景」注（8）に同じ。

（11）注（10）に同じ。

（12）関根慶子他『赤染衛門集全釈』風間書房、一九八六年、一五〇頁。

（13）『新編国歌大観』私家集Ⅰ、角川書店、一九八五年。『紫式部集』旅の歌群の読み方」注（1）に同じ。「『紫式部集』旅の歌群の構成」『旅の歌びと　紫式部』新典社、二〇二四年。

（14）注（12）に同じ、一五九頁。

(15)『紫式部集』の歌群配列」『家集の中の「紫式部」』新典社、二〇一二年。本章の多くは、これを礎としています。『紫式部集』旅の歌群の読み方」注（1）に同じ。
(16)三谷邦明「源氏物語の創作動機」『物語文学の方法　Ⅱ』有精堂出版、一九八九年、七三頁。『家集の中の「紫式部」』注（15）に同じ。
(17)小林茂美「饗宴の文学」『國學院雑誌』一九六三年四月。
(18)倉林正次『祭りの構造』日本放送出版協会、一九七五年。
(19)杉山康彦「饗宴における歌の座」『国語と国文学』一九五八年一月。
(20)大津有一校注『日本古典文学大系　伊勢物語』岩波書店、一九五七年。
(21)注（20）に同じ、一一六頁。
(22)「横座」については奥村悦三「瘻をなくす話」『（光華女子大学）研究紀要』第二三集、一九八五年一二月。また図示の形式については、増田繁夫氏に示唆をいただきました。『『宇治拾遺物語』「瘤取翁」考」『『宇治拾遺物語』表現の研究』笠間書院、二〇〇三年。
(23)以下、饗宴の場の性格と和歌との対応については、『旅の歌びと　紫式部』（新典社、二〇二四年）を多く礎としています。
(24)松尾聡校注『日本古典文学大系　平中物語』岩波書店、一九六四年、八一頁。
(25)佐佐木信綱『『万葉集』の〈われ〉』角川書店、二〇〇七年、七四～五頁。
(26)上野誠『万葉びとの宴』講談社、二〇一四年、三八頁。
(27)土橋寛、注（36）参照。

（28）「紫式部歌の解釈」注（23）に同じ。
（29）『紫式部集』「数ならぬ心」考」注（7）に同じ。初出、二〇〇二年。
（30）『西行集』『新編国歌大観』私家集Ⅰ、角川書店、一九八五年、五八三頁。
（31）寺澤行忠『西行　歌と旅と人生』新潮社、二〇二四年、一三三頁。
（32）橋本美香『西行』笠間書院、二〇一二年、二六頁。
（33）益田勝実「和歌と生活」『国文学　解釈と鑑賞』一九五九年四月。傍点・原文のママ。益田氏は、和歌を「晴と褻」の二分法を持って論じていますが、私は晴と褻だけでなく、褻の中にも、「褻の中の晴」の場があって、和歌の儀礼性は働いていると考えています。
「まえがき」注（7）に同じ。『源氏物語』における詠歌の場と表現」『表現としての源氏物語』武蔵野書院、二〇二一年。
（34）「まえがき」注（7）に同じ。
（35）「おわりに」『家集の中の「紫式部」』新典社、二〇一二年。
（36）土橋寛「歌謡形式の起源」『古代歌謡の世界』塙書房、一九六八年、四〇九頁。高崎正秀氏が『伊勢物語』について「総叙法」「細叙法」という用語を用いて分析されています（「伊勢物語新釈」『高崎正秀著作集』第四巻、桜楓社、一九七一年、三〇七頁）。『源氏物語』和歌の方法」『源氏物語系譜と構造』笠間書院、一一〇頁、『源氏物語』における叙述法」同、三七一頁。
（37）土橋寛『古代歌謡の世界』塙書房、一九六八年、一五頁。風岡むつみ『源氏物語』女からの贈歌考」『同志社国文学』第八五号、二〇一六年一二月。『源氏物語』における和歌の儀礼性」『表現としての源氏物語』武蔵野書院、二〇二一年。

V 『源氏物語』女性たちはどう生きたか

(1) 駒尺喜美『紫式部のメッセージ』朝日新聞社、一九九一年。私は、『源氏物語』の読み方をめぐって、若き日にこの書に大きな影響を受けました。『源氏物語』記憶の光景」『紫式部は誰か』武蔵野書院、二〇二三年。

ちなみに、私の「知人」に、近代以前の敬語は身分差別だから、研究に値しないという研究者がいますが、皆さんはどう御考えになるでしょうか。

(2) **系譜**の定義については、『源氏物語』の皇統譜と光源氏」『源氏物語』系譜と構造』笠間書院、二〇〇七年、九頁、一二三～四頁。

(3) 『源氏物語』における姫宮の邸第」注(2)に同じ。

(4) 「桐壺更衣の物語と和歌の配置」注(2)に同じ。

(5) このような**三回繰り返し**は、昔話のような口承文芸でも、物語や説話のような書承の文芸でも見られる広汎な現象です。ただ、どちらかと言えば、昔話は繰り返しそのものを厭《いと》わず楽しむところに特徴があり、物語や説話は、主題を効果的に語るために、圧縮、要約して語るか、逆に繰り返しを「利用」して(桐壺更衣の場合なら、帝の切ない思いや、更衣の立場ゆえの思いを)効果的な方を選択できるところに特徴があります。

「昔話と唱え言・昔話の唱え言」及び『宇治拾遺物語』の編纂と物語の表現」『宇治拾遺物語』表

現の研究』笠間書院、二〇〇三年。「昔話と古典文芸『竹取物語』及び『竹取物語』の文体と構成」、『源氏物語』の文体的特質」は、いずれも『表現としての源氏物語』武蔵野書院、二〇二一年。

（6）益田勝実『火山列島の思想』筑摩書房、一九六八年。

（7）歴史上の皇統譜もそうですが、『源氏物語』の帝にも、**両統更迭《こうてつ》**があるとされています。もともと歴史的には、後嵯峨上皇が崩御されたとき、次帝を定めることができず、持明院系（後深草天皇）と大覚寺系（亀山天皇）という、二つの系統から交互に即位するという方式が始められたことに由来しています。

（8）『源氏物語』は誰のために書かれたか」『古代物語としての源氏物語』武蔵野書院、二〇一八年。

（9）柄谷行人『探究Ⅰ』講談社、一九八六年、九頁。**他者**の定義については、「平安京の物語・物語の平安京」『表現としての源氏物語』（武蔵野書院、二〇二一年、二九頁）を参照。

光源氏物語の前半では、身代わりが慰めをもたらすことによって「めでたし」の物語が成立します。ところが、晩年の紫上と光源氏、宇治八宮と薫との関係では、対話不能の状況が生じています。情愛は所有ではないという命題です。

林屋辰三郎『古代国家の解体』（東京大学出版会、一九五五年）を受けて、井上光貞『日本浄土教成立史の研究』（山川出版社、一九七五年）は、律令制の解体と精神的な紐帯が失われたことが浄土教の成立と呼応していることを論じていると理解することができます。すなわち、鎮護国家の仏教から個人の魂の救済を説く浄土教の思想は求められたと言えます。

この他者の問題は、古代前期の文芸には希薄で、古代後期の文芸において顕在化します。住む世界が違う、言葉が通じないといった認識です。

(10)　第（Ⅱ）回、第七節参照。狩使本の章段配列の復元が試みられており、その本文は、残された断簡から推定できる部分のあることが知られています。

伊勢の斎宮を過つという、古代天皇制の神聖性に反する「危険」な物語（狩使章段）を冒頭に据える狩使本（小式部内侍本）がなぜか失われ、女性の心情を理解できない（他者を認識できない）昔男の物語（初冠章段）を冒頭に据える定家本が優勢となり、置き換わったという現象は、よく知られています。おそらく古代天皇制に対する異教性より護教性が求められたと考えられます。

(11)　小西甚一「苦の世界の人たち―『源氏物語』第二部の人物像」『国文学言語と文芸』一九六八年一一月。

真理の世界から我々に対する働きかけである法性身というものについては、法性法身と方便法身とがあり、両者は対義的だとされています。特に方便法身は、方便として救済のために仏が姿形を現すと言われています（岩本裕『日本仏教語辞典』平凡社、一九八八年。中村元他編『岩波仏教辞典』岩波書店、一九八九年）。紫式部が、このように仏教理解を持っていたかどうかと申しますと、この方便という言葉は、蛍巻における物語論で光源氏の言葉に、

「仏の、いとうるはしき心にて、説きおき給へる御法も、方便といふ事ありて、悟りなき者は、ここかしこ違ふ疑ひを置きつべくなん。方等経の中に多かれど、言ひもて行けば、一つ旨にあたりて、菩提と煩悩との隔たりなむ、この人の良し悪しきばかりの事はかはりける。よく言へば、すべて何事もむなしからずなりぬや」と、物語を、いとわざとの事にのたまひなしつ。

云々と用いられています。伝えるべきことを、これを受ける相手にどう伝えるかが、方便ということでしょう。私がすぐ思い付くのが、インドのジャータカです。これはすでに仏の教えを、物語を通して説き、実は登場人物がそれぞれ釈尊、敵対するダイバダッタ、援助者たちであったことを種明かしするという形式を持っています。このジャータカを翻訳した中国仏典で、日本の説話に影響をもたらした経典として、例えば『増壱阿含経』などは有名です。

私は国文学徒であり、仏教学については全く昏《くら》いのですが、すでに指摘もあるでしょうが、紫式部には物語を描くに当たって、方便というものに対する理解はあると思います。彼女なりの受け止め方で仏教的な理解を思考しているように思います。

紫式部は、どうやら、いつ・どこで・誰がなどを設定し、男・女を対偶させる人物設定と、和歌を置くことによって、主題を具体化させるという方法を持っていたと思います。そうであってこそ、第二部・第三部は、仏教的な思考に拠って描かれていると思います。

(12)『源氏物語』における人物造型の枠組み」注(8)に同じ。
(13)出典は芥川龍之介とされています(登尾豊『「末期の眼」の方法化』『文学』一九七五年五月)。
(14)『源氏物語』における「ゆかり」から他者の発見へ」注(2)に同じ。
(15)「伝承者の系譜　物語りの話者の位相」『日本文学講座　物語・小説Ⅱ』大修館書店、一九八七年。
(16)林田孝和「贖罪の姫君」『源氏物語の発想』桜楓社、一九八〇年。
(17)石井正己氏に「浮舟と建礼門院」という論考(『源氏物語　語りと絵巻の方法』三弥井書店、二〇二四年。初出、二〇一七年）があります。
（18）池田亀鑑・秋山虔校注『日本古典文学大系　紫式部日記』岩波書店、一九五八年、五〇一頁。
（19）『源氏物語』女君の生き方」『紫式部は誰か』武蔵野書院、二〇二三年、一二五～六頁。本章の多くはこれを礎としています。
（20）三好俊徳「『扶桑略記』と仏教」『『扶桑略記』の研究』新典社、二〇二二年。
（21）山田孝雄他校注『日本古典文学大系　今昔物語集』第三巻、岩波書店、一九六一年。
（22）原田信之『今昔物語集　南都成立と唯識学』勉誠出版、二〇〇五年。
（23）文永五年（一二六八年）に僧凝然が著した書『八宗綱要』は、鎌倉時代における禅宗から浄土宗にわたる解説書です。一般にこれより前の書は、例えば『今昔物語集』などはひとつの宗派の確立以前の仏教のありかたを示しているとされています。
（24）すでに指摘があることでしょうが、鎌倉時代の勅撰集『新古今和歌集』春歌上、三八番歌に、

　　春の夜の夢の浮橋とだえして峰にわかるる横雲の空
　　　守覚法親王、五十首歌よませ侍りけるに　藤原定家朝臣

という和歌があります。もしかすると、これは『源氏物語』の結末に対する定家の解釈や感想だったのかもしれません。

Ⅵ　まとめ　女房文芸としての『源氏物語』と神話

（1）代表的な見解として、牛車に乗ったときの席順と位階、職階との関係をめぐって、角田文衞、益田

勝実、増田繁夫などの諸氏の説があります。

（2）狭義には宮廷の女官、特に上級の女官を指しますが、ここでは、一般に用いられるように皇族や摂関家だけでなく、受領も含めて主に仕えた女房全体をさすと考えておきましょう。内裏の「上の女房」に対して、摂関家は「家の女房」と呼ばれています。福家氏は「紫式部を考える上で重要なのは、彼女が宮仕え女房であったこと」だという視点から論じています（福家俊幸『紫式部　女房たちの宮廷生活』平凡社、二〇二三年）。これは重要な指摘です。

（3）池田亀鑑・秋山虔校注『日本古典文学大系　紫式部日記』岩波書店、一九五八年、四五三～四頁。

（4）注（3）に同じ、四六一頁。

（5）熊倉千之『日本語の深層』筑摩書房、二〇一一年。

（6）高橋亨「物語の〈語り〉と〈書くこと〉」『源氏物語の対位法』東京大学出版会、一九八二年、二一八頁。高橋氏は「〈作者〉を、もののけに喩《たと》えてよい」と述べています。これは実に興味深い指摘です。

（7）折口信夫「古代物語文学の要素」『折口信夫全集』第七巻、中央公論社、一九七六年。折口氏は、貴種である主人公が水辺に流離するという受苦《じゅく》の果てに、やがて神となって再生するという物語の型があることを述べています。折口氏は、類型に力があると言います。

ちなみに、貴種流離を論じたあと、折口氏は「日本文学の発生　序説」の末尾に、「ここに類型の類話は、ほんの一部をあげるにとどめておく」と記しています（同書、二七〇頁）。「日本物語文学史の方法論」『講義　日本物語文学小史』金壽堂出版、二〇〇九年。

（8）「神話とは何か　伝承の古層と基層」『講義 日本物語文学小史』金壽堂出版、二〇〇九年。なお、神話研究や昔話研究では、モティフ・インデックスやタイプ・インデックスという世界的な標準に基いて、typeという用語を用いますが、私は、typeを話柄という意味で用い、話型をscheme（枠組み）という意味で用いています。「主要語彙略注」『入門説話比較の方法論』勉誠出版、二〇一四年、一六〇〜一頁。「昔話の話型と語り」『民間説話と『宇治拾遺物語』』新典社、二〇二〇年、五一八〜九頁。「古代物語研究の戦後と私の現在」『表現としての源氏物語』武蔵野書院、二〇二一年、四二一〜三頁、四九頁。

（9）山田孝雄他校注『日本古典文学大系　今昔物語集』第五巻、岩波書店、一九六三年、三〇一〜三頁。

（10）古代天皇制に対して、もしくは国家鎮護・玉体護持を掲げる天台仏教に対して、異教性を言います（「『源氏物語』女三宮の恋」及び「『源氏物語』朝顔考」『表現としての源氏物語』武蔵野書院、二〇二一年、二八九頁及び三四六頁）。原田信之『今昔物語集　南都成立と唯識学』（勉誠出版、二〇〇五年）によれば、『今昔物語集』成立の基盤となった興福寺は、古代天皇制に対する護教的な立場を取っていることは明白でしょう。風土記の段階では、諸国において天降《あも》りする神の伝承が記述されていますが、古代天皇制の側から見ると、そのような神の顕現は許されないものとして禁止されたと考えられます（「民間説話と文献説話との間」『入門説話比較の方法論』注（8）に同じ。初出、二〇〇八年）。

（11）大津有一校注『日本古典文学大系　伊勢物語』岩波書店、一九五七年、一一一頁。

（12）池田亀鑑・岸上慎二校注『日本古典文学大系　枕草子』岩波書店、一九五八年、二四九頁。

（13）他者の概念については、第（I）回、注（14）参照。

(14)『源氏物語』の皇統譜と光源氏」『『源氏物語』系譜と構造』笠間書院、二〇〇七年。
若き日の光源氏は、后への犯し、斎宮への犯しといった、帝に対する謀反の罪に問われかねないという意味で異教的と見えて、古代天皇制に対する補完的存在であることにおいて護教的な存在です。

(15)『『源氏物語』の皇統譜と光源氏」及び『『源氏物語』における「ゆかり」から他者の発見へ」『『源氏物語』系譜と構造』笠間書院、二〇〇七年。

(16) 倉野憲司校注『日本古典文学大系　古事記』岩波書店、一九五八年、七五・七七頁。

(17) 矢嶋泉氏は、この記事の曖昧さについて言及しています（「記紀〈ウケヒ神話〉の読み」『聖心女子大学論叢』第六四集、一九八四年一二月）。また毛利正守氏は「あらたな乱行の前に清心を証しておく古事記のあり方は、その意味で自然な成り行き」であるとして「スサノヲのこの勝利宣言、及びそれに続く「勝ちさび」は、しかし、よりイハトごもりの神話に接近している」と文脈的理解を述べています（「ウケヒとイハトごもり」『国文学』一九九一年七月）。

(18) 土橋寛「ウケヒ考」『日本古代論集』笠間書院、一九八〇年、一七頁。
民俗学における**ウケヒ**については、柳田国男氏が「盟神探湯《くがたち》」を挙げて「神の心を問ふ」ことだと述べています（「巫女考」『柳田国男集』第九巻、筑摩書房、一九六二年、二三二頁。初出、一九一三年四月）。実修される祭祀・儀礼としては、例えば、粥占、綱引きなどによって吉凶、豊作不作を問う祭祀、儀礼的なものから、「明日天気になれ」と履物を投げる世俗的で遊戯的なものまで、広く認められることは周知のとおりです。

(19) ここでいう**神学**とは、例えば「神、超越的なもの、聖なるもの、非日常的なものの神秘に満ちた経験を解読するエクリチュール」を言うとされている（栗林輝夫『日本民話の神学』日本基督教団出版局、一九九七年、二三頁）ことが参考になります。

そうであれば、『風土記』は地誌の書で「古老相伝」を記すことは、在地神話を記録している可能性があると考えられます。

(20) 神話の定義は、この講座第（I）回の注（1）参照。本章の注（8）参照。

ここにいう**共同体**とは、政治・経済的な集団や組織のことではなく、宗教的な文脈における定義です。村落なら地域によって（別火《べっか》や潔斎など）構成員の資格獲得の手続きには違いがあるでしょうが、究極的には正式の構成員の参加によって、祭祀・儀礼の折に仮設的に作り出され、祭祀、儀礼の終了とともに解消する時空のことを言います。

(21) 植垣節也校注・訳『新編日本古典文学全集　風土記』小学館、一九九七年。ウケヒを見るかぎり、総じて『風土記』の訓読に、各風土記が統一的な原理が働いているはずもなく、校注者が、時代の近い文献から解釈的に類推されている印象があります。むしろ、ウケヒにどういう漢字を用いるかという選択によって、本来のウケヒなのか、一方的な祈禱や願望なのかを内容的に示しているという可能性があります。

ちなみに、『萬葉集』でウケヒは「得飼飯」（七六七番歌）、「受日」（二四三三番歌、二四七九番歌）、「受早」（二五八九番歌）と訓表記になっていますので、ウケヒの用例としては確定できますが、内容からすると、ことの実現を願う義であるところから、『萬葉集』の事例は派生的な用法とみられます。

(22) 秋本吉郎校注『日本古典文学大系　風土記』岩波書店、一九五八年。

（23）話型を客観的に認定するには、テキストから取り出した事項群によって想定します。「事項」の定義は、テキストの文章における「主語＋述語」の単位をいうものとします。これを用いると、物語、説話、神話などジャンルを超えて、比較が可能となります。『源氏物語』和歌の方法」注（14）に同じ。「文献説話の話型と表現の歴史性」『民間説話と『宇治拾遺物語』』新典社、二〇二〇年、四〇頁、四六頁。「昔話の話型と語り」同書、一二八頁。

（24）浅見和彦・三木紀人校注『新日本古典文学大系　宇治拾遺物語』岩波書店、一九九〇年。

（25）「猿神退治」『『宇治拾遺物語』の中の昔話』新典社、二〇〇九年。

（26）注（12）に同じ。

（27）萩谷朴『枕草子解環』第四巻、同朋社出版、一九八三年、四一八〜二三頁。

（28）柳田国男氏は、昔話「姥捨山」には四つの型があり、『枕草子』の事例は第二型とし、親を捨てに行くとき、親が子の帰り路に道に迷わぬよう枝を折り、目印にしたという第四型を、日本独自の「古風」なものとみています（「親棄山」『柳田国男集』第二一巻、筑摩書房、一九七九年、二九四〜五頁）。なお、世界的な考察として井本英一「棄老説話の起源」（『夢の神話学』法政大学出版局、一九九七年）が包括的です。

（29）『源氏物語』の中の『竹取物語』』『源氏物語とシェイクスピア』新典社、二〇一七年、一四八頁。

（30）阪倉篤義校注『日本古典文学大系　竹取物語』岩波書店、一九五七年、四九頁。

（31）片桐洋一「解説」『日本文学研究大成　竹取物語・伊勢物語』国書刊行会、一九八八年。

（32）「物語と神話」『国文学』一九八五年七月、「神話」『国文学』一九八五年九月。

(33)『源氏物語』作中和歌の類型と機能」注(14)に同じ。

(34)「語る」の定義を「説明する」と捉える考えは、土橋寛「記紀物語の性格と方法」『日本文学』一九六七年五月。同「『説話文学と歌謡』報告要旨」『説話文学研究』第四号、一九七〇年三月。

(35)ここで言う『源氏物語』第二部の主題「親の愚かさ」と「男の愚かさ」とは、「親は(子のために)愚かである」と「男は(女のために)愚かである」と命題の形式に言い換えることができます。また、第三部における「女は(ついに)救われない」と「男は(どこまでも)愚かである」という主題は命題の形式と同じです。

(36)「文学史としての『源氏物語』」『文学史としての源氏物語』武蔵野書院、二〇一四年、二九二頁。

付記

第(Ⅵ)回第四節に関して、私は『源氏物語』の中で罪というものが問われる文脈は、法制、仏教、神話その他男女の間の戯れ言にまで、広がりを持つと考えて参りました。このような多様性が、バラバラにまた横並びに存在するのではなく、改めて表層から深層に至るものであるということを表にまとめました。

その後、河添房江氏から古屋明子氏の『『源氏物語』の罪意識の受容』(新典社、二〇一七年)を御紹介いただきました。ただ、本書の原稿はすでに入稿済みで、その趣旨を組み入れることが叶いませんでした。謝意を表します。

あとがき

本書は、連続講座に向けて準備した原稿資料を基にしています。ただ思うところがあって、最近は研究発表でも講演でも、資料を文章形式で用意することにしておりましたので、一冊にまとめるにあたっては、それを読みやすいよう少なからず書き足したり手直ししたりしました。また、これまであちこちで書き散らして来たことと重複があることをどうか御許し下さい。特に第（Ⅳ）回は、前著『旅の歌びと　紫式部』（新典社、二〇二四年）を、また第（Ⅴ）回は『紫式部は誰か』（武蔵野書院、二〇二三年）を下敷きにしており、さらに書き直したり付け加えたりした箇所があります。

なおもっと調べてみたいと御考えになる方のために、幾らか簡単な注を付けましたが、繁雑さを避けるため拙論に冠する廣田の名前を省きました。

ともかく四月から七月まで、二週間おきに違うテーマで御話することは、予想した以上にあわただしく、あれこれと考え悩み苦しんだ日々は、今にして思えば実に楽しいものでした。と言うのも、これまであちこちに書き散らした愚見を、ただ漫然とつなぎ合わせて御話するだけでは「つまらない」ので、各章ごとに少なからず「新しい見解」を加えようと努めたからです。

とは言え、各回の内容に関して、連続講演の性格上、段々と積み上げたりつないだりしたために、内容の重複が必要で、文章化すると「くどい」と思われる箇所があると思いますが、どうか御寛恕を賜りたく存じます。

当初はＮＨＫの大河ドラマの放映が始まった頃でしたから、雑談としては色々と「勝手な批評」を述べたりしましたが、原稿を作成する上では削除しました。

何はともあれこの間、紫式部をめぐって漠然と考えていたことをまとめて御話できる機会をいただき、大変感謝いたしております。事務局の皆様方には大変御世話になりました。

とりわけ神戸女子大学の名誉教授　鈴鹿千代乃先生におかれましては、大学に御推薦を賜っただけでなく、冗漫で稚拙な内容にもかかわらず、毎回欠かさず会場に御出ましを賜り、また我慢強く御聴きいただき大変恐縮いたしました。あまつさえ、その都度、先生には美味しいコーヒーを御馳走下さり、愚鈍なる後進の私にいつも、さりげなく意義深い御教示を賜りましたことは、実に身に余る光栄であり、その御叱正たるや誠に刺激的なものでした。学恩に心から感謝申し上げます。

さらに、これまで旧知の皆様方には大勢の方々に受講していただき、まだ病み上がり状態の私には本当に励みとなりました。こうして本書の原稿を書き上げるまで、様々に御力添えを賜りました各位に、心から御礼を申し上げる次第です。

最後になって恐縮ですが、昨年の中古文学会秋季大会の折に、恐る恐る岡元学実社長に本書の原稿を託しましたところ、御厚情を持ちましてこの拙い書の出版を御許しいただきました。心から御礼を申し上げます。

また今回も、編集部の加藤優貴乃さんに、校正から刊行に至るまで細々とした御世話をいただきました。記して謝意を表します。

とりわけ、本書を持ちまして紫式部をめぐる、新典社選書の三部作にしていただきましたことを大変嬉しく存じます。特に、私の長年こだわって参りました「口承と書承」という課題は、これまで時代遅れのゆえか、時代外れのせいか、学界ではなかなか興味を持っていただけなかったことも事実で、そのような遠大で途方もない企てに、一筋の道筋を付ける機会を賜りましたことに深謝申し上げます。ありがとうございました。

二〇二五年三月

廣田收

廣田　收（ひろた　おさむ）
1949年　大阪府豊中市生まれ
1973年3月　同志社大学文学部国文学専攻卒業
1976年3月　同志社大学大学院文学研究科国文学専攻修士課程修了
専攻／学位　古代・中世の物語・説話の研究／博士（国文学）
現職　同志社大学文学部名誉教授
単著　『『源氏物語』系譜と構造』（2007年，笠間書院）
『講義 日本物語文学小史』（2009年，金壽堂出版）
『家集の中の「紫式部」』（2012年，新典社）
『『紫式部集』歌の場と表現』（2012年，笠間書院）
『文学史としての源氏物語』（2014年，武蔵野書院）
『古代物語としての源氏物語』（2018年，武蔵野書院）
『表現としての源氏物語』（2021年，武蔵野書院）
『紫式部は誰か』（2023年，武蔵野書院）
『旅の歌びと　紫式部』（2024年，新典社）など
共編著　『紫式部集大成』（久保田孝夫・廣田收・横井孝編，2008年，笠間書院）
『新訂版　紫式部と和歌の世界』
（上原作和・廣田收編，2012年，武蔵野書院）
『紫式部集からの挑発』
（廣田收・横井孝・久保田孝夫，2014年，笠間書院）
『紫式部集の世界』（廣田收・横井孝編，2023年，勉誠出版）など

物語《ものがたり》としての紫式部《むらさきしきぶ》　新典社選書 128

2025年4月24日　初刷発行

著　者　廣　田　　收
発行者　岡　元　学　実

発行所　株式会社　新　典　社

〒111-0041　東京都台東区元浅草2-10-11　吉延ビル4F
ＴＥＬ　03-5246-4244　ＦＡＸ　03-5246-4245
振　替　00170-0-26932

印刷所 惠友印刷㈱　製本所 牧製本印刷㈱

ISBN 978-4-7879-6878-4 C1395
https://shintensha.co.jp/　E-Mail:info@shintensha.co.jp